Marah Woolf wurde 1971 in Sachsen-Anhalt geboren, wo sie auch heute noch mit ihrem Mann und drei Kindern lebt. Sie studierte Geschichte und Politik und erfüllte sich mit der Veröffentlichung ihres ersten Romans 2011 einen großen Traum. Die Arbeit an der MondLichtSaga wurde Ende 2012 abgeschlossen. Seitdem haben sich ihre Bücher als E-Book oder Taschenbuch mehr als eine Millionen Mal verkauft. Für ihre Recherchen lebte Marah mit ihrer Familie ein komplettes Jahr in Schottland.

Unter dem Pseudonym Emma C. Moore schreibt sie außerdem Liebes- und Kurzromane.

Marah Woolf

FEDERLEICHT
WIE FALLENDER SCHNEE

Oetinger Taschenbuch

Außerdem bei Oetinger Taschenbuch erschienen:

BookLess. Wörter durchfluten die Zeit
BookLess. Gesponnen aus Gefühlen
BookLess. Ewiglich unvergessen

www.marahwoolf.de

2. Auflage 2019
Originalausgabe
© 2018 by Marah Woolf und Oetinger Taschenbuch in der
Verlag Friedrich Oetinger GmbH,
Poppenbütteler Chaussee 53, 22397 Hamburg
April 2018
Alle Rechte vorbehalten
Dieses Werk wurde vermittelt durch die
AVA international GmbH Autoren- und Verlagsagentur, München.
www.ava-international.de
http://marahwoolf.com/
Umschlaggestaltung: Carolin Liepins
Druck: GGP Media GmbH, Karl-Marx-Straße 24,
07381 Pößneck, Deutschland
ISBN 978-3-8415-0528-6

www.oetinger-taschenbuch.de

Schnee sinkt zur Erde federleicht,
ein Ort durch die Kugel dem anderen weicht.

Uhr, die Zeit verstummen lässt,
Vergangenes - es wird zum Fest.

Flöte jeden Wunsch erfüllt,
Unglück sich in Schweigen hüllt.

Spiegel nichts vor dir verbirgt,
Lüge keinen Zauber wirkt.

Zauberkraft in der Feder sitzt,
nützt nur dem, der sie besitzt.

Ring dich jederzeit versteckt,
bestimme selbst, wer dich entdeckt.

Schlüssel immer dich beschützt,
wenn vorsichtig du ihn benützt.

Prolog

Eigentlich hatte ich mir vorgenommen, mich nicht mehr in die Angelegenheiten der Elfen einzumischen. Sie waren arrogant und unfreundlich, und wir Trolle zogen fast immer den Kürzeren, wenn wir uns mit ihnen einließen.

Aber hatte ich überhaupt eine Wahl? Da schaukelte ich einmal faul auf einem Ast, und plötzlich stolperte diese dumme Göre in meine Welt. Ich dachte, ich gucke nicht richtig. Menschen hatte ich schon ewig nicht gesehen. Na ja, das war übertrieben – nicht seit sie uns beim letzten Mal so einen Schlamassel eingebrockt hatten.

Dass jetzt wieder ein Mädchen von der anderen Seite auftauchte, konnte nur Larimars Werk sein, und ich fragte mich, was sie im Schilde führte. Sie konnte doch nicht wirklich glauben, dass ausgerechnet diese dünne Bohnenstange ihr aus der Patsche helfen würde. Ich meine, wer stolperte schon durch ein Elfentor?

Andererseits war Larimar nicht dumm, im Gegensatz zu

dem Mädchen, das ganz sicher keine Ahnung hatte, in was für eine Geschichte sie gerade hineingeraten war. Die Kleine wäre Larimar niemals gewachsen. Wenn sie den Hauch einer Chance haben wollte, dann würde ich ihr helfen müssen. Schließlich ging es nicht nur um die Elfen, sondern um ... ja, es ging um die magische Welt. Mal wieder. Das war so nervig, hörte das eigentlich nie auf?

1. Kapitel

Mit quietschenden Reifen bog ich in die Einfahrt. Dem Lieferwagen, der die Blumen für das Café meiner Mutter brachte, konnte ich mit meinem Rad gerade noch ausweichen. Im Gegensatz zu mir liebte meine Mutter Blumen. Blumen und Bücher (vor allem alte Bücher – die, die so merkwürdig rochen). Deshalb hatte sie dieses Café eröffnet: »Books & Flowers«, und damit meinen Zwillingsbruder Fynn und mich in das wohl langweiligste Dorf Schottlands, in der Nähe von St Andrews, verbannt.

Heute würden die Blumen warten müssen. Unauffällig schob ich mein Fahrrad zum Schuppen und schlich ins Haus. Wenn Mutter mich erwischte, würde sie mir wieder irgendeinen Sklavendienst aufbrummen. Minuten später beobachtete ich vom Dachfenster aus, wie sie wütend ihre nach allen Seiten abstehenden kurzen feuerroten Locken schüttelte und immer wieder meinen Namen rief. Ich biss in den Blaubeermuffin, den ich mir in der Küche gemopst hatte, und grinste. Hier oben würde sie mich niemals finden. Mutter ekelte sich vor den Spinnen, von denen es auf dem Dachboden nur so wimmelte. Mir war das egal, denn es war der einzige Ort, an dem ich in diesem Irrenhaus ungestört war. Jetzt schimpfte sie leise vor sich hin. »Eliza McBrierty!«, kreischte sie meinen Namen, bevor sie verschwand.

Das Café, das sie in dem in die Jahre gekommenen Wintergarten unseres Hauses betrieb, war brechend voll, das würde sie hoffentlich eine Weile von mir ablenken. Ich steckte mir die Kopfhörer meines iPods in die Ohren und sah zu dem Wäldchen hinüber, das den Friedhof mit den uralten, verwitterten Grabsteinen säumte. Die Blätter der alten Birken und Linden bewegten sich kaum. Ob ich es wagen sollte? Allein? Was konnte schon passieren? Schließlich war es nur ein Traum gewesen, versuchte ich mir einzureden. Alles würde sein wie immer.

Als der letzte Ton meiner Playlist verklungen war, sprang ich auf die warmen Dielen und schob meinen I-Pod in die Hosentasche meiner Jeans. Winzige Staubkörnchen flirrten in den Sonnenstrahlen, die sich ihren Weg durch die Dachluken bahnten. Vorsichtig stieg ich die Treppe hinunter und entlockte ihr ein verärgertes Knarren.

Socke maunzte, um Aufmerksamkeit heischend, um meine Füße. Mutter hasste es, wenn mein Kater im Haus war. Sie war nicht begeistert gewesen, als ich das mutterlose und völlig verdreckte Tier angeschleppt hatte. Jetzt hing das Kerlchen an mir wie eine Klette, die man abzupft, aber in der nächsten Sekunde wieder irgendwo kleben hat.

Ich nahm Socke auf den Arm. Er schmiegte sich an mich und begann, mit der Kette zu spielen, die an meinem Hals baumelte. Nur halbherzig versuchte ich, ihn daran zu hindern. Ich lugte ins Wohnzimmer und sah, dass Großmutter in ihrem Lieblingssessel eingeschlummert war. An der Haustür angekommen, flüsterte ich:»Wir müssen vorsichtig sein, Söckchen, sonst hört Mutter uns. Dann ist es vorbei mit dem Ausflug.« Wir liefen durch den Gemüsegarten und steuerten die winzige Tür in der Mauer an, die zum Waldrand führte. Die Nadeln, Steinchen und vertrockneten Blätter stachen durch die dünnen Sohlen meiner Flipflops.

»Du darfst nur mitkommen, wenn ich dich nicht tragen muss.« Streng sah ich Socke an und setzte ihn auf den Boden. Sein Miauen klang wie eine Antwort. Ich lächelte und ging den schmalen Waldweg entlang.

Die Sonnenstrahlen, die sich durch die Bäume kämpften, setzten funkelnde Lichter in die Blätter. Inmitten dieses Gewirrs aus Bäumen, Farnen und Heidelbeersträuchern befand sich ein Platz, den ich noch mehr liebte als unseren Dachboden. Es war ein verwunschener Ort, an dem ich meinen Tagträumen freien Lauf lassen konnte. Normalerweise jedenfalls. Jetzt war ich schon seit Tagen nicht mehr dort gewesen. Genau genommen, seit diese Träume angefangen hatten. Jetzt fürchtete ich mich fast vor dem Ort, der so lange eine sichere Zuflucht für mich gewesen war. Ich wusste, dass es Unsinn war. Ein Traum war ein Traum, und Wirklichkeit war Wirklichkeit. Ich konnte nicht erklären, warum mich diese Träume so durcheinanderbrachten. Schließlich war ein Tor an sich nicht besonders bedrohlich. Aber dieses schon – denn es rief mich. Und mal ehrlich, wer träumt schon Nacht für Nacht denselben Traum?

Wenn ich der Sache ein Ende machen wollte, musste ich zu der Lichtung gehen und nachschauen, ob das Tor dort existierte oder nicht. Allein dass ich darüber nachdachte, war schon idiotisch. Aber ich war verzweifelt, da waren idiotische Dinge bestimmt erlaubt. Ich würde hingehen und mich überzeugen, dass es NICHT dort war. Ich hatte im Internet recherchiert, was es bedeutete, wenn man von einem Tor träumte. Es kündigte eine Veränderung an. Die Erfüllung von Sehnsüchten und höheren Zielen. Damit war ja eigentlich alles klar. Ich hatte mich in diese Frazersache zu sehr hineingesteigert, und jetzt verfolgte sie mich bis in meine Träume. Ich war nämlich seit Ewigkeiten in Frazer Wildgoose verknallt, und nun hatte ich den Salat. Laut dieser ominösen Traumdeuterseite musste ich nur durch das Tor gehen, um in eine neue Lebensphase einzutreten (mit Frazer selbstverständlich). Aber bitte, wer glaubte denn so was?

Behutsam tastete ich mich die jahrhundertealten, glatt gewaschenen Stufen hinunter, die mitten im Wald auf die Lichtung führten. Ein Bach bahnte sich seinen Weg durch die Schlucht. Die Blätter der Bäume raschelten, als ich sie im Vorbeigehen streifte. Gelbe und blaue Blütenköpfe reckten sich aus dem Gras. An den Büschen, die den Rand des Baches säumten, hingen selbst gebastelte Schmetterlinge und andere Glücksbringer. Die meisten waren verblichen und alt. Generationen von

Kindern hatten sie an die Äste gehängt und wen auch immer um die Erfüllung ihrer Wünsche gebeten. Granny hatte mir davon erzählt, als sie mich das erste Mal hergebracht hatte. Ich war so unglücklich gewesen, nachdem wir zu ihr ins Haus gezogen waren, und ich hatte meinen Dad vermisst, der archäologische Ausgrabungen in aller Herren Länder leitete. Grannys Geschichten hatten es geschafft, mich aufzumuntern. Ich liebte es, die bunten Dinger im Wind schaukeln zu sehen oder in die Baumkronen zu starren, bis mir die Augen zufielen. Ich liebte es, wenn im Frühling die Schneeglöckchen mit ihren zarten Blüten den Boden bedeckten und im Herbst rote und gelbe Blätter durch die Luft wirbelten. Selbst im Winter kam ich manchmal her und beobachtete das Wasser des Baches, das sich von der Kälte nicht bändigen ließ, während alles um ihn herum in Winterschlaf gefallen war.

Angeblich hatten die Pikten hier Fruchtbarkeitsrituale abgehalten. In den Felsen, die die Lichtung umgaben, konnte man noch ihre eingemeißelten Zeichen erkennen. In dem in Stein gehauenen Becken am oberen Rand der Schlucht, in dem jetzt Regenwasser stand, hatten sie ihrer Göttin Opfer dargebracht, hieß es. Als meine Großmutter mir diesen Ort das erste Mal zeigte, hatte ich Gänsehaut bekommen. Doch das war lange her, und mittlerweile glaubte ich nicht mehr an Märchen und eigentlich auch nicht an Träume.

Mein Handy klingelte in der Stille so laut, dass ich zusammenschrak: »Hhm?«

»Wir müssen reden«, bestimmte meine beste Freundin Sky. »Wo bist du?«

»Auf der Lichtung«, flüsterte ich und sah mich um. Mit ihr am Telefon fühlte ich mich gleich besser.

»Auf der Lichtung?«, hakte sie nach. »Allein?«

Selbstverständlich kannte sie meine Träume.

»Söckchen ist bei mir.«

Sie lachte. »Der wird dir eine große Hilfe sein.«

Wie immer hatte sie recht. Es gab auf der ganzen Welt keinen ängstlicheren Kater. »Ich konnte schlecht Fynn fragen. Der hätte sich über mich kaputtgelacht und es wahrscheinlich postwendend Grace erzählt.«

»Stimmt. Und? Siehst du was? Warten sie schon auf dich? Huuuuh.«

»Du bist blöd«, sagte ich, musste aber gegen meinen Willen lachen. Ich sah mich um. »Alles wie immer.« Vorsichtig stieg ich über einen umgestürzten Baumstamm.

»Du hast da jetzt nicht wirklich ein Tor erwartet?«

»Öhm. Nö.«

»Sag ehrlich!«

»Nein, natürlich nicht.«

»Dann ist das hoffentlich erledigt. Kommen wir zu einem wichtigeren Thema.«

Ich ahnte das Schlimmste und setzte mich in das saftige grüne Gras.

»Du weißt, was ich immer sage.«

»Männer sind Jäger«, beantworteten wir gleichzeitig ihre rhetorische Frage und fingen an zu kichern.

»Und du weißt, was das bedeutet«, setzte sie in strengem Tonfall hinzu. »Ich habe Frazers Blick heute gesehen.«

»Ich auch.« Unwillkürlich strahlte ich übers ganze Gesicht.
»Bloß weil er dich bemerkt hat, musst du dich ihm nicht gleich vor die Füße werfen«, belehrte sie mich.

Ich schüttelte den Kopf. »Das werde ich nicht. Ich werde unnahbar sein.«

»Genau.«

»Aber er sollte schon merken, dass er mir nicht egal ist.«

Skys aufgebrachtes »Auf gaaaarrr keinen Fall« fuhr durch meinen Schädel. Erschrocken hielt ich das Handy auf Armeslänge von mir weg.

»Er ... ist ... ein ... arroganter ... Arsch«, erklärte sie langsamer, als wäre ich nicht ganz dicht.

»Okay.« Es war nichts Neues, dass sie ihn verabscheute.

»Wenn du ihn erobern willst, dann musst du mit ihm spielen. Halt dich von ihm fern, mach ihn eifersüchtig, ignoriere seine Komplimente. Er wird alles tun, um so leicht wie möglich durch den Kurs zu kommen – er wird deine Gutmütigkeit ausnutzen.«

Ich rechnete es Sky hoch an, dass sie davon ausging, Frazer würde mir jemals irgendwelche Komplimente machen. Oder dass ich jemanden finden würde, mit dem ich ihn eifersüchtig machen konnte. Sie war eben eine echte Freundin. Ich schüttelte den Kopf. Ich hätte nichts dagegen, wenn er mich ausnutzen würde, dachte ich. Es wäre mir so was von egal.

Um sie zu beruhigen, sagte ich feierlich: »Ich tue nichts ohne dein Einverständnis.«

»Dann bin ich erleichtert. Gut, dass du so vernünftig bist. Ich muss jetzt zum Klavier. Hab dich lieb.«

»Ich dich auch.« Aber Sky hatte schon aufgelegt.

Was sie wohl in Frazers Blick gelesen hatte? Ich für meinen Teil hatte uns knutschend an der Schulmauer gesehen. Okay, das war vielleicht etwas voreilig. Ich seufzte. Wenn ich meine Mutter nicht noch mehr verärgern wollte, dann musste ich jetzt los und ihr helfen. Ein ängstliches Miauen hielt mich zurück.

»Söckchen. Wo bist du?« Ungeduldig lief ich auf das verzweifelt klingende Maunzen zu. Was war jetzt wieder los? Gestern hatte er vor einer winzigen Schnecke Reißaus genommen und war den ganzen Tag nicht mehr dazu zu bewegen gewesen, mein Bett zu verlassen.

Ich entdeckte ihn unter einem Busch wilder Rosen. Sein Fell hatte sich in den Dornen verfangen, sodass er sich kaum bewegen konnte. Vorsichtig befreite ich den Kater und nahm ihn auf den Arm. Er beruhigte sich und schmiegte sich an meinen Hals. Das warme Fell kitzelte an der empfindlichen Stelle.

»Jetzt müssen wir aber zurück. Wir werden sowieso schon Ärger bekommen.« Ich wandte mich endgültig zum Gehen, blieb aber wie angewurzelt stehen und keuchte auf. Ungefähr zwei Meter vor mir stand es.

Das Tor.

Es sah genauso aus wie in meinen Träumen. Ich hatte schließlich oft genug Gelegenheit gehabt, es zu betrachten. Ich rieb mir die Augen, aber die Erscheinung verschwand nicht. Verstört wich ich einen Schritt zurück. Das musste eine optische Täuschung sein, eine Fata Morgana. Eine andere Erklärung gab es nicht. Mein Dad hatte mir davon erzählt, offensichtlich aber vergessen zu erwähnen, dass diese auch in schottischen Wäldern vorkamen. Er hatte nur von Wüsten gesprochen. Vielleicht lag es an der heißen Luft, die vor meinen Augen zu flimmern begann. Ich hatte diesen Traum entschieden zu oft geträumt. Ich blinzelte, aber es verschwand nicht. Misstrauisch beäugte ich es. Es war kein Tor aus Stein, sondern aus Licht. Ob man es berühren konnte? Würde meine Hand einfach hindurchgleiten? Nicht, dass ich Wert darauf legte, es zu probieren. Vielleicht würde gleich ein fremdes Wesen erscheinen. Womöglich ein Alien? *Stargate* schoss durch meine Gedanken.

Ich ließ meinen Albtraum nicht aus den Augen, während ich mich rückwärts Schritt für Schritt entfernte. Die Treppe konnte ich nicht nehmen. Das Ding versperrte mir den Weg. Nun musste ich über die Felsen klettern, die die Schlucht umgaben. Eine andere Möglichkeit, herauszukommen, gab es nicht. Wenigstens war die Wand weder besonders steil noch hoch. Allerdings war ich da ewig nicht mehr hinaufgekraxelt, weil meine sportlichen Fähigkeiten nämlich unterirdisch waren.

Die Angst verlieh mir bisher unbekannte Kräfte, als ich mich zwischen die Felsen drängte und den moosbewachsenen Hang hinaufkletterte. Ein paar kleine Büsche reichten mir hilfsbereit ihre Zweige, an denen ich mich hochzog. Schmutzig, aber immerhin unverletzt erreichte ich den oberen Rand und lief, so schnell ich konnte, zurück zum Haus.

2. Kapitel

Mutter stürmte auf mich los und zog mich in die Küche. Wortlos ließ ich ihre Vorwürfe über mich ergehen. Erstens, weil ich immer noch total durcheinander war. Zweitens, weil ich wusste, dass sie in dieser Stimmung sowieso nicht mit sich reden ließ.

»Du gibst mir jetzt dein Handy, und dann packst du die Blumen aus.«

Ich erwachte aus meiner Erstarrung. »Auf gar keinen Fall. Ich muss Sky anrufen. Es ist dringend.«

»Du und Sky, ihr habt euch den ganzen Tag gesehen. Was kann in der letzten Stunde schon Wichtiges passiert sein?«

Ich biss mir auf die Zunge, damit mir nichts herausrutschte, was ich später bereute.

»Du gibst mir sofort dein Handy, sonst rufe ich deinen Vater an.« Mutters Gesicht war mittlerweile fast so rot wie ihre Haare.

Ich schüttelte den Kopf. »Das ist mein Handy, und du kannst es mir nicht wegnehmen.«

»Was ist denn in euch gefahren?« Fynn stand in der Tür und betrachtete uns missbilligend. »Man hört euch bis nach draußen. Es ist direkt peinlich, was ihr hier abzieht.«

»Das ist mir so was von egal«, blaffte ich ihn an.

Meine Mutter nutzte meine Unaufmerksamkeit, riss mir mein Handy aus der Hand und stapfte hinaus in den Wintergarten. Bevor ich ihr hinterherrennen konnte, hielt Fynn mich zurück.

»Jetzt beruhige dich erst mal, Eliza. Du kriegst das blöde Handy schon wieder. Ein paar Stunden hältst du es sicher auch ohne aus. Flipp nicht immer gleich aus!«

»Aber sie hat angefangen.«

»Mann, Eliza echt! Wir sind hier nicht im Kindergarten. Sie will, dass du ihr nach der Schule hilfst. Was ist daran so schwer zu verstehen?«

»Du musst ihr nie helfen«, half ich ihm auf die Sprünge.

»Ich gebe Nachhilfe.« Er ließ mich los.

»Wer's glaubt, wird selig.«

»Ganz genau.« Mit einem Lächeln auf den Lippen schlenderte er hinaus.

Die Nachhilfe hatte einen Namen: Grace. Mein zweiter Albtraum. Lautlos schickte ich meinem Bruder einen Fluch hinterher und machte mich daran, Kisten voller Schnittblumen auszupacken und in überdimensionale Vasen zu stellen. Glücklicherweise hatten die Blumen kaum gelitten. Die paar, die man nicht mehr verkaufen konnte, ließ ich direkt im Müll verschwinden. Mutter würde einen Grund weniger haben, um über mich herzufallen.

Nicht zum ersten Mal fragte ich mich, was ich eigentlich verbrochen hatte, um so eine Mutter zu verdienen. Angefangen hatte das schon mit unseren Namen. Ich meine, mal ehrlich: Eliza – altmodischer ging es kaum. Der Name bedeutete Sieben. Was sollte mir das sagen? Sieben Todsünden? Sieben Zwerge? Jeder Mensch wusste doch, dass die Sieben eine Unglückszahl war. Wie hatten sie mich so nennen können? Fynn hingegen bedeutete der Kenntnisreiche. Er passte zu meinem Bruder wie die Faust aufs Auge. Außerdem stand der Name auch für hell, weiß und blond. Das waren wir beide. Nur war ich leider ungefähr sieben Mal dümmer als Fynn und sieben Mal unsportlicher. Vielleicht sollte ich der Ehrlichkeit halber nicht verschweigen, dass ich nach langem Suchen noch eine Bedeutung meines Namens gefunden hatte. Die Einzigartige. Aber ich konnte mich des Gefühls nicht erwehren, dass diese Bedeutung nicht der Grund gewesen war, weshalb sie mich so genannt hatten.

Jedenfalls musste ihr Kronprinz Mutter nie helfen und konnte den lieben langen Tag tun und lassen, was er wollte. Weil er ach so klug und kenntnisreich war und Nanotechnologie studieren wollte und dafür schon jetzt an der Uni in St Andrews Vorkurse belegte. Ich wusste nicht mal, was Nano bedeutete.

Das Schicksal hatte uns zwar mit einem fast identischen Aussehen, aber mit völlig unterschiedlichen Gaben bedacht, und Fynn kam mit seinen eindeutig besser zurecht.

Grace kam in die Küche geschlendert und schnitt sich ein Stück Carrotcake ab. Sie nahm einen Teller und zwei Gabeln.

Ich verdrehte die Augen.

»Alles klar, Eliza?«, fragte sie.

»Wieso habt ihr die blöden Blumen nicht in die Vasen gestellt?«

»Dein Bruder gibt mir Nachhilfe, und meine Eltern bezahlen ihn dafür. Ich wüsste nicht, weshalb ich hier schuften sollte.«

Ich fragte mich, ob ihre Eltern auch wussten, was die beiden in Fynns Zimmer wirklich trieben.

Am nächsten Morgen schien die Sonne so heiß, als hätte es den üblichen nächtlichen schottischen Regen nie gegeben. Nur ein paar Pfützen vor dem Haus erinnerten daran. Söckchen wälzte sich mutig in den Überbleibseln der Sintflut, und ich hoffte, dass ihn dabei kein Regenwurm in Angst und Schrecken versetzte. Für langes Trösten hatte ich keine Zeit. Wie meistens war ich spät dran. Also stibitzte ich einen Schokoladendonut, den meine Mutter gerade aus dem Ofen gezogen hatte, und raste auf meinem Fahrrad hinter Fynn her zur Schule.

Wie jeden Morgen hielt ich Ausschau nach Frazer. Aber entweder schwänzte er mal wieder die Schule, oder er knutschte mit einem seiner Groupies. Er hatte genügend weibliche Fans, dass er mindestens zwei Monate durchküssen konnte und immer ein anderes Girlie zur Verfügung stand. Sky und ich hatten nachgezählt.

Den Lehrern schien das nicht aufzufallen, sie mochten ihn

trotzdem und sahen über seine Verfehlungen oft großzügig hinweg, selbst sein Schwänzen schien sie nicht zu stören. Es war mir ein Rätsel, wie er das anstellte. Wie gern würde ich mal mit ihm gemeinsam die Schule schwänzen. Dann könnten wir uns zusammen im Wald verstecken, picknicken und uns gegenseitig Gedichte vorlesen oder so was. Allerdings würde bei meinem Pech meine Mutter noch am selben Tag Wind davon bekommen und mir die Hölle heißmachen.

Sky riss mich aus meinen Tagträumen. »Kopfkino aus«, schrie sie und riss mir einen Stöpsel meines Kopfhörers aus dem Ohr. »Er knutscht mit Helen.« Manchmal verabscheute ich ihren Drang nach absoluter Ehrlichkeit. Alles wollte ich nun wirklich nicht wissen. Frustriert stapfte ich ihr hinterher zum Dramakurs. Eigentlich sollte ich ihr zur Strafe nichts von dem Tor verraten. Wahrscheinlich würde sie mir sowieso nicht glauben. Kaum hatten wir uns zu unseren Plätzen durchgedrängelt, hielt ich es jedoch nicht länger aus.

»Es war doch da«, flüsterte ich und starrte dabei auf den Tisch.

»Häh? Redest du mit mir oder mit dem Kaugummi da?«

Angewidert sah ich, dass irgendwer seine Hinterlassenschaft auf dem Tisch vergessen hatte. Ich kramte ein Tempo heraus und trug sie mit spitzen Fingern zum Papierkorb.

»Jetzt hab dich nicht so. Ich wette, im Café musstest du schon ganz andere Sachen wegwischen.«

Das stimmte allerdings. »Ich habe gesagt, es war doch da«, kam ich zurück zum Thema. »Das Tor«, half ich ihrem Gedächtnis auf die Sprünge.

Sky kniff ihre Augen zusammen und legte mir eine Hand an die Stirn. »Fieber hast du nicht«, erklärte sie erleichtert.

Ich wischte die Hand weg. »Natürlich nicht.«

»Aber offensichtlich halluzinierst du. Hast du mit deiner Mutter gestritten?«

Wie üblich traf sie ins Schwarze. Was kein Kunststück war, da ich mich fast jeden Tag mit meiner Mutter anlegte. »Sie hat mein Handy eingezogen.«

»So ein Mist.«

»Das kannst du laut sagen. Aber das ist jetzt egal. Es geht um das Tor, und ich schwöre dir, es war da.«

»Eliza, vielleicht solltest du ein paar Tage zu Hause bleiben und dich ausruhen. Die Sache mit Frazer bringt dich ja total durcheinander.«

»Höre ich da meinen Namen, Ladys?«

Da stand er: Frazer Wildgoose, der Schwarm fast aller Mädchen in unserem Jahrgang. Aller außer Sky. Sie hielt ihn eher für ein ekliges Insekt. Aber welches Insekt hatte schon strahlende grüne Augen in einem braun gebrannten Gesicht und dazu schwarze strubbelige Locken? Er sah zum Anbeißen aus. Der Name Frazer ließ sich übrigens auf das normannische Wort für Erdbeere zurückführen. Wahrscheinlich schmeckte er sogar wie Erdbeeren – mit Schokolade. Mir lief das Wasser im Munde zusammen. Die Traube Mädchen, die ihn umschwärmte, war offenbar derselben Meinung wie ich. Meine Mundwinkel gingen von ganz allein nach oben.

Von Sky hörte ich nur ein gezischtes: »Träum weiter, Wildgoose.«

»Immer Sky, und nur von dir.« Dann rutschte er vor uns auf die Bank.

Ich warf Sky einen Blick zu, der so was bedeuten sollte wie: Bist du doof? Aber sie schien ihn nicht verstehen zu wollen. Konnte sie nicht ein Mal ein bisschen liebenswürdiger zu ihm sein?

Miss Peters, die Leiterin unseres Dramakurses, beendete das Geraschel mit ihren Unterlagen und stand auf. Jetzt wurde es ernst. Ich versuchte, jeden Gedanken an das Tor zu verdrängen. Unruhig begann ich an meinen Fingernägeln zu knabbern, was mir einen angeekelten Blick von Sky einbrachte. Sie hasste es, wenn ich das tat. Also schob ich meine Hände zwischen Stuhl und Oberschenkel, die nervös auf und ab wippten.

»Du ziehst das jetzt durch«, verlangte sie flüsternd. Ihr Tonfall duldete keinen Widerspruch.

Ich nickte. Wenn ich jetzt nicht handelte, würde das mit Frazer und mir nie etwas werden. Ich war seit über einem Jahr in ihn verknallt. Und nun lag unser letztes Jahr in der Highschool vor uns, da musste ich endlich Nägel mit Köpfen machen. Der Meinung war jedenfalls Sky, die mein stummes Schmachten nicht mehr aushielt. Sie hatte mir angedroht, dass sie überall herumposaunen würde, dass ich auf Frazer stand, wenn ich mich nicht an unseren Plan hielt. Mein Herz pochte vor Aufregung so laut, dass ich sicher war, jeder im Raum würde es hören.

»So, wenn jetzt endlich alle da sind ...« Der Blick, den Miss Peters Frazer zuwarf, sprach Bände. »Dann können wir ja beginnen. Wie ihr wisst, spielen wir in diesem Jahr *Tristan und*

Isolde. Dieser Stoff ist etwas ganz Besonderes. Ich habe in meiner gesamten Laufbahn noch nie ein so anspruchsvolles Stück mit Schülern einstudiert. Ich hoffe, dass jeder von euch das Textbuch gelesen hat, das Eliza geschrieben hat.«

Das Stöhnen, das durch die Reihen ging, hatte ich fast erwartet. Ich hatte das Stück Ende des letzten Schuljahres vorgeschlagen und mich nur mit Müh und Not durchgesetzt. Schließlich hatte ich darauf gehofft, seit ich die Verfilmung mit James Franco zum ersten Mal gesehen hatte. Meine eigenen schauspielerischen Leistungen hielten sich in Grenzen, aber ich schrieb für mein Leben gern Theaterstücke. Und dieses Manuskript hatte ich bereits seit einiger Zeit auf meiner Festplatte gehabt, bevor ich mich getraut hatte, es Miss Peters zu zeigen.

Jetzt wandte sie sich mir zu. »Es ist wirklich wunderbar geworden, Eliza.«

Ich spürte, dass ich rot wurde. Obwohl ich seit der siebten Klasse die Textbücher für den Kurs schrieb, war mir noch kein Stück so gut gelungen. Für mich litt kein Mann der Filmgeschichte so schön wie Tristan. Für Sky und mich war *Tristan und Isolde* noch vor *Romeo und Julia* die aufwühlendste Liebesgeschichte aller Zeiten und die verbotene Liebe schlechthin. Zur Vorbereitung hatten wir den Film bestimmt hundert Mal gesehen und jedes Mal geheult wie zwei Schlosshunde.

»Möchtest du deinen Mitschülern etwas dazu erklären?«

Ich räusperte mich: »Ich hoffe, ihr habt euch alle den Film angesehen. Ich habe die Handlung so zurechtgestutzt, dass sie in anderthalb Stunden passt. Der Rollenplan und das Textbuch sind fertig. Wir könnten also mit den Proben beginnen.«

»Ich erwarte, dass ihr euch mehr anstrengt als im letzten Jahr«, warf Miss Peters ein. »Mir gefällt das Stück ausgesprochen gut. Jetzt hängt es nur davon ab, was ihr daraus macht.«

Ich strahlte sie an, und ohne dass ich es wollte, glitt mein Blick zu Frazer, der sich zu mir umgedreht hatte. Seine Lippen verzogen sich zu einem Grinsen. Bevor ich das Lächeln erwidern konnte, spürte ich, wie Sky meine Hand quetschte und mir ein »Untersteh dich!« zuraunte.

Frazers Grinsen wurde noch breiter.

Wütend sah ich sie an. Oft kam ich schließlich nicht in den Genuss seiner Aufmerksamkeit. »Eliza«, unterbrach uns Miss Peters in diesem Augenblick, »… hast du dir schon überlegt, wer als Tristan infrage kommt?«

Da war sie – die Chance, auf die ich gehofft hatte. Denn ich wusste natürlich, wen ich vorschlagen würde. Es gab niemanden, der für die Rolle besser geeignet war als Frazer, auch wenn ich wusste, dass er den Kurs nicht aus Leidenschaft fürs Theater gewählt hatte. Aber das war mir ehrlich gesagt egal. Für mich war er das jüngere Abbild von James Franco und ich würde mit ihm proben, bis sein Talent zum Vorschein kam.

Ich räusperte mich. »Frazer, ich schlage Frazer vor.«

Ich hörte ein paar der Mädchen kichern, und Daniel, der schon seit drei Jahren mit mir den Kurs belegte, stieß einen Fluch aus. Ich wusste, dass er auf die Hauptrolle gehofft hatte. Doch auch wenn ich ihn wirklich mochte, darauf konnte ich jetzt keine Rücksicht nehmen. Hier ging es schließlich um die Zukunft meines Liebeslebens.

Mein Blick glitt wieder zu Frazer. Beinahe fassungslos sah

er mich an. Seine Lippen formten tonlos die Worte:» Spinnst du?«

Das war kein so vielversprechender Anfang, wie ich gehofft hatte.

Ich zuckte mit den Schultern und wandte mich wieder Miss Peters zu.

» Ich weiß nicht, ob ich Frazer diese Rolle wirklich zutraue«, überlegte diese laut.

» Ich auch nicht«, stimmte Frazer ihr zu.

Jetzt musste ich alles auf eine Karte setzen, und das, bevor Daniel sich vordrängelte.» Daniel kann König Marke spielen. Frazer wäre die perfekte Besetzung für Tristan. Ich würde zusätzlich mit ihm üben«, presste ich den entscheidenden Satz hervor und hoffte, dass er cooler rüberkam, als er sich in meinen Ohren anhörte.

» Stell dich hinten an«, quietschte jemand von der anderen Seite des Raumes. Gelächter brandete auf, und ich spürte, dass mir heiß und kalt wurde. Ich hatte ja befürchtet, dass dieses Angebot zu eindeutig sein würde. Aber Sky hatte gemeint » ohne Angriff kein Sieg«. Das hatte ich jetzt davon.

Miss Peters ignorierte die Lacher und nickte langsam.» Wenn du das übernehmen möchtest.« Sie wandte sich an Frazer.» Du hast Glück, dass Eliza sich dafür anbietet. Ich glaube, du hast ein A oder B für dein Examen dringend nötig.«

Wenn Frazer diese Bemerkung peinlich war, ließ er es sich jedenfalls nicht anmerken. Er nickte und blätterte in dem Skript, das jeder Schüler bekommen hatte. Glücklich sah er nicht aus. Ich war es umso mehr.

»Also, Frazer, du hast bist morgen Zeit, dir zu überlegen, ob du der Aufgabe gewachsen bist. Kommen wir zur Wahl der Isolde. Wer möchte die Rolle?«

Neugierig sah ich mich um. Normalerweise rissen sich die Mädchen um die Hauptrolle, aber Isolde war nicht leicht zu spielen. Nur drei Mädchen hoben die Hände. Zwei waren das erste Mal in dem Kurs, und dann war da noch Grace. Ich befürchtete das Schlimmste. Irgendwie hatte ich gehofft, dass sie sich nicht für die Isolde interessieren würde. Aber ich hätte wissen müssen, dass sie sich eine Rolle neben Frazer nicht entgehen lassen würde.

Sky wäre die perfekte Besetzung gewesen. Aber sie hatte sich entschieden geweigert, solange ich darauf bestand, Frazer als Tristan vorzuschlagen. Wir hatten uns die halben Sommerferien deswegen gestritten. Dabei hätte sie mit ihren braunen langen Haaren so gut zu ihm gepasst. Sie weckte mit ihrer zarten Statur, ihrer Stupsnase und den paar Sommersprossen darauf den Beschützerinstinkt fast jedes Jungen an unserer Schule. Nur war Sky die Letzte, die einen Beschützer nötig hatte.

»Drei Freiwillige«, murmelte Miss Peters. »Grace, es wäre eigentlich nicht gerecht, wenn du wieder die Hauptrolle bekämst. Andererseits kann ich euch beide nicht einschätzen.« Ihr Blick glitt zu den neuen Mädchen. Ich kannte nur eine von ihnen und wusste von ihr auch nicht viel mehr als den Namen.

»Ich denke, es ist das Beste, wenn jede von euch eine Textpassage der Isolde einstudiert und uns in der nächsten Stunde vorspricht. Dann entscheiden wir, wer geeignet ist.«

Es bestand also noch Hoffnung, auch wenn sie gering war. Grace war wirklich gut, das musste ich ihr lassen. Aber die Vorstellung, wie Frazer die Liebesszenen ausgerechnet mit ihr spielen würde, verursachte mir Bauchschmerzen. Meinem Bruder Fynn würde es sicher auch nicht gefallen.

Als es läutete, zog mich Sky aus dem Raum und bestimmte: »Wir ignorieren ihn.« Sie hielt mein Handgelenk umfasst wie ein Schraubstock. Nur aus dem Augenwinkel sah ich, dass Frazer zwei Schritte in meine Richtung machte, sich dann aber von Grace, die sich ihm an den Arm hängte, aufhalten ließ.

Ich würde schon noch meine Chance bekommen.

»Ich komme mit«, bestimmte Sky nach der Schule. »Wir fahren zur Lichtung, und ich schwöre dir, dass dort kein Tor sein wird.«

Sie würde sich wundern, dachte ich, schwieg aber. Ich war viel zu erleichtert, dass Sky mich nicht allein ließ.

»Sky und ich haben noch was vor, kannst du dir eine Ausrede für Mutter einfallen lassen«, bat ich Fynn.

»Du weißt doch, dass du Ärger kriegst, wenn du nach der Schule nicht nach Hause kommst.«

»Bitte, nur kurz.«

»Aber beeil dich. Ich sage Mum, dass du noch mit Miss Peters sprechen musst.«

Ich winkte ihm zu, und wir verschwanden an der erstbesten Abzweigung im Wald.

Wir fuhren den Pfad hinunter bis zu der Stelle, an der wir die Räder stehen lassen mussten. Von hier aus ging es nur zu Fuß weiter. Je näher wir der Lichtung kamen, umso mulmiger wurde mir. Jedes Rascheln und Knacken erschien mir überlaut. Als wir die Schlucht erreichten, sah ich mich vorsichtig um. Ich drehte mich einmal um meine eigene Achse und sah … nichts. Es war nur Einbildung gewesen. Ein zentnerschwerer Stein fiel mir vom Herzen.

»Habe ich es nicht gesagt«, erklärte Sky. »Du hast einfach zu viel Fantasie, Eliza. Das ist auf Dauer nicht gesund.«

»Ich weiß, aber ich schwöre es dir. Das hier war echt. Das kann ich mir unmöglich eingebildet haben. Und Söckchen hat es auch gesehen.«

Sky sah mich ungläubig an. »Dann werde ich ihn gleich mal fragen. Meinst du, ich kriege auch noch einen Schokodonut von deiner Mutter? Ich könnte einen vertragen.« Wie zur Bestätigung knurrte ihr Magen laut auf.

Ich lachte. »Ich klaue uns welche, und dann lassen wir uns von Grandma die Karten legen. Ich will wissen, ob das Stück ein Erfolg wird.«

Wir wandten uns zum Gehen, als mir ein betörender Duft in die Nase stieg. Das war ein Geruch, der hier absolut nicht hingehörte. Ich roch Milchreis mit heißen Kirschen, mein Lieblingsgericht. Selbstverständlich kochte meine Mutter es nur in Ausnahmefällen, da sie es zu süß und ungesund fand. Sie liebte es vegetarisch und so kohlenhydratarm wie nur möglich. Es war fast absurd zu sehen, wie sie ihre Gäste dagegen mit ihrem süßen Kuchenzeug vollstopfte.

Was also hatte dieser Duft hier zu suchen? Ich wandte mich zurück zur Lichtung und schrie auf.

Es war wieder da. Ich wich zurück und stieß gegen Sky.

»Hey, pass doch auf!«

Dieser Duft kam eindeutig aus diesem Tor! Jetzt ließ es sich nicht mehr leugnen. Ich schnupperte. Milchreis, kein Zweifel, Zimt und warme Butter. Mein Magen knurrte. »Riechst du das?«

»Was?« Sky griff nach meiner Hand und versuchte, mich nach oben zu ziehen. »Eliza, du machst mir Angst.«

»Nein, warte. Du musst es doch sehen. Dort steht es.« Ich riss mich los. »Siehst du es etwa nicht?« Ich trat vorsichtig zwei Schritte näher, streckte meine Nase vor und sog den köstlichen Duft ein. »Hhm. Riechst du es wirklich nicht?«

Sky trat neben mich. »Eliza, hier ist nichts – gar nichts. Außer deinen geliebten Bäumen natürlich. Alles ist genauso wie immer.«

»Alles?«

»Alles.«

»Dann sehe womöglich nur ich es.« Der Gedanke schockierte mich. »Es ist wunderschön.« Licht umgab das Tor und formte sich zu filigranen Ranken. Sie bildeten einen Bogen aus glitzernden Blüten. Winzige Schmetterlinge aus leuchtendem Staub flatterten um das Tor und ließen sich auf den Blüten nieder, die in allen Regenbogenfarben schimmerten. Ich streckte meine Hand aus. Es kribbelte, als einer der Schmetterlinge sich auf meinem Handrücken niederließ. Zwei dunkle Augen mit langen Wimpern sahen mich an.

Sky riss mich zurück. »Was tust du da, Eliza?«

»Gib mir deine Hand.« Ohne ihre Widerworte abzuwarten, hielt ich Skys Hand in das Licht. Plötzlich stoben Hunderte dieser kleinen Schmetterlinge auf und verschlossen mit ihren Flügeln das Tor.

Als ob sie sich verbrannt hätte, zog Sky ihre Hand zurück.

»Hast du das gespürt?«

Sky nickte. »Was war das? Da war plötzlich eine Wand in der Luft.«

»Es sind Schmetterlinge aus Staub und Licht. Vollkommen verrückt.« Fasziniert beobachtete ich, wie das Licht durch die spinnenwebenfeinen Flügel fiel.

Das aufgeregte Flattern der kleinen Wesen hatte sich in dem Moment beruhigt, in dem Sky ihre Hand zurückzogen hatte. Langsam setzten sie sich wieder auf die Blüten, die das Tor umrankten.

»Ich glaube, es ist wirklich besser, wenn wir von hier verschwinden und am besten nie wiederkommen«, ließ Sky mit zitternder Stimme vernehmen.

Ihre Worte waren kaum verstummt, als das Tor sich vor meinen Augen in Luft auflöste. Ich schüttelte ungläubig den Kopf. Das musste ich erst einmal verdauen, dann würde ich weitersehen. Beim Thema Verdauen gab mein Magen wieder hungrige Geräusche von sich, kein Wunder bei diesem Duft. Ich musste an irgendeiner Mangelerscheinung leiden. Sicher fehlte mir ein wahnsinnig wichtiges Vitamin und sorgte dafür, dass ich Halluzinationen hatte.

3. Kapitel

Als wir nach Hause kamen, stand ein Teller mit kaltem Gemüseauflauf auf dem Küchentisch. Lustlos stocherte ich in den Paprika-, Auberginen- und Zucchinistücken herum und träumte von klebrigem Milchreis mit einer dicken Schicht Zimt und Zucker. Sky hatte meiner Mutter einen Schokodonut abgeschwatzt. Aber sie hatte sie schon in der zweiten Klasse verzaubert, als sie ihr irgendein furchtbar kompliziertes Stück auf dem Klavier vorgespielt hatte.

Mein Milchreistraum verschwand, als Fynn in die Küche kam und mich prüfend ansah.

»Und was gab es so Wichtiges, dass du Mum mal wieder Anlass gegeben hast, sauer auf dich zu sein?«

Er nannte sie natürlich Mum. Genervt ließ ich die Auflaufpampe von der Gabel auf den Teller zurück platschen. Dann nahm ich das Zeug und kippte es wortlos in den Müll.

Fynn schüttelte verständnislos den Kopf.

»Da passiert etwas Merkwürdiges«, sagte ich. »Merkwürdig und beängstigend. Stimmt's, Sky?«

Sky nickte mit vollem Mund.

»Dann solltet ihr euch davon fernhalten«, erwiderte Fynn, die Vernunft selbst.

»Meine Worte.« Sky schluckte ihren letzten Bissen hinunter. Fynn reichte ihr eine Serviette. »Hier, du Schokomonster.« Verlegen wischte Sky sich die Schokolade von den Lippen.

Diese Antwort hatte ich von Fynn erwartet, und genau das weckte in mir immer den Drang, das Gegenteil zu tun.

»Was findest du so merkwürdig?« Grace stand so plötzlich in unserer Küche, dass wir zusammenzuckten. Das Letzte, was ich wollte, war, dass sie von meiner Entdeckung erfuhr. Bei ihr konnte man nie wissen, was sie mit ihren Informationen anfing.

»Das geht dich gar nichts an«, fauchte ich.

Sie legte ihren Arm um Fynns Taille und schmiegte sich an ihn.

»Lass uns gehen«, säuselte sie, und sofort hatte Fynn alles, was mich betraf, vergessen. Im Rausgehen warf mir das Luder noch einen triumphierenden Blick zu. Irgendwann würde ich es ihr zurückzahlen, nahm ich mir vor. Fynn konnte nicht ewig derart in sie verknallt sein. Das war nicht normal.

»Diese blöde Zicke.« Sky sprach aus, was ich nur dachte. »Fynn hat definitiv etwas Besseres verdient.«

»Ich weiß«, stöhnte ich. »Und ich hoffe, darauf kommt er noch mal ganz von selbst. Ich frage mich, wie jemand, der so klug ist, so wenig Menschenkenntnis besitzen kann.«

Sky kicherte. »Wahrscheinlich hat sie Qualitäten, von denen wir nichts ahnen.«

»Wahrscheinlich. Lass uns zu Grandma gehen. Sie soll uns unsere Tageskarten legen. Vielleicht verraten sie uns etwas über das Tor.«

Sky schnaubte. »Ganz bestimmt. Das kann unmöglich echt gewesen sein, Eliza.«

»Aber du hast es doch gespürt, oder?«

»Ja, ich habe etwas gespürt«, gab Sky widerstrebend zu. »Aber ich will gar nicht anfangen zu glauben, dass dieser Traum wahr sein kann.«

»Ich habe euch schon gehört«, begrüßte Granny uns. Sie saß in ihrem Wohnzimmer, im Erdgeschoss unseres Hauses, wo sie die zwei schönsten Zimmer bewohnte. Eine große Glastür führte direkt in unseren Garten, den sie hingebungsvoll pflegte. Auf dem Tischchen vor ihr stand eine dampfende Kanne Tee, und daneben lag der unvermeidliche Stapel Tarotkarten, den sie überall mit hinschleppte, um mit ihren Voraussagen für Überraschung zu sorgen. Die Karten lügen nicht – das war ihr Mantra, und meistens hatte sie damit recht. Die Karten hatten ihr verraten, dass meine Mutter schwanger war, noch bevor diese es selbst wusste, und sie hatten ihr auch gesagt, dass wir Zwillinge werden würden. Sie hatten gesehen, dass ich mir ein Bein brechen würde und dass Mutters Café Erfolg beschieden sein würde. Leider hatten sie ihr auch den Tod meines Großvaters vorhergesagt. Solche Dinge wollte ich nicht vor der Zeit wissen. Sie behauptete immer, dass sie froh darüber gewesen war, weil sie so von ihm Abschied hatte nehmen können. Ich kuschelte mich zwischen die vielen blumenbestickten Kissen auf das Sofa, und Sky nahm auf einem Sessel Platz.

»Was gibt es Neues, ihr zwei?«, fragte sie, und ihre wasserblauen Augen funkelten neugierig in ihrem von der vielen Gartenarbeit gebräunten Gesicht.

»Unser Plan ist aufgegangen«, begann ich. »Frazer hat die Rolle.«

Granny hob ihre Hand, und ich schlug ein. Ein Grinsen stahl sich auf ihr Gesicht. »Habe ich es nicht gesagt?«

Es war ihre Idee gewesen, dass ich gleich beim ersten Mal Frazer für die Rolle vorschlagen sollte.

»Kein anderer Junge hat sich getraut, etwas dagegen zu sagen, oder?«

Ich schüttelte den Kopf. »Woher hast du das gewusst? Daniel war echt sauer.«

»Frazer ist so ein Typ, mit dem andere Jungs sich nicht gern anlegen. Er ist einfach zu beliebt. Jungs sind so.«

Ich fragte mich, wie eine Frau wie meine Großmutter, die niemals aus diesem Nest rausgekommen war und mit achtzehn einen Mann aus dem Dorf geheiratet hatte, solche Dinge über Jungs wissen konnte.

»Kennst du einen, kennst du alle«, beantwortete sie meine stumme Frage, und wir lachten gleichzeitig los. Das war einer ihrer Lieblingssprüche.

»Grace wird wahrscheinlich die Isolde spielen«, gestand ich.

Granny winkte ab. »Lass sie nur. Du bleibst bei unserem Plan. Ich bin sicher, dass er dein Angebot, mit ihm zu proben, nicht ausschlagen wird. Er ist zwar faul, aber nicht dumm. Er ist wie sein Großvater.« Sie geriet ins Schwärmen. »Er sah in seiner Jugend mindestens genauso gut aus.« Ich hatte Granny ein Jahrgangsfoto gezeigt, und sie hatte sofort gewusst, wer Frazer war. Sie hatte es mir nicht direkt verraten, aber ich vermutete, dass sie in ihrer Jugend in Frazers Großvater verknallt gewesen war. Deshalb konnte sie mich auch so gut verstehen.

»Ich habe ihm in der Stunde angeboten, ihm zu helfen, aber ich bin nicht sicher, ob er die Rolle überhaupt übernimmt. Er kann immer noch einen Rückzieher machen.«

»Das wird er nicht, Kindchen. Ganz bestimmt nicht. Vertrau deiner alten Großmutter.«

»Deine Zuversicht möchte ich haben.«

»Wie hat Miss Peters das Textbuch gefallen?«, fragte Granny, ohne auf meine Bemerkung weiter einzugehen.

»Sie hat mich gelobt«, erzählte ich.

Großmutter nahm mich in den Arm. »Das ist so toll, Eliza. Ich bin stolz auf dich. Das wird dein Jahr werden. Du wirst sehen.«

Ich nickte. Das glaubte ich auch.

Granny rieb sich die Hände. »Welche Legung probieren wir heute?«

»Heute nur die Tageskarte, Granny. Sky hat noch Klavierstunde.«

Grandma reichte mir die Karten und bat mich zu mischen.

Dann legte sie die Karten nebeneinander verdeckt vor sich auf dem Tisch aus. Ich wusste genau, was ich zu tun hatte. Also schloss ich die Augen und konzentrierte mich auf meine Frage. Was hatte dieses Tor zu bedeuten? Dann tippte ich auf eine der Karten, und Granny drehte sie um. Es war der Ritter der Kelche.

»Nimm die Einladung an«, sagte sie und musterte mich. »Diesmal keine Frage zu Frazer?«

Ich schüttelte den Kopf und sah Sky an, die erschrocken auf die Karte sah.

»Lass dich von deiner Intuition leiten. Achte auf die Botschaften, die dir überbracht werden, und dann triff deine Entscheidung einfach aus dem Bauch heraus. Dann kannst du nicht fehlgehen. Ein Bote wird dir eine wichtige Nachricht übermitteln.«

Granny brach ihre Erklärung abrupt ab und schob etwas fahrig die Karten zusammen, um sie Sky zu reichen, damit diese sie mischte.

Dann wiederholte sie das Prozedere mit der Auslegung und ließ Sky eine Karte wählen.

»Sky, so eine schöne Karte. As der Kelche. Eine meiner Lieblingskarten.« Sie lächelte sie an. »Die Karte der Liebe.«

Ich fragte mich, was Sky gefragt hatte. Mit der Liebe hatte sie es bisher nicht gerade gehabt. Bis zur Sechsten hatten wir beide natürlich alle Jungs blöd gefunden. Bei mir hatte sich das irgendwann geändert – im Gegensatz zu Sky. Außer an Fynn hatte sie an jedem Jungen etwas auszusetzen. Fynn. Ich musterte meine Freundin. Konnte es sein, dass Sky in Fynn verliebt war? Unmerklich schüttelte ich den Kopf. Das hätte ich doch sicher bemerkt, oder nicht?

»Der Kelch steht für Gefühle und Liebe«, erklärte Granny. »Geben und Nehmen sind im Einklang. Diese Karte zeigt, dass sich dir bald die Chance auf die große Liebe eröffnen wird. Du musst nur zugreifen.«

Skys blasse Wangen röteten sich, sie räusperte sich. »Okay. Ich glaube, ich muss jetzt los.« Sie griff nach ihrer Tasche, nickte uns noch einmal kurz zu und verschwand, während Granny und ich ihr verblüfft hinterhersahen.

»Weißt du, wer es ist?«, fragte Granny.

Ich schüttelte den Kopf. »Aber ich hätte da eine Idee.«

»Gibt es sonst etwas, worüber du mit mir reden möchtest?«

»Nein, wieso?«

»Du hast noch nie den Ritter der Kelche gezogen.«

»Na und? Ich habe doch sicher einige Karten noch nie gezogen, oder?«

»Doch, alle bis auf diese.«

»Na, dann besser spät als nie.« Ich ignorierte ihren durchdringenden Blick und gab ihr einen Kuss auf die Wange. »Ich brauche dringend noch ein wenig Bewegung«, verabschiedete ich mich von ihr.

Warum hatte Sky das Tor weder gesehen noch gerochen? Nur gespürt hatte sie es, als die Schmetterlinge es vor ihr verbarrikadierten. Wenn ich sie bloß anrufen könnte. Aber Mutter hatte mein Handy immer noch nicht wieder herausgerückt. Meine Füße gingen von ganz allein zu meinem Fahrrad. Nervös trommelte ich mit meinen Fingern auf dem Lenkrad herum.

Eine schneeweiße Taube flatterte direkt auf mich zu und setzte sich auf meinen Fahrradsitz.

Vögel hatte ich noch nie besonders gemocht. Ich wich einen Schritt zurück und ließ mein Rad los. Prompt purzelte es gegen Fynns, und beide krachten zu Boden.

Ich stöhnte. Er würde mich umbringen, wenn sein geliebtes Rad auch nur eine Schramme bekam. Die blöde Taube hatte sich indessen auf einem Baumstumpf niedergelassen, ihren Kopf schief gelegt und sah mich an.

»Siehst du, was du angerichtet hast«, schimpfte ich, hielt inne und schüttelte den Kopf. Ich sprach mit einer Taube, so weit war es mit mir gekommen. Ich sah mich um, ob ich beobachtet wurde. Keine Menschenseele in Sicht.

»Puh.« Zum Glück. Ich versuchte, die beiden ineinander verknoteten Fahrräder voneinander zu trennen, und wischte mit meinem Jackenärmel über Fynns Rad, was leider, außer dass meine Jacke schmutzig wurde, nicht viel brachte.

Ich schwang mich auf meins und radelte los. Den Schatten direkt neben meinem linken Ohr spürte ich eher, als dass ich ihn sah. Meine Bremsen quietschten überlaut, als ich stoppte. Wie in Zeitlupe flog ich über das Lenkrad und knallte auf den harten Waldboden. Ächzend rappelte ich mich auf und sah mich suchend um. Die Taube hockte am Wegesrand. Verfolgte das Vieh mich? Irgendwer musste es dressiert haben. War es möglich, dass mir jemand einen Streich spielen wollte? Jede andere Erklärung war unheimlich.

Ich wollte wieder aufsteigen und stöhnte auf, als ich sah, was mit meinem Rad passiert war. Das Vorderrad war zu einer Acht verbogen. Na, wunderbar. Ich konnte es nur noch zurückschieben. Nun musste ich morgen mit Großmutters

Rad zur Schule fahren – da hatte ich mit Sicherheit wieder die Lacher auf meiner Seite, es war geschätzte hundert Jahre alt. »Sch…« Das Sch-Wort durfte ich ja nicht sagen. »Schmist, Schmist, Schmist«, schimpfte ich stattdessen vor mich hin und bedachte die Taube mit giftigen Blicken. Allerdings störte die das gar nicht. Interessiert beobachtete sie, wie ich das Rad aufhob und eiernd vor mir herschob. Zum Glück blieb sie sitzen und flatterte mir nicht hinterher. Erleichtert atmete ich auf. Nach ungefähr fünfzig Metern wagte ich einen Blick zurück. Nichts zu sehen. Ich beeilte mich, nach Hause zu kommen, noch einmal wollte ich nicht allein mit ihr zusammentreffen.

Ich schob mein Fahrrad zum Schuppen und lief zum Haus. Schon von Weitem konnte ich hören, dass im Café Hochbetrieb herrschte. Söckchen kam mir entgegengewuselt, und ich nahm ihn auf den Arm. Gemeinsam schlichen wir in mein Zimmer, und ich zog meinen Süßigkeitenvorrat unter dem Bett hervor. Ich brauchte dringend etwas, um meine Nerven zu beruhigen.

Erst als ich mir den ersten Riegel in den Mund schob, entspannte ich mich. Ein zweiter folgte umgehend. Am meisten liebte ich diese Dinger mit Karamell und Nüssen, die besonders schlecht für die Zähne waren.

Genüsslich biss ich hinein, als ich ein Flattern vernahm und mein Herz in die Hosentasche sackte. Die Taube ließ sich auf meinem Fensterbrett nieder und begann zu gurren. Das konnte nicht wahr sein.

Söckchen maunzte empört, als er den Eindringling bemerkte. Zu meinem Erschrecken nahm der Angsthase Anlauf und sprang auf das Fensterbrett. Er versuchte es jedenfalls. Nur mit Müh und Not klammerte er sich mit seinen winzigen Pfötchen an den Sims, um sich hochzuziehen. Die Taube war bei seinem lächerlichen Angriff kurz aufgeflattert und beäugte nun den kläglichen Versuch hochmütig. Erst sah sie den Kater arrogant an und dann mich. Ich sprang auf, schnappte mir Socke, schlug das Fenster zu und zog die Vorhänge davor. Genau in dem Moment platzte meine Mutter herein und entdeckte bei dieser Gelegenheit all meine zusammengehamsterten Schätze, die auf meinem Bett verstreut lagen. Ihr Blick sprach Bände.

»Das glaube ich jetzt nicht, Eliza? Ich schufte mich da unten ab, und du isst in aller Seelenruhe Süßigkeiten? Wie oft habe ich dir schon gesagt, dass du mir nach der Schule helfen sollst?«

Ich seufzte, ohne zu antworten.

»Und was ist das wieder für ein Mist, den du in dich hineinstopft? Kannst du dein Taschengeld nicht für sinnvollere Dinge ausgeben?«

Sie meinte die fünf Pfund, die sie mir großzügig jede Woche zusteckte – klar, dass sie erwartete, dass ich damit Fachbücher kaufte oder sonst etwas Nützliches.

»Weshalb hilft Fynn denn nicht mal?«

Mutter stütze ihre Arme in die Seiten. »Du weißt genau, dass Fynn sich auf sein Aufnahmegespräch an der Uni vorbereiten muss. Er braucht seine Ruhe.«

Ein Quietschen und Kichern drang in diesem Moment aus Fynns Zimmer.

»Klingt nicht so nanomäßig, wenn du mich fragst.« Mutter guckte nur streng. Sie wusste genauso gut wie ich, dass Fynn sich mehr mit Grace beschäftigte als mit diesem Auswahlgespräch. Er konnte auch ohne Vorbereitung jeden Gesprächspartner um den Finger wickeln.

»Ich möchte das mit dir nicht diskutieren. Du gehst bitte runter, und ich sammle dieses Zeug ein.« Ihr Gesicht verzog sich angeekelt, als sie auf meine geliebten Süßigkeiten zeigte.

Da ich aus Erfahrung wusste, dass Diskussionen in diesem Fall nichts nützten, schob ich mich an ihr vorbei.

Während ich die Treppe hinunterlief, hörte ich, wie sie die Leckereien zusammensammelte und dabei vor sich hin schimpfte. Es würde ewig dauern, bis ich wieder so viel zusammenhatte, dass ich in diesem Haus einigermaßen satt wurde.

Um sie nicht noch mehr in Rage zu bringen, wusch ich ohne zu murren das Geschirr. Weshalb Mutter sich keinen Geschirrspüler anschaffte, war mir schleierhaft. Sie wollte ihr handgetöpfertes Geschirr nicht ruinieren, hatte sie behauptet. Missmutig betrachtete ich die aufgequollene Haut an meinen Fingern. Meine Hände gefielen mir normalerweise. Meine Finger waren lang und feingliedrig und meine Fingernägel gleichmäßig geformt. Klavierfinger, wie Vater betont hatte, bis er mir zu meinem Erschrecken, als ich sieben wurde, ein Klavier kaufte. Selbstverständlich stand ich im Gegensatz zu Sky mit dem Ding auf Kriegsfuß und war froh, dass mittlerweile niemand im Haus mehr Wert darauf legte, dass ich darauf spielte. Im Moment konnte ich mit meinen Händen jedenfalls nicht punkten.

Ob ich Granny nach dem Tor fragen sollte? Sie hatte mich praktisch seit frühester Kindheit mit Geschichten über Elfen, Trolle und Shellycoats gefüttert. Kein Wunder, dass ich so eine blühende Fantasie besaß. Im Grunde konnte ich nichts dafür. Vielleicht kannte sie eine Geschichte dazu – irgendeine uralte Legende.

Allerdings entsprang dieses Tor weder der Fantasie noch einem Märchen. Es war wirklich. Ich fragte mich, was sie zu meiner Entdeckung sagen würde. Der Gedanke, ihr alles zu erzählen, beruhigte mich. Ich starrte den riesigen Berg verschmierter Kuchenteller an und fühlte mich einmal mehr wie Aschenputtel.

Auf dem Rasen vor dem Haus jagte Socke den Schmetterlingen nach. Amüsiert beobachtete ich sein Treiben, als ich ein wohlbekanntes Flattern vernahm. Da war sie wieder. Direkt vor mir auf dem Fensterbrett. Die Taube.

Das war langsam unheimlich. Es war unmöglich, einen Vogel so zu dressieren, dass er mir folgte. Dazu dieser Blick, viel zu menschlich.

Ich ließ den Teller, den ich gerade spülte, zurück ins Becken plumpsen und trat aus der Küchentür. Beherzt ging ich auf die Taube zu. Was würde sie tun? Nur noch drei Schritte von ihr entfernt, nur noch zwei Schritte … Da flog sie auf. Ich zuckte zurück. Hah, ich hatte ihr Angst eingejagt. Ungefähr fünf Schritte von mir entfernt ließ sie sich wieder nieder. Das wurde mir zu dumm. Ich nahm Anlauf und rannte auf sie zu, sie stob auf und flatterte davon. Ich stolperte über eine Baumwurzel und fiel der Länge nach hin. Bums. Meine Handflächen brannten wie Feuer. Vorsichtig setzte ich mich auf und rieb mir die Hände. So ein verdammter Mist.

Suchend sah ich mich um. Wo war das verflixte Federvieh? Hatte meine Attacke die Taube vertrieben? Nein, natürlich nicht, es war auch ein wirklich kläglicher Versuch gewesen. Da saß sie am Waldrand.

Ich zog meine Augenbrauen zusammen. »Komm, Söckchen, wir werden sehen, wer der Stärkere ist.«

Gemeinsam liefen wir auf sie zu. Die Taube, als hätte sie nur darauf gewartet, flatterte vor uns her. Wir folgten ihr tiefer in den Wald hinein. Nach einer Weile wurde mir klar, wo sie hinflog, und ich blieb wie angewurzelt stehen.

»Söckchen«, rief ich. »Komm auf der Stelle zu mir.«

Der Kater tat, als würde er mich nicht hören. Vergnügt rannte er hinter der Taube her.

»Komm her!«, rief ich ihn laut und etwas hysterisch, doch keine Reaktion.

Mir blieb nichts übrig, als den beiden zu folgen und Söckchen einzufangen. Panisch bemerkte ich, dass wir fast da waren. Ich sah schon das Licht durch die Bäume funkeln, roch den Geruch von Milchreis und vernahm zu allem Überfluss auch noch Musik. Leise schwebten die Klänge durch die Luft. Ein Wunder fast, dass man sie zwischen den Geräuschen des Waldes ausmachen konnte. Jetzt war es zu spät, um wegzulaufen. Söckchen kletterte die Stufen hinunter und stand auf der Lichtung. Kläglich maunzend rief er nach mir. So ein dummes Tier. Schnell lief ich zu ihm und stand vor der Pforte. Womöglich war das Licht sogar noch schöner als beim letzten Mal, der

Duft noch betörender und die Musik lieblicher als alles, was ich jemals gehört hatte. Die Taube war verschwunden.

Ich verspürte den unbändigen Drang, das Leuchten zu berühren. Neben mir jammerte Söckchen. Todesmutig streckte ich meine Hand aus. Mehrere der kleinen Schmetterlinge setzten sich auf meinen Arm und sahen mich auffordernd an. So kam es mir jedenfalls vor. Es fühlte sich komisch an. Das Licht schmiegte sich an meine Haut, sodass diese zu funkeln begann. Es sah schön aus, aber auch beängstigend. Fasziniert betrachtete ich das Schauspiel, bevor ich meinen Arm widerwillig zurückzog.

Das Tor lockte mich. Das Tor und die Schmetterlinge. Sie wollten, dass ich es berührte und hindurchging. Was sollte ich tun? Die Taube hatte mich hergelotst, da war ich sicher. Selbst wenn das völlig verrückt war. Doch wo war sie jetzt? Die einzige logische Erklärung für ihr Verschwinden war, dass sie durch diese ominöse Pforte geflogen war. Gänsehaut rieselte meinen Rücken hinunter. *Stargate* fiel mir wieder ein. Was, wenn ich es tatsächlich mit einem Himmelstor zu tun hatte? Wer weiß, wo ich landete, falls ich mich entschloss hindurchzugehen. Würde ein Alien sich die Mühe machen und sich in eine Taube verwandeln, um mich auf seinen Planeten zu locken? Ausgerechnet mich? Ich musste lachen. War es nicht wahrscheinlicher, dass ein riesiges Ufo über unserem Haus kreiste und sich meinen superschlauen Bruder schnappte? Es war zu verrückt.

Ich wich zurück und übersah dabei Socke, der seinen kleinen Körper um meinen rechten Unterschenkel gewickelt hatte.

Ich verlor das Gleichgewicht und versuchte, mich irgendwo festzuhalten. Leider war da nichts. Nur das Nichts eben – Licht und Glitzer verschwammen vor meinen Augen, die ich fest zusammenkniff. Ich war sicher, gleich durch ein schwarzes Loch zu rasen. Ich ruderte mit den Armen und dann fiel ich. Nicht besonders tief allerdings und von Rasen konnte auch keine Rede sein. Spitze Zweige und Kienäpfel bohrten sich schmerzhaft in meine Knie. Sonst geschah nichts. Trotzdem traute ich mich nicht gleich, meine Augen wieder zu öffnen. Man konnte schließlich nie wissen, welche Tricks Aliens so auf Lager hatten. Stattdessen lauschte ich angestrengt. Ich hörte das altvertraute Zwitschern der Vögel, das Hämmern eines Spechtes, das Rauschen der Blätter und das Plätschern des Baches. Nichts, was nicht hierher gehörte. Endlich öffnete ich erst das eine, dann das andere Auge. Ich stand, oder besser, kniete auf allen vieren in einem Wald, was keine wirkliche Überraschung war.

Zögernd sah ich mich um. Das war definitiv mein Wald. Die Pforte war verschwunden. Erleichtert atmete ich auf. Sie musste sich in dem Moment aufgelöst haben, als ich – ja, was eigentlich? Hineingeplumpst war? So etwas konnte auch wirklich nur mir passieren. Jeder vernünftige Mensch hätte sich dem Ort nicht mehr auf hundert Lichtjahre genähert. Aber es war ja nichts geschehen. Alles war wie immer.

4. Kapitel

»Söckchen?«, rief ich. »Wo bist du? Komm schon, es ist vorbei.« Doch wie ich auch rief und lockte, der Kater blieb verschwunden. Ich suchte hinter jedem Strauch und konnte ihn nicht finden. Ich stemmte die Arme in die Hüften und schimpfte laut. Sicher war dieser Feigling nach Hause gelaufen und hatte sich unter meinem Bett versteckt. Na, der konnte was erleben. Erst klammerte er sich so an mir fest, dass ich seinetwegen fast durch dieses bescheuerte Tor gefallen wäre, und dann ließ er mich allein zurück. Komisch eigentlich. Es konnten doch maximal ein paar Minuten vergangen sein, hoffentlich war ihm nichts zugestoßen. Allein war er hilflos.

»Das kleine Ungeheuer ist auf der anderen Seite, da kannst du lange suchen. Jeden lassen wir auch nicht rein«, ertönte plötzlich eine Stimme. Ich wirbelte herum, sah aber niemanden. Jetzt hörte ich schon Stimmen – etwas stimmte mit mir ganz und gar nicht.

»Ich bin über dir«, sagte der Unsichtbare und klang genervt. Verwundert hob ich den Kopf und bekam kugelrunde Augen. Direkt über mir auf dem Baum schaukelte auf einem Ast ein winziges, dickes Männchen. Aliens hatte ich mir eigentlich anders vorgestellt. Ich starrte ihn an. Der Anblick verschlug mir buchstäblich die Sprache.

»Was ist? Bist du plötzlich stumm?«, pöbelte das Wesen.

»Waa…aas, äh, wee…eer bist du?«, stammelte ich und kam mir dämlich vor. Ihm schien es nicht anders zu gehen, denn er sah mich mit hochgezogenen Augenbrauen an. Wenn man diese Flusen Augenbrauen nennen wollte.

»Du sollst den Elfen aus der Patsche helfen?«, fragte er. »Mit denen geht es immer mehr bergab.«

Damit ließ er sich von dem Ast fallen, auf dem er baumelte. Ich taumelte einen Schritt zurück und sah ihn bereits zerschmettert am Boden liegen. Doch offensichtlich wusste er, was er tat, denn er landete genau auf zwei winzigen behaarten Hobbitfüßen. Er betrachtete mich einen Moment kritisch, sodass ich mich fühlte wie in einer Prüfung, dann wandte er sich ab und stapfte davon.

»Hey, was meinst du mit anderer Seite«, gewann ich augenblicklich meine Stimme zurück.

Aber das Kerlchen lief für seine Größe erstaunlich schnell davon. Ich nahm meine Beine in die Hand und hastete hinterher.

»Warte doch, wo bin ich denn? Was heißt andere Seite? Es sieht doch gar nicht anders aus«.

»Das ist typisch für euch Menschen. Ihr wart und werdet eins immer sein – ignorant.« Wenigstens blieb er stehen, stemmte seine Ärmchen, die für den runden Körper viel zu dünn waren, in die Hüfte und begann mit seinem Vortag.

»Merkst du nicht, dass das Licht heller und wärmer ist? Dass die Luft süß duftet? Dass die Vögel lieblicher singen?«

Ich sah mich um, schnupperte und zuckte mit den Schultern.

»Ich weiß nicht, was du meinst.«

»Sag ich doch, ignorant.«

»Du könntest mir vielleicht erklären, was hier vor sich geht.« Jetzt wurde ich langsam sauer. Da stand ich und ließ mich von einem haarigen Wesen beschimpfen.

»Nicht mein Job. Sollen sich die blöden Elfen um dich kümmern. Die haben dich schließlich reingelassen.«

Mit diesen Worten drehte er sich um und verschwand endgültig im Unterholz. Dorthin konnte ich ihm blöderweise nicht folgen.

Ich stand wie angewurzelt da und schaute ihm nach. Das musste ein Traum sein, sicher war ich gestürzt und hatte mir den Kopf gestoßen. Jetzt lag ich ohnmächtig im Wald, und wenn niemand mich fand, würde ich sterben. Ich kniff mir fest in den Arm.

»Autsch!« Das war zu fest gewesen, aber wenigstens hatte ich den Beweis, dass ich nicht im Koma lag.

Der merkwürdige Kauz ließ sich nicht mehr blicken, und in Ermangelung einer Alternative ging ich den Weg, der sich vor mir erstreckte, weiter. Den gab es in meinem Wald definitiv nicht. Dort wand sich nur ein Pfad zwischen den Bäumen hindurch, und der führte zu unserem Haus. Was ging hier vor sich? Aufmerksam betrachtete ich die Umgebung, jederzeit darauf gefasst, ein Ungeheuer oder etwas Ähnliches zu entdecken.

Aber alles, was ich nach einer Weile sah, war ein Mädchen, das mit ihrem Oberkörper zwischen Himbeerbüschen steckte. Erleichtert atmete ich auf. Ich war nicht allein. Zwar war der Wald nicht gerade unheimlich, aber die Begegnung mit dem haarigen Kerl hatte mich doch etwas verschreckt. Ich hatte versucht, mir einzureden, dass auch er Einbildung war, aber es hatte nicht so richtig funktioniert – außer ich hatte einen Hirntumor, war unheilbar krank oder etwas Ähnliches.

Egal, das Mädchen kannte sich sicher aus. Ich blieb hinter ihr stehen und beobachtete sie interessiert. Die Farbkombination ihrer Klamotten war mehr als mutig, und mein Modegeschmack war schon nicht sonderlich ausgeprägt. Sie pflückte selbstvergessen Himbeeren und Walderdbeeren, die hier in Hülle und Fülle wuchsen. Dabei murmelte sie unablässig »Die Guten ins Töpfchen, die Schlechten ins Kröpfchen« und ließ den Worten entsprechende Taten folgen. Ich räusperte mich, um sie nicht zu erschrecken, während ich überlegte, woran diese Worte mich erinnerten. Sie fuhr herum.

Prompt musste ich lachen. Sie sah mit ihrem erdbeerroten verschmierten Gesicht, den zerzausten, langen, orangefarbenen Haaren, die zu Dreadlocks gedreht waren, zu komisch aus. Dazu der goldgelbe Pullover, ein kurzer, violetter Rock und grüne Strumpfhosen, so lief kein Mensch herum. Und dann bemerkte ich ihre spitzen Ohren, die aus ihrem Haarschopf hervorlugten, und mein Lachen verwandelte sich vor Schreck in einen Schluckauf.

»Wer bist du denn?«, fragte sie mich verwundert.

»Hicks. Ich bin … hicks. Eliza hicks …«

»Eliza Hicks? Komischer Name. Wie kommst du hierher? Du bist ein Mensch«, stellte sie eine offenkundige Tatsache fest und klang dabei vorwurfsvoll.

»Ehrlich gesagt habe ich keine Ahnung, wo ich hier bin.« Ich zog das *hier* absichtlich in die Länge.

Ungläubig sah sie mich an.

»Es waren schon seit Ewigkeiten keine Menschen mehr hier.« Jetzt äffte sie mich auch noch nach. Gelassen schlich sie um mich herum und beäugte mich wie ein seltenes Insekt.

»Was soll das heißen? Ich wohne hier in der Nähe«, erwiderte ich und zeigte dabei lahm in die Richtung, aus der ich gekommen war. Das war schließlich mein Wald. Ich würde nicht behaupten, dass ich jeden Ast persönlich kannte, aber fast.

»Das kann nicht sein, du bist nicht mehr in der Menschenwelt.«

Plötzlich verstummte sie und starrte mich erschrocken an, dann schlug sie sich an die Stirn, als wäre ihr etwas Wichtiges eingefallen.

»Larimar hat dich gerufen«, flüsterte sie.

»Niemand hat mich gerufen«, erwiderte ich ärgerlich. »Da war so ein blödes Tor im Wald.«

Sie nickte.

»Das Tor zwischen den Welten. Sie muss es für dich geöffnet haben.«

In meinen Ohren klingelte es – also doch *Stargate*. Mir wurde gleichzeitig heiß und kalt. Ich schwankte, und das Mädchen griff geistesgegenwärtig nach meinem Arm, um mich festzuhalten.

»Klingt wilder, als es ist«. Sie zwinkerte mir aufmunternd zu. »Keine Ahnung, wer sich diese bescheuerte Bezeichnung ausgedacht hat. Komm, ich bringe dich zu ihr. Ich kann mir denken, weshalb du hier bist.«

Sie griff nach meiner Hand und zog mich hinter sich her.

»Hey, warte!« Ich hatte nicht vor, mich zu weit von der Lichtung zu entfernen. »Ich muss zurück, sonst kriege ich einen Haufen Ärger mit meiner Mutter.«

»Sie wird gar nicht merken, dass du weg gewesen bist«, erklärte sie kryptisch. »Ich bin übrigens Jade«, setzte sie hinzu und wirkte trotz des Tempos, das sie vorlegte, kein bisschen außer Atem.

Ich konzentrierte mich auf die Steine und Wurzeln, die überall auf dem Waldweg lagen, und hechelte hinter ihr her. Der Weg schien kein Ende zu nehmen. Passierte das gerade wirklich mir? Nach einer Weile wurde es mir zu dumm, und ich riss mich los. Abrupt blieb sie stehen und sah mich an.

»Ich will wissen, wo du mich hinbringst, bevor ich mich weiter durch den Wald zerren lasse.«

»Ich bringe dich zu Larimar«, erklärte sie in einem Ton, als wäre ich schwachsinnig.

»Und wer ist diese Larimar, und vor allem, wo ist sie? Hier gibt's doch nur Bäume.« Ich machte eine ausladende Bewegung mit meinem Arm.

»Sie bringt dich nach Leylin.«

Erschrocken fuhren wir beide herum.

»Misch dich nicht ein, Quirin.« Jade stampfte mit ihrem Fuß auf und blickte ihn wütend an.

Da war es wieder, dieses unhöfliche und haarige Geschöpf.

»Jemand muss sie aber vor euch Elfen beschützen. Sie macht mir nicht den Eindruck, als ob sie selbst auf sich aufpassen könnte.«

Damit traf er zwar den Nagel auf den Kopf, aber trotzdem fühlte ich mich bemüßigt, mich zu verteidigen.

»Hey«, rief ich, »du kennst mich doch gar nicht.«

»Deinesgleichen kenne ich zur Genüge«, erwiderte er hochmütig und wandte sich wieder Jade zu.

»Was habt ihr mit ihr vor?«

»Das möchtest du wohl gerne wissen. Komm, Eliza, wir gehen. Mit Trollen sollte man sich nicht abgeben.«

Quirin lachte nur und schwang sich hinter uns von Ast zu Ast.

»Jade, ich kann nicht mehr. Du musst langsamer gehen.«

Sie verlangsamte unser Tempo unwesentlich. Aber zu meiner Erleichterung öffnete sich hinter der nächsten Biegung der Wald und gab den Blick auf eine Stadt frei, die jedem Mittelalterfilm zur Ehre gereicht hätte. Allerdings war das Bild, das sich mir bot, deutlich bunter.

»Das ist Leylin«, verkündete sie stolz.

»Die Hauptstadt der arrogantesten Geschöpfe, die je diese Erde bevölkert haben«, ergänzte Quirin spitz.

Jade ignorierte ihn. Ich war zu sehr in den Anblick zu meinen Füßen versunken, als dass ich richtig hingehört hätte. Die Stadt lag in einer riesigen Senke, sodass ihr anderes Ende von hier oben nicht zu sehen war. Mitten in der Stadt erhob sich ein Hügel, auf dem ein prächtiges Gebäude thronte. Es glitzerte schneeweiß in der Sonne. Mehrere unterschiedlich hohe Türmchen krönten das Dach. Die Pracht wurde nur von einem Schloss übertroffen, das am Rande der Stadt stand.

»Das ist der Palast der Königin.« Jade war meinem Blick gefolgt. »Und das ist der Tempel der Mysterien«, verkündete sie mit unverkennbarem Stolz in der Stimme und wies auf das Gebäude, das mitten in der Stadt lag.

Wenn das von mysteriös kam, passte es wie die Faust aufs Auge.

»Ja, und da drin sitzt die größte Lügnerin aller Zeiten«, platzten Quirins Worte in meine Gedanken.

Ich achtete nicht auf ihn, sondern war damit beschäftigt, die Häuser, die sich an den Hügel schmiegten, zu betrachten. Sie waren in allen Regenbogenfarben gestrichen. Ach, was sage ich, in Farben, die ich mein Lebtag noch nicht gesehen hatte.

Langsam liefen wir den Pfad zur Stadt hinunter. Quirin blieb an unserer Seite. Die giftigen Blicke, die Jade ihm zuwarf, ignorierte er.

Dann betraten wir die Stadt. Stimmengewirr erfüllte die Gassen. Wir liefen an bunten, dicht aneinandergedrängten Häusern vorbei. Kinderlärm drang aus den Gärten, die neben oder hinter den Häusern lagen. Überall blühte es, und die Blumen, die ich sah, leuchteten in so schillernden Farben, wie ich sie in meiner Welt noch nie gesehen hatte. Selbst an den Hauswänden wuchsen unzählige Blumen hinauf und ringelten sich über die gepflasterten Straßen. Vor vielen Häusern standen Bänke aus Holz, auf denen entweder ergraute Elfen saßen oder Töpfe mit Blumen und Kräutern platziert waren. Wir liefen an schmalen

Bächen vorbei, die zwischen den Häusern dahinplätscherten. Holzbrücken spannten sich darüber, deren Geländer mit Wicken und Efeu zugerankt waren. Der Duft von Honig lag in der Luft. Holztreppen führten uns einige Stufen hinauf oder hinunter und halfen die Höhenunterschiede zwischen den Gassen zu überwinden. Zwischen zwei Häusern entdeckte ich einen Wasserfall, der an einem Felsen entlang in ein Steinbecken stürzte. Kinder planschten in dem Becken herum und versuchten, uns nass zu spritzen.

Als wir dem Gewirr der Gassen, Häuser und Pflanzen entkommen waren, dehnte sich ein Platz vor uns aus. Bunte Wagen standen darauf, und die Verkäufer boten ihre Waren an. Es duftete nach frisch gebackenem Brot, gegrilltem Fleisch und Gemüse, dass mir das Wasser im Munde zusammenlief. Wir schlenderten an den Verkaufsständen vorbei. Die meisten Leckereien waren mir unbekannt, und ich konnte mich nicht daran sattsehen. Da gab es glitzernde Kuchenstücke und Bottiche, aus denen es knallte und zischte. Mit einer großen Kelle schöpfte ein Elf ein Getränk in dickbauchige Gläser. Das Zeug blubberte fleißig weiter. Bestimmt kribbelte es auf der Zunge.

Überall herrschte eifriges Treiben. Es wurde gehandelt, gekauft und verkauft. Der Platz war umgeben von weiteren Häusern, deren große Fensterscheiben mir sagten, dass es Geschäfte sein mussten. Vor vielen Häusern standen Tische und Stühle oder Hocker. Elfen tranken aus langstieligen Gläsern glitzernde Getränke und naschten bunte Perlen dazu. Plötzlich verspürte ich Durst, aber Jade zog mich unerbittlich weiter.

Erst nahm kaum jemand Notiz von mir, nur ab und zu erntete ich einen Blick aus weit aufgerissenen Augen und vernahm dann hinter mir ein Tuscheln.

»Ein Mensch, hast du gesehen?«, raunte eine weißhaarige Elfin hinter mir. Als ich mich umdrehte, schüttelte sie ihren Kopf, als könnte sie nicht glauben, was sie sah.

Ein Kind, das einen grünen Anzug trug und damit aussah wie ein kleiner Peter Pan, streckte seinen Finger aus und zeigte auf mich. Als seine Mutter mich bemerkte, schob sie ihn hinter ihren Rücken und runzelte die Stirn.

Offenbar bekamen die Elfen nicht besonders oft Menschen zu sehen, schloss ich daraus. Selbst Jade blieb das aufgeregte Raunen nicht verborgen. Sie drückte meine Hand fester und lief, wenn das möglich war, noch schneller. Mein Magen begann zu knurren, was kein Wunder war bei diesen leckeren Düften. Doch wir ließen Stand um Stand mit den leckersten Pasteten, Suppen oder Törtchen hinter uns.

Bisher hatte ich mir Elfen immer mit langem blondem Haar und weißen Gewändern vorgestellt. Eben genau so wie in *Herr der Ringe*, meinem Lieblingsfilm. Doch diese hier waren nicht alle groß und schlank und vornehm. Mehrmals kniff ich die Augen fest zusammen – davon überzeugt, dass das Ganze keine Einbildung war, war ich nicht. Zwar waren die spitzen Ohren ungewöhnlich, und die meisten Elfen waren ausnehmend gut aussehend, doch es gab auch Ausnahmen. Hinter einem Pastetenstand entdeckte ich einen Elfen mit dickem Bauch. An einem Gemüsestand bedienten zwei Elfinnen, die eher Zwergengröße hatten und mir zuwinkten. Dann rempelte mich ein Elf an, dessen Gesicht zur Faust geballt war und der, als er erkannte, dass ich ein Mensch war, mir ein »Verschwinde, solange du noch kannst« zuraunte. Jade warf dem Alten, der in verschlissenen Sachen steckte, einen Blick zu, der ihn zurückzucken ließ. Mit eingezogenem Kopf lief er weiter. Obwohl ich über die Feindseligkeit, die in seinem Blick gelegen hatte, erschrocken war, versuchte ich weiter, jede Einzelheit in mich aufzusaugen. Sky würde mir das nie glauben. Ob ich ein Foto machen sollte? Ich tastete nach meinem Handy. Zu viele Augen ruhten mittlerweile auf mir. Vielleicht, wenn ich nicht mehr im Mittelpunkt des Interesses stand. Ich war so in meine Überlegungen versunken, dass ich nicht bemerkte, dass wir mittlerweile vor dem Tempel zum Stehen gekommen waren.

Da waren sie endlich – meine Filmelfen. Zwei hochgewachsene Burschen ganz in Weiß standen mit Lanzen in der Hand vor einem imposanten Tor und würdigten uns keines Blickes.

»Wir wollen zu Larimar«, verkündete Jade den beiden.

Keine Reaktion. Hätten sie nicht ab und zu geblinzelt, hätte ich vermutet, dass es sich um Statuen handelte.

»Hey, hört ihr mich nicht? Ich bringe einen Menschen«, rief sie.

Endlich wandten die beiden uns ihre Köpfe zu und betrachteten mich misstrauisch.

»Larimar hat ihr das Tor geöffnet, also beeilt euch.«

Ohne ein Wort zu sagen, öffneten sie die großen Flügel des Portals und ließen uns ein. Quirin musste trotz seines lautstarken Protests draußen bleiben, was mir ein schadenfrohes Lächeln entlockte. Das geschah dem Wichtigtuer recht.

»Du darfst nur sprechen, wenn Larimar dich auffordert«, gab Jade mir flüsternd Anweisungen, während wir durch schneeweiße Gänge liefen. Nach der Farbenpracht in der Stadt war das eher langweilig und öde. Außerdem war es kühl. Ich rieb meine Arme, was leider nicht viel half.

Nach kurzer Zeit betraten wir einen Raum, oder besser, einen Saal, der wie alles hier völlig weiß war – abgesehen von einem silbernen Stuhl, der auf einem Podest am Ende des Raumes stand. Ansonsten war der Saal leer. Es war unheimlich.

Während ich mich umschaute, in welchem Mauseloch ich mich verkriechen konnte, betrat eine Frau den Saal. Das musste besagte Larimar sein. Jade neigte zur Begrüßung leicht ihren Kopf. Gänsehaut lief mir den Rücken hinunter. Larimar setzte sich auf den Stuhl und winkte uns zu sich. Selbstverständlich trug sie ein langes, weißes Gewand, das ihren schlanken Körper umspielte und auf unerklärliche Weise funkelte. Auf dem Kopf trug sie eine hohe, filigrane, silberne Krone. Ihr makelloses Gesicht wäre schön gewesen, hätten ihre Augen nicht so einen durchdringenden, kalten Ausdruck gehabt.

»Du hast es mir nicht leicht gemacht, dich in unsere Welt zu holen«, begann sie in vorwurfsvollem Ton und sah mich streng an.

Ich öffnete den Mund, um ihr zu widersprechen, da fiel mir Jades Anweisung ein, und ich klappte ihn wieder zu.

»Danke, dass du sie hergebracht hast«, wandte sie sich an Jade. »Würdest du bitte deinen Bruder zu mir schicken.«

Mit einem bedauernden Blick sah Jade zu mir und verließ den Saal.

Larimar stand auf und ging zu einem der riesigen Fenster. »Ich hätte dich für abenteuerlustiger gehalten«, sagte sie derweil mehr zu sich selbst. »Du kamst mir nie besonders vernünftig vor.«

Da ich vermutete, dass das kein Kompliment war, beschloss ich, weiter zu schweigen. Es gab viel zu viel zu sehen, wenn ich ehrlich war. Dieser Tempel erinnerte mich an einen Eispalast. Leider hatte ich die Schneekönigin aus besagtem Märchen nicht in allzu guter Erinnerung. Vor Larimar musste man sich in Acht nehmen, das spürte ich sofort. Unsympathisch war noch geschmeichelt.

Sie wandte sich zu mir um und sah mich abschätzend an. Dann lächelte sie, aber das Lächeln erreichte ihre Augen nicht. Ich kam glücklicherweise nicht in die Verlegenheit zu antworten, denn in diesem Moment betrat ein junger Mann den Saal. Mein Herz setzte zwei Schläge aus. Konnte es wirklich sein, dass jemand so aussah? Der Typ musste gephotoshopt sein. Dagegen verblasste sogar Frazer, und der sah ja schon unverschämt gut aus. Das Prachtexemplar hier war mindestens einen Kopf größer als ich, und obwohl er schlank war, zeichneten sich unter seinem weißen Hemd deutlich breite Schultern und eine schmale Taille ab. Schräge, dunkle Augen standen in einem ovalen Gesicht mit markanten Zügen. Umrahmt wurde es von dunklen Haaren, die ihm bis in die Augen hingen, aber diesem Gesicht deshalb nur noch mehr Ausdruck verliehen. Wahrscheinlich dauerte es ewig, bis jedes Härchen saß, wie es sitzen musste. Über seine Nase und vor allem über diese Lippen wollte ich lieber nicht nachdenken. Letztere hatte er fest zusammengepresst, woraus ich folgerte, dass er nicht besonders gut gelaunt war. Wahrscheinlich hatte er Besseres zu tun, als nach der Pfeife der Schneekönigin zu tanzen. Das Einzige, was die Ebenmäßigkeit des Gesichtes störte, war eine schmale Narbe, die von seinem linken Auge über seine Wange verlief. Aber im Grunde machte der Makel ihn nur noch attraktiver. Er würde in einem Film einen wunderbaren Piraten abgeben. Widerwillig löste ich meinen Blick von dieser perfekten Gestalt und sah wieder zu Larimar. Ein Lächeln umspielte ihre Lippen, offenbar war ihr mein Entzücken nicht entgangen. Peinlich. Zum Glück hatte ich nicht vor Erstaunen den Mund aufgesperrt. Ich zupfte an meinen Haaren. Weshalb kämmte ich mich eigentlich nicht öfter?

» Cassian, mein Junge, ich habe eine besondere Aufgabe für dich«, schnurrte Larimar und ging dem Abbild eines jungen Gottes entgegen, sodass mein Blick wieder an ihm hängen blieb. Langsam folgte ich ihr.

» Das ist Eliza, das Mädchen, das ich ausgewählt habe«, erklärte sie ihm geheimnisvoll.

Seine Augen waren das Faszinierendste an ihm, stellte ich fest – goldene Sprenkel schimmerten in dunklen Seen. Allerdings zog er verärgert die geschwungenen Brauen zusammen, und sein Blick, der von Nahem noch arroganter wirkte als der von Larimar (wenn das überhaupt möglich war), glitt an mir vorbei. Seine Stirn legte sich in Falten, und ein abfälliges Schnauben brach zwischen den perfekt geschwungenen Lippen hervor.

Larimar lachte. »Ich weiß. Sie ist keineswegs perfekt. Aber

du wirst sie auf ihre Aufgabe vorbereiten. Zeige ihr unsere Welt und erkläre ihr, was sie wissen muss.«

»Du weißt, dass ich dagegen bin. Wir brauchen keine Hilfe. Schon gar nicht von einem Menschen. Wir können noch warten. Rubin wird zur Vernunft kommen.«

Das Wort Mensch klang aus seinem Mund wie ein Schimpfwort. Ich wurde wütend. Die redeten, als ob ich nicht anwesend wäre. Da konnte er zehnmal aussehen wie ein junger Gott. Ich hatte nicht darum gebeten, durch dieses Tor zu kommen. »Ich möchte, dass mich auf der Stelle jemand zurückbringt«, erklärte ich mit der hochmütigsten Stimmlage, die mir zur Verfügung stand.

Sie wirkten nicht sonderlich beeindruckt.

»Das kann ich gern übernehmen«, antwortete Cassian. (Ein bescheuerter Name, für jemanden, der so aussah. Da hatte er wohl ähnliches Pech gehabt wie ich.)

»Nein, nein«, mischte sich Larimar amüsiert ein. »Ich sehe schon, ihr beiden werdet euch prächtig verstehen.«

Damit ging sie mit schnellen Schritten aus dem Saal.

Ich bedachte den eingebildeten, aber trotzdem faszinierenden Gockel mit einem wütenden Blick.

Er tat, als wäre ich Luft. Nach einer Weile sah ich weg, da ich mich des Eindrucks nicht erwehren konnte, dass mein Zorn ihm völlig egal war.

Mein Magen knurrte überlaut. Ich lief vor Peinlichkeit rot an und erklärte: »Ich habe Hunger.« Ich musste unbedingt ein ernstes Wörtchen mit meinem Mund reden. Er plapperte immer schneller los, als mein Gehirn in Gang kam.

Cassian drehte sich wortlos um, und mir blieb nichts anderes übrig, als ihm zu folgen. Bescheuerterweise fuchtelte er die ganze Zeit mit einem weißen Stock herum, den er in der rechten Hand hielt. Er war aus Holz, das war deutlich zu erkennen. Noch deutlicher waren die kleinen blauen Saphire zu sehen, die in das Holz eingelassen waren. So ein Angeber. Da war mir seine kunterbunte Schwester tausendmal lieber.

An dem erstbesten Stand blieb er stehen und kaufte, selbstverständlich ohne mich zu fragen, was ich mochte, fünf Pasteten. Dann lief er in langen Schritten voraus, sodass ich Mühe hatte ihm zu folgen, aufzupassen, dass ich niemanden anrempelte, und dabei gleichzeitig zu essen.

Warum hatten es nur alle so eilig? Plötzlich war Quirin wieder an meiner Seite.

»Und was wollte die alte Schreckschraube von dir?«

Ich musste lachen, was mit vollem Mund etwas ungünstig war.

Im selben Moment drehte Cassian sich um und machte eine Bewegung, als wollte er eine lästige Fliege verscheuchen.

»Hau schon ab, Quirin. Du hast hier nichts zu suchen. Scher dich in den Wald.«

»Höflich wie immer.« Quirin zog einen nicht vorhandenen Hut und verbeugte sich vor Cassian. Das sah so ulkig aus, dass ich noch mehr lachen musste, und Blödmann Cassian, wenn das möglich war, noch finsterer dreinblickte.

»Merkst du nun, weshalb du jemanden brauchst, der auf dich aufpasst? Die Elfen bleiben lieber unter sich. Sie mögen es nicht, wenn andere magische Wesen sich zu ihnen verirren, und Menschen mögen sie schon gar nicht«, raunte Quirin mir zu. »Ich biete dir meinen Schutz an, wenn du möchtest.« Plötzlich war er mir richtig ans Herz gewachsen, und ich nickte.

Er setzte ein triumphierendes Lächeln auf, wandte sich zu Cassian und sagte: »Siehst du, die Dame bittet um meinen Schutz.«

Wütend pustete Cassian aus, wodurch eine Strähne seines Haares, die ihm immer wieder ins Gesicht flog, in die Höhe schnellte, was ihn wirklich süß aussehen ließ. Dann drehte er sich um und lief uns noch schneller voraus als vorher.

Ich stopfte mir die letzte Pastete in den Mund und eilte ihm nach. Die Blicke, die uns die Elfen, an denen wir vorbeiliefen, zuwarfen, versuchte ich zu ignorieren. Die meisten hätte ich nicht als freundlich bezeichnet.

Cassian brachte uns zum Waldrand.

»Du kannst jetzt in deine Welt zurückkehren«, sagte er, ohne mich eines Blickes zu würdigen. »Finde dich morgen am Tor ein. Ich hole dich ab, und wir beginnen mit unseren Lektionen.«

»Lektionen?«, fragte ich verdattert. Das hörte sich gefährlich nach Schule an.

Cassian verdrehte seine Augen. »Ich zeige dir unsere Welt, das meine ich damit. Du wurdest von Larimar für eine Aufgabe ausgewählt. Allerdings ist mir schleierhaft, wie sie auf dich gekommen ist. Wahrscheinlich warst du auf die Schnelle das Beste, was sie kriegen konnte«, meinte er, und der Ausdruck seines Gesichtes war noch beleidigender als seine Worte, soweit das möglich war.

Quirin zog scharf den Atem ein. »Das solltest du dir nicht gefallen lassen, Kleine. Der Bengel macht sonst mit dir, was er will.«

»Und wenn ich nicht wiederkomme?«, fragte ich und verschränkte die Arme vor meiner Brust.

»Du kommst wieder. Die Menschen kommen immer wieder. Ihr könnt nicht anders.«

Jetzt pustete ich empört aus, war aber sicher, dass ich dabei nicht zuckersüß aussah. Eher wie ein wütender Stier. Was bildete der Kerl sich eigentlich ein?

Wie aus dem Nichts erschien die Pforte vor mir. Cassian griff nach meinem Arm, und ohne noch ein Wort zu sagen, schob er mich hindurch.

Ich stand auf meiner Lichtung, und Söckchen maunzte um meine Beine. Die Pforte war in dem Moment verschwunden, in dem ich hindurchgegangen war.

Ich rannte nach Hause und machte mich darauf gefasst, dass meine Mutter ausflippen würde, weil ich einfach aus der Küche verschwunden war. Zum Glück war sie nirgends zu sehen. Es überraschte mich nicht, dass das Geschirr nicht fertig gespült war. Wäre ja auch zu schön gewesen, wenn sie einen anderen Blöden gefunden hätte. Als ich meine Hände ins Wasser tauchte, spürte ich zu meiner Verwunderung, dass es noch warm war. Mutter kam mit einem Stapel Teller herein und summte vor sich hin.

»Das sind die letzten für heute.«

Verdutzt sah ich ihr zu, wie sie den restlichen Kuchen verpackte und in den Kühlschrank schob. Dann fiel mein Blick auf die Uhr, die über der Tür hing. Ich traute meinen Augen nicht. Wenn die Uhr in den letzten zwei Stunden nicht kaputt-gegangen war, dann gab es nur eine Erklärung. Während ich bei den Elfen gewesen war, war hier die Zeit stehen geblieben.

5. Kapitel

Meine Großmutter zwinkerte mir zu, als ich am Abend in ihr Wohnzimmer trat, wo sie ihre Lieblingsserie schaute. Ich setzte mich neben sie und griff nach den gesalzenen Mandeln, die in einer Schüssel auf ihrem Schoß lagen.

»Ich muss mit dir reden«, flüsterte ich. »Aber ich brauche was Süßes. Mutter hat meinen gesamten Vorrat vernichtet.«

Granny schüttelte den Kopf. Sie litt genauso unter Mutters Ernährungsterror wie wir alle. Aber da sie der Meinung war, dass sie sich mit ihren siebenundsiebzig Jahren nicht behandeln lassen musste wie ein unmündiges Kleinkind, brach sie hin und wieder die Regeln.

Sie drehte den Ton gerade so leise, dass sie mich verstehen, und uns niemand belauschen konnte. Wir hatten schon öfter Grace erwischt, wie sie durchs Haus schlich. Angeblich immer, um unserer Mutter zur Hand zu gehen. Abgespült hatte sie allerdings noch nie. Ihrer zarten Haut war maximal Kaffee kochen oder Kuchen aufschneiden zuzumuten.

»Was ist los?« Granny sah mich durchdringend an. Sie

spürte immer, wenn ich etwas Wichtiges auf dem Herzen hatte.

»Mir ist etwas Seltsames passiert. Erinnerst du dich an die Geschichten, die du mir früher immer erzählt hast? Erst habe ich nur geträumt – immer wieder denselben Traum. Das war schon merkwürdig.«

Großmutter nickte, stellte den Fernseher noch leiser und widmete mir ihre volle Aufmerksamkeit. Etwas, was ich ihr hoch anrechnete, denn ihre Serie war ihr heilig.

»Erst dachte ich, es ist eine Halluzination, aber dann war da dieser Geruch. Wir sind weggelaufen, aber diese Taube hat mich verfolgt.« Ich merkte selbst, wie zusammenhanglos das alles klang. »Es ist wirklich passiert. Sie hat mich zur Lichtung gelockt, und dann ... dann bin ich ... ich wollte es gar nicht, aber ich bin gestolpert ... ich bin durch ein Tor in die El...«

Großmutter legte mir ihre Finger auf den Mund. Sie beugte sich näher zu mir heran.

»Schweig, Eliza«, sagte sie mit ungewöhnlich strenger Stimme. »Es ist also tatsächlich passiert.« Sie wiegte ihren Kopf hin und her.

»Was meinst du? Lass es mich doch erst mal erzählen. Da war dieses Tor, und dann war ich plötzlich bei den ...« Wieder unterbrach sie mich.

»Weißt du nicht mehr, was ich dir immer erzählt habe?« Ihre neugierig glitzernden Augen straften ihre strenge Stimme Lügen. »Wenn sie dich erwählt haben, darfst du darüber nur mit Menschen sprechen, denen du absolut vertraust. Nur drei andere Menschen dürfen davon erfahren. Verstehst du?«

Ich nickte. »Wieso ausgerechnet drei?«

»Diese Zahl hat auch bei den Menschen eine besondere Bedeutung.«

»Okay … und was soll das für eine sein?«

»Die Drei steht für das Umfassende – Mutter, Vater Kind. Du weißt doch, man sagt: *Aller guten Dinge sind drei,* Wasser, Erde und Luft – diese drei Elemente verbinden alles Leben. Fast in jeder Kultur kannst du dafür einen Beweis finden. Offenbar wissen auch die Elfen darum.«

»Also bisher habe ich nur Sky und dir davon erzählt«, erwiderte ich beeindruckt.

»Sonst wirklich niemandem?«

Ich schüttelte heftig den Kopf.

»Du darfst das nie vergessen. Die Menschen, denen du davon erzählst, müssen schweigen wie ein Grab. Sag das Sky.«

»Aber … Du hast mir früher ständig von den Elfen erzählt.«

»Das waren nur Geschichten«, belehrte sie mich.

Ich nickte verstehend. »Und mir ist es wirklich passiert …«

»Ich habe dir deinen Namen nicht umsonst gegeben.«

Ich saß da wie vom Donner gerührt. »Wieso du? Ich dachte immer, Mutter hat diesen bescheuerten Namen ausgesucht.«

Granny griff nach ihrem Strickzeug, wie immer, wenn sie nicht wusste, wohin mit ihren Fingern. Vielleicht sollte ich mir das auch angewöhnen, dann knabberte ich nicht mehr ständig an den Nägeln.

Sie lächelte in sich hinein. »Sie glaubt, dass sie es war, aber ich habe den Namen zuerst vorgeschlagen. Die Karten haben gesagt, dass Eliza der richtige Name für dich ist.«

»Die Karten? Weshalb? Ich meine, es ist nur ein Name.«

»Das wirst du schon allein herausfinden müssen.«

»Trifft mich ein Blitz, wenn noch andere davon erfahren?« Nicht, dass ich vorhatte, außer Sky und Großmutter jemandem von meinem Abenteuer zu berichten. Wenn Mutter davon erfuhr, würde ich schneller bei ihrem Psychodoktor sitzen, als ich A sagen konnte.

Großmutter schüttelte ihren Kopf. »Nein, aber wenn jemand, außer den drei von dir ausgewählten Personen, davon erfährt, dass du im Reich der Elfen warst, wird dir der Zugang für immer verschlossen bleiben. Deine Sehnsucht wird dich verzehren und dir den Verstand rauben. Aber nirgendwo auf der Welt wird sich für dich wieder eine Pforte öffnen. Also überlege dir gut, was du tust.« Sie sah mich abwartend an. »Und das ist kein Märchen, Eliza. Das sind die Regeln.«

Ich betrachtete meine Großmutter, als würde ich sie zum ersten Mal sehen. Was wusste sie noch, was sie mir verschwieg? »Das klingt gruselig. Sky war mit auf der Lichtung, und sie hat diese Wächterschmetterlinge gefühlt, auch wenn sie sie nicht sehen konnte. Ich muss sie nachher anrufen und ihr sagen, dass sie es nicht weitererzählen darf.«

Mist, ich hatte ja mein Handy noch nicht zurück. Dann würde das bis morgen warten müssen. Ein kalter Schauer rann mir den Rücken hinunter. Früher hatte ich es geliebt, wenn Granny mir Märchen erzählt hatte. Ich hatte nicht genug davon bekommen können, angekuschelt an sie vor dem Kamin zu sitzen und ihrer Stimme zu lauschen. Allerdings hatte ich da noch nicht gewusst, was ich jetzt wusste. Dann erzählte ich ihr alles. Jedes Detail sprudelte aus mir heraus. Granny hörte aufmerksam zu. Ihre Augen funkelten, als ich ihr Leylin beschrieb und natürlich Cassian.

»Sie haben dir nicht gesagt, weshalb sie dich gerufen haben?« Ihr Blick hatte einen besorgten Glanz angenommen.

Ich schüttelte den Kopf. »Cassian sollte mir erst alles zeigen. Meinst du, ich soll wieder hingehen? Immerhin war er nicht gerade freundlich.«

»Ich befürchte, du hast keine Wahl. Der Junge hat recht, wenn er sagt, dass die Menschen immer wiederkommen. Du wirst dich nicht wehren können, also kämpfe keinen Kampf, den du verlieren wirst.«

Automatisch regte sich Widerstand in mir. Ich hatte schon immer einen Widerwillen gegen Dinge, die sich meiner Entscheidung entzogen. Im Kindergarten hatte ich stundenlang auf meinem Stuhl gehockt, bis meine Erzieherin begriffen hatte, dass ich ihre eklige Milch nicht trinken würde. Ich hasste Milch, da konnte sie noch so gesund sein. Und jetzt sollte ich gezwungen werden, wieder zu diesem eingebildeten Elfen zurückzugehen? Kaum dass ich an ihn dachte, manifestierte sich Cassians Bild in meinem Kopf, und ein Kribbeln breitete sich in meinem Magen aus.

Granny hatte mich nicht aus den Augen gelassen und tätschelte nun meine Wange. »Du wirst schon das Richtige tun.« Ächzend stand sie auf. »Und jetzt lass uns auf mein Zimmer gehen und ein bisschen was naschen, bevor wir wieder Gemüsesuppe vorgesetzt kriegen.«

Grace lungerte vor der Tür herum, als wir herauskamen. »Ich wollte nur etwas zu trinken holen«, erklärte sie.

»Die Küche ist am anderen Ende des Flurs.«

Grace lachte ein komisches, künstliches Lachen. Sie hatte uns belauscht. Die Frage war nur, was genau sie gehört hatte. Mir wurde schlecht bei dem Gedanken, dass das Biest jetzt wusste, dass ich mir ein Tor im Wald eingebildet hatte, wenn nicht noch mehr. Grace brachte es fertig, mich mit wenigen Bemerkungen zum Gespött der ganzen Schule zu machen.

Jetzt musterte sie mich aus zusammengekniffenen Augen. »Kann ich Ihnen noch etwas bringen?«, wandte sie sich schmeichelnd an meine Großmutter.

»Danke, Grace, aber Eliza kümmert sich um mich. Es wäre lieb, wenn du solange meiner Tochter zur Hand gehen könntest, dann hat Eliza mehr Zeit für mich.«

Grace lächelte verkniffen und nickte.

»Denkst du, sie hat uns gehört?«, fragte ich Granny, nachdem sie abgezogen war.

»Keine Ahnung, aber ich an deiner Stelle würde mich vor ihr in Acht nehmen. Sie ist nicht ehrlich, aber das weißt du ja. Keine Ahnung, was dein Bruder an ihr findet.«

Ich blätterte die Seiten des Textbuches durch, das ordentlich gebunden auf meinem Schoß lag. Alles war fertig.

Sky und ich saßen bereits im Theaterraum und warteten auf die anderen. Mein Herz klopfte bis zum Hals.

Seit gestern Abend hatte ich versucht, jeden Gedanken an die Elfen zu verdrängen, was sich als ziemlich schwierig erwiesen hatte. Vielleicht war es Quatsch, was Granny gesagt hatte. Für alle Fälle hatte ich Sky heute Morgen gewarnt, niemandem davon zu erzählen. Alles andere musste warten bis zur ersten Pause.

Ich versuchte mich auf mein Hier und Jetzt zu konzentrieren, was hieß, dass ich Frazer ansprechen musste, wenn ich mich mit ihm zum Proben treffen wollte. Das war die Chance, auf die ich gewartet hatte. Ich musste einfach über meinen Schatten springen.

Ich seufzte leise. Wir würden uns im Wald treffen und seinen Text gemeinsam auswendig lernen und dann ... Ach, stopp mal – Wald ging ja nicht mehr. Sky musterte mich verständnislos, genau in dem Moment, in dem ich aufsah. Ihr entging auch wirklich nichts – nicht mal meine Tagträume.

»Das habe ich gesehen.«

»Solltest du auch. Er ist nichts für dich.«

»Du weißt doch gar nicht, wie er wirklich ist.«

»Ach, und du schon? Wie viele Worte hat er in den letzten Jahren mit dir gewechselt? Zehn?«

»Zwanzigeinhalb«, quetschte ich heraus, obwohl sie das natürlich genau wusste. Schließlich hatten wir über jedes Wort ungefähr hunderttausend Mal gesprochen. Sogar über das halbe.

»Ich glaube sowieso nicht, dass er mitspielen wird. Sicher hat er Miss Peters längst abgesagt«, versuchte Sky mir meine letzte Hoffnung zu rauben.

»Aber er muss«, erklärte ich zum wiederholten Male. »Er braucht den Kurs für seinen Abschluss. Ich habe das genau recherchiert.«

Sky winkte resigniert ab. »Wir werden sehen. Bestimmt überlegt er es sich noch mal.«

Im selben Moment betrat das Objekt meiner Begierde mit Miss Peters den Raum. Grace klebte an seiner anderen Seite.

Miss Peters steuerte auf uns zu, um Sky und mich zu begrüßen. Frazer blieb neben ihr, und als ich mich endlich traute, ihn anzusehen, schenkte er mir ein strahlendes Lächeln. Mein Herz überschlug sich, und das Textbuch rutschte mir aus der Hand. Geschickt fing Frazer es auf und reichte es mir zurück. Ungefähr eine Millisekunde berührten sich unsere Fingerspitzen. Jetzt war es vollends um mich geschehen. Ich konnte die Augen nicht von ihm wenden.

Miss Peters klatschte in die Hände. »Alles hinsetzen, bitte. Wie verteilen die restlichen Rollen und bestimmen die Aufgaben, die jeder von euch übernehmen wird.«

Erst jetzt wurde mir bewusst, dass der gesamte Kurs versammelt war. Mir entgingen auch nicht die Blicke der anderen Mädchen, die mich aufmerksam musterten. Offenbar witterten sie Konkurrenz. Grace zerrte Frazer in die erste Reihe. Aber das war mir schnurzpiepegal. Ich hatte für heute bekommen, wonach ich mich gesehnt hatte.

Sky zog mich auf einen Stuhl. »Erde an Eliza«, murmelte sie.

»Eliza kann grad nicht«, nuschelte ich zurück.

»Dein Typ wird aber verlangt.«

Ich schüttelte das dümmliche Lächeln ab, das mein Gesicht

zierte, und versuchte, mich zu konzentrieren. Offenbar hatte Miss Peters etwas zu mir gesagt.

»Das Textbuch«, quetschte Sky hervor.

Mit hochrotem Kopf kramte ich in meiner Tasche und zog das Stück hervor. Den Deckel schmückte ein Bild von James Franco.

Verlegen reichte ich es Miss Peters, die das Bild keines Blickes würdigte, sondern gezielt den Rollenplan aufschlug.

»Zuerst sprechen die drei Bewerberinnen für die Isolde vor. Daniel, du spielst Marke. Frazer hat sich nämlich entschieden, den Tristan zu geben.« Ein Lächeln umspielte ihre Lippen, als sie mich ansah. Ich verkniff mir nur mit Mühe einen Jubelschrei, schenkte aber Sky ein triumphierendes Lächeln. Sie schüttelte resigniert den Kopf.

Grace hatte sich wunderbar vorbereitet, das musste ich ihr lassen. Sie spielte die beiden anderen im Handumdrehen an die Wand. Damit war klar, dass sie mit Frazer auf der Bühne stehen würde. Mühsam unterdrückte ich meinen Ärger. Wichtig war, dass das Stück ein Erfolg würde, und mit den beiden in der Hauptrolle musste es das werden. Ich war gespannt, wann Grace Fynn erzählen würde, dass Frazer ihr Tristan war. Im letzten Jahr hatte Daniel die männliche Hauptrolle gespielt, und er war echt keine Konkurrenz für meinen Bruder. Mit Frazer sah das anders aus, und wenn ich mir den Blick so ansah, mit dem Grace Frazer bedachte, dann schwante mir nichts Gutes – weder für mich noch für Fynn. Ich kochte innerlich vor Wut. Dass ich nicht vorher daran gedacht hatte, dass Grace die Isolde spielen würde! Vielleicht hätte ich es verhindern können. Sky saß mit zusammengekniffenen Augen neben mir und beobachtete die zwei, die ziemlich vertraut ihre Köpfe zusammensteckten. Sky ließ sich selten eine Gefühlsregung anmerken, aber ich kannte sie zu gut, um nicht zu merken, dass auch sie wütend war.

Da die Hauptrollen feststanden, ging das Gezanke um die Nebenrollen los. Alle Mitglieder des Ensembles hatten als Hausaufgabe aufgehabt, sich den Film anzusehen und sich zu überlegen, welche Rolle sie spielen wollten. Es dauerte die ganze Stunde, bis wir uns einig waren. Ich wurde immer nervöser und zappelte ungeduldig auf dem Stuhl herum.

»Was ist los?«

Ich wandte mich zu Sky. »Ich werde mich trauen«, machte ich mir Mut. »Ich werde ihn fragen, ob ich mit ihm die Rolle proben soll.«

Sky rollte mit den Augen. »Tu, was du nicht lassen kannst. Wahrscheinlich hat Grace das längst getan. Aber heule dich nachher nicht bei mir aus.«

»Mache ich nicht. Versprochen.«

Als es klingelte, zuckte ich zusammen und sprang auf. Alles drängte auf einmal aus dem Raum, und ich sah, dass Grace Frazer hinter sich herzog.

Mist. So würde ich ihn nie allein erwischen. Plötzlich schob Sky sich durch die Menge. Sie drängte sich zu Grace und sprach sie an. Irgendwie schaffte sie es, dass Grace Frazer losließ, und er befand sich unversehens an meiner Seite.

»Hi«, murmelte ich.

»Hi.« Er lächelte mich an. »Guter Film«, sagte er.

»Meinst du das ernst?«

»Na klar. Endlich mal ein Film, in dem es nicht nur um Liebe geht, sondern auch um Ehre, Macht und Freundschaft.«

»Was hältst du von Tristan?«

»Wenn ich es mir hätte aussuchen können, hätte ich lieber König Marke gespielt. Er gefällt mir mehr. Tristan ist mir zu zerrissen. Aber da hast du wohl für mich entschieden.«

Sprachlos sah ich ihn an. Er hatte sich wirklich Gedanken über den Film gemacht. Ich hatte es gewusst.

»Wenn du möchtest …«, stammelte ich, während seine grünen Augen mich nicht losließen. »Also wenn du magst, ich habe es ja schon angeboten – wir könnten zusammen proben. Du hast ziemlich viel Text.«

»Das wäre toll.« Ohne mit der Wimper zu zucken, ging er auf mein Angebot ein. Er griff nach meiner Hand und pinselte seine Telefonnummer darauf. »Jederzeit. Ruf mich an.« Er warf mir noch einen letzten Blick zu und drängte sich dann durch die anderen Schüler, die die Schule nicht schnell genug verlassen konnten. Ich blieb wie vom Donner gerührt stehen, bis Sky neben mir auftauchte und mich schüttelte.

»Was ist passiert?«

Ich umarmte sie stürmisch. »Es hat geklappt. Es hat geklappt. Es hat geklappt.«

Ich küsste sie auf die Wange. Das würde ich ihr nie vergessen. Ohne Skys Hilfe wäre er mir einfach entschlüpft.

Langsam gingen wir die Treppen des Schulgebäudes hinunter und setzten uns auf dem Schulhof in die Sonne. Besser gesagt Sky ging, ich schwebte auf Wolke sieben.

»Jetzt vergiss den Kerl mal einen Moment und erzähle mir, was da gestern passiert ist. Weshalb darf ich niemandem davon erzählen? Das war so abgefahren. Gegen was bin ich da gestoßen? Schmetterlinge? Es fühlte sich definitiv härter an.«

Ich sah mich um und nickte. Niemand war in der Nähe, der uns belauschen konnte. »Schmetterlinge. Sie bewachen den Eingang ins Reich der Elfen.« Das immerhin hatte Jade mir erklärt. »Ich bin gestern noch mal da gewesen.«

Erschrocken sah Sky mich an. »Allein? Bist du wahnsinnig?«

»Eine Taube hat mich hingelockt, und dann bin ich über Socke gestolpert. Ich wollte es gar nicht«, verteidigte ich mich.

Sky schüttelte den Kopf. »Eine Taube?« Der Tonfall, den sie diesen beiden Wörtern verlieh, sagte mir alles.

»Mach dir keine Sorgen. Ich werde nicht noch mal zu der Lichtung gehen«, versprach ich. »Dieser eingebildete Elf kann mir gestohlen bleiben. Allerdings hat er wirklich gut ausgesehen – wie ein echter Elf eben. Du weißt, dass ich mit acht unsterblich in Legolas verliebt war.«

Sky nickte bei der Erinnerung mit leidvollem Gesichtsausdruck. »Aber so ein Benehmen muss ich mir nicht gefallen lassen.« Meinen Prinzen hatte ich schließlich bereits gefunden, und Cassian Arrogant konnte Frazer Charming nicht das Wasser reichen.

Sky rührte sich nicht von der Stelle, sondern überlegte laut. »Elfen? Du warst bei den Elfen?«

Ich nickte.

»Du bist durch das Tor gestolpert, irgendwo gelandet und hast einen ziemlich eingebildeten Elfen getroffen?«

Ich nickte wieder.

»Und du darfst nicht darüber reden?«

»Ich darf nur drei Personen ins Vertrauen ziehen, und diese drei müssen es für sich behalten. Das hat jedenfalls Granny gesagt.«

»Abgefahren.«

Sky zweifelte offenbar keinen Moment an meiner Geschichte, und dafür liebte ich sie noch mehr. Ich meine, wer glaubt schon an Elfen?

»Woher weiß deine Großmutter das alles?«, fragte Sky, nachdem ich ihr genau erklärt hatte, was ich von Granny wusste, und ihr jedes kleinste Detail von Leylin erzählt hatte.

»Meinst du, sie war auch mal da?«

»Davon hat sie nichts gesagt.« Weshalb hatte ich das nicht gefragt, schließlich war das am naheliegendsten? »Wir hatten keine Zeit mehr, und ich glaube, Grace hat uns belauscht.«

»Diese Hexe«, schimpfte Sky. »Vor ihr müssen wir uns vorsehen. Ich möchte zu gern wissen, was die Elfen von dir wollen. Wie sah er genau aus? Dein Elf.«

»Er ist nicht mein Elf«, widersprach ich.

Grace kam mit ihren Freundinnen angeschlendert und setzte sich neben uns. »Erzählst du wieder Märchen, Eliza?«

»Kümmere dich um deinen eigenen Dreck, Grace.«

»Liebend gern, Sky.« Grace lächelte zuckersüß. »Fynn ist ja so verrückt nach mir. Ich habe kaum Zeit, mich um andere Dinge zu kümmern, schon gar nicht um eure Kleinmädchenfantasien.«

Wenn Blicke hätten töten könnten, dann wäre Grace genau jetzt in einer Rauchsäule verschwunden – zumindest den Blicken nach zu urteilen, die Sky ihr zuwarf.

»Lass uns in die Cafeteria gehen«, schlug ich vor und stand auf. Sky folgte mir zähneknirschend.

»Kleinmädchenfantasien. Diese blöde Kuh.«

»Lass sie«, beschwichtigte ich sie. Mein Herz klopfte bei dem Gedanken, dass Grace doch mehr belauscht haben könnte.

Wir holten uns in der Cafeteria zwei Colas und Sandwichs und setzten uns an einen Tisch.

»Ich würde zu gern wissen, wie Punkt, Punkt, Punkt aussieht?«

»Punkt, Punkt, Punkt?« Verständnislos sah ich sie an.

»Der E L F«, buchstabierte sie flüsternd. »Kannst du ihn nicht zeichnen?«

»Du bist genial.« Weshalb war ich darauf nicht selbst gekommen? »Ich male dir alles auf, was ich gesehen habe. Das ist bestimmt nicht verboten. Denn wenn es diese Regel wirklich gäbe, hätte Punkt, Punkt, Punkt sie mir doch verraten müssen. Meinst du nicht?«

Sky zuckte mit den Schultern. »Vielleicht wollte Punkt, Punkt, Punkt ja nicht, dass du wiederkommst.«

Cassians abweisender Gesichtsausdruck tauchte vor meinem inneren Auge auf. »Darauf kannst du wetten.«

»Morgen bringe ich ein Bild von PPP mit.« Ich war zwar nicht besonders gut in Mathe, Physik und in diesen anderen unnützen Fächern, aber zeichnen konnte ich ganz gut.

6. Kapitel

Der Drang, in das Elfenreich zurückzugehen, war tatsächlich unwiderstehlich. Es war beinahe, als ob mich etwas zum Tor ziehen würde. Was hatte Cassian gesagt? Ihr Menschen könnt nicht anders.

Meine Füße trugen mich praktisch von allein zur Lichtung. Dabei hatte ich nach der Schule freiwillig zwei Stunden abgewaschen und abgetrocknet – und das nur, um mich abzulenken.

Wenigstens wusste ich, was mich erwartete. Trotzdem wunderte ich mich, dass ich keine Angst hatte. Weshalb kam es mir so normal vor, was da passierte? War etwas in der Pastete gewesen, die Cassian für mich gekauft hatte? Oder hatte Larimar mich einer Gehirnwäsche unterzogen, ohne dass ich es bemerkt hatte? Bestimmt konnten Elfen so etwas. Es gab so viel, was ich herausfinden musste. Hoffentlich war der Typ heute nicht wieder so schweigsam und unfreundlich, sonst würde ich mich an Quirin halten müssen. Er war deutlich geschwätziger.

Das Tor erschien aus dem Nichts, als ich auf der Lichtung ankam. Kaum hatte ich es durchschritten, stand Cassian vor mir. Er sah mich genauso missmutig und grimmig an, wie ich ihn in Erinnerung hatte. Trotzdem bildete ich mir ein, dass er erleichtert aufatmete.

»Sag bloß, du hast auf mich gewartet«, entschlüpfte es mir.

»Hmpf«, kam wütend zurück.

Neben ihm baumelte Quirin an einem Ast und grinste. Offenbar freute er sich, mich zu sehen.

»Wenigstens du hast mich vermisst«, scherzte ich, in der Hoffnung, Cassian ein Lächeln zu entlocken. Doch der hob nur eine Augenbraue und blickte über mich hinweg. Am liebsten hätte ich ihm diese grimmigen Falten von der Stirn gestrichen. Warum sah er bloß so unverschämt gut aus? Das war definitiv nicht normal. Die Schmetterlinge regten sich in meinem Magen. Ich versuchte, Frazers Gesicht vor Mr Makellos zu schieben. Es gelang mir nur mit viel Mühe.

Cassian schüttelte sein Haar. Weshalb sah er mir nie direkt ins Gesicht? Nicht dass es so sehenswert war wie seins. Aber immerhin hatte ich keine schiefe Nase oder Pickel. Das einzig Besondere an mir waren meine Augen. Sie hatten unterschiedliche Farben. Eines war grasgrün und das andere kornblumenblau. In der Regel machten die Menschen, die mich kennenlernten, eine Bemerkung dazu. Aber er – totale Funkstille. Der Nachmittag konnte heiter werden.

»Als Erstes zeige ich dir die Stadt«, informierte Cassian mich.

»Huh, wie überaus spannend«, murmelte Quirin.

»Du musst nicht mitkommen, wenn es dich langweilt«, konterte Cassian. »Mir wäre das sehr recht.«

»Das könnte dir so passen.«

Da keiner der beiden mich weiter beachtete, lief ich den Weg voraus. Schließlich wusste ich, wo es langging.

Cassian war schneller an meiner Seite als gedacht. Seinen Angeberstock hatte er selbstverständlich dabei. Wieder zappelte er damit herum und klopfte an jeden Stein, der im Wege lag, um dann elegant drüberzuspringen. Ich kam nicht umhin, ihm dabei bewundernd zuzuschauen. Was würde ich dafür geben, wenn ich mich so bewegen könnte. Ich musste um jeden Kieselstein einen großen Bogen machen, damit ich nicht darüber stolperte.

»Larimar meint, du sollst so viel wie möglich über uns wissen, bevor wir dich in deine Aufgabe einweihen.«

»Kennst du diese Aufgabe?«, fragte ich.

Er nickte, schwieg aber.

»Kannst du mir nicht einen kleinen Tipp geben?«

Er schüttelte den Kopf. »Es ist ihre Aufgabe, dich einzuweihen, und sie wird es zur richtigen Zeit tun. Nämlich wenn ich ihr sage, dass du bereit bist.«

»Na los, erzähl ihr von Rubin«, quäkte Quirin von oben. »Pfeifen die Spatzen doch von den Dächern, dass er verschwunden ist. Jetzt steht Larimar ganz schön dumm da.«

Entnervt fuhr Cassian ihn an. »Wieso weißt du davon?« Er sah direkt ein wenig furchterregend aus in seiner Wut. Doch Quirin schien das nicht zu beeindrucken.

»Beruhige dich, Kleiner. Ich bin viel zu gespannt, wie du das

Eliza verklickerst. Ich werde mich hüten, ihr etwas zu sagen. Das kannst du schön allein machen.«

Cassian ignorierte Quirin geflissentlich und lief voraus.

»Wie hat er das gemacht, dass er pünktlich zur Stelle war, als ich kam?«, fragte ich Quirin. Sehnsüchtig auf mich gewartet hatte er sicher nicht.

Quirin tippte sich an die Stirn.

»Was meinst du damit?«

»Larimar spürt, wenn du unsere Welt betrittst, und sie hat ihn benachrichtigt.«

»Gibt es hier Telefon?«

Die Frage erheiterte Quirin dermaßen, dass er vor Lachen kaum antworten konnte. »So ein Menschenzeug brauchen Elfen nicht. Larimar hat die Gabe der Telepathie. Wenn sie etwas von Cassian will, schickt sie ihm eine Botschaft. Und ich finde, sie nimmt ihn ziemlich in Beschlag.«

»Er macht alles, was sie sagt?«

»Ja. Er ist ihr ergebenster Diener.« Quirins Stimme klang nachdenklich. Etwas, was gar nicht zu ihm passte. »Er ist ihr Neffe, wahrscheinlich fühlt er sich dazu verpflichtet, oder?«

»Ja, obwohl ich das nicht gedacht hätte, nachdem …«

Cassian stand plötzlich wieder neben uns und fuhr Quirin mit wutverzerrter Miene an. »Es ist meine Aufgabe, ihr zu erzählen, was passiert ist, und ich werde ihr genau so viel sagen, wie sie wissen muss, geschwätziger Troll.«

»Und das Wichtigste weglassen.« Quirin putzte sich gelassen ein nicht vorhandenes Staubkörnchen vom Fell. »So ist das doch immer bei euch.«

»Sie braucht nicht alles zu wissen.«

»Hallo. Sie ist hier«, brachte ich mich in Erinnerung.

»Ja, leider.«

Cassian klang gequält, und beleidigt verschränkte ich meine Arme vor der Brust.

»Tut mir leid«, sagte er leise.

»Was hast du gesagt?«, trompetete Quirin.

»Es tut mir leid.«

Besonders ehrlich klang das nicht, und ich fragte mich, was eigentlich sein Problem war.

»Ich glaube, heute brauchst du mich nicht mehr«, wandte Quirin sich mir zufrieden zu. »Ich verzieh mich, die Stadt ist nicht das Richtige für mich.«

Ich nickte und fühlte mich auf der Stelle einsam.

»Und du, behandele sie ordentlich, sonst kriegst du es mit mir zu tun«, fuhr er Cassian an, der zu meinem Erstaunen ebenfalls nickte.

Leider nahm er sich die Aufforderung nicht zu Herzen und rannte mit langen Schritten voraus. Da ich mir keine Blöße geben wollte, schluckte ich meinen Ärger hinunter.

In der Stadt angekommen, ging es nicht zum Palast der Hohepriesterin, sondern in die entgegengesetzte Richtung. Cassian zeigte mir jedes Gebäude von Wichtigkeit. Oder besser gesagt, die Gebäude, die seiner Meinung nach wichtig waren.

Da war das Schloss, das bis auf zwei Wachen verwaist wirkte. Auf meine Fragen ging Cassian jedoch nicht ein. Dann gab es eine Schule, in die ich auch gern gehen würde. Ein Architekt aus unserer Welt hätte sich beim Anblick des verwinkelten Gebäudes die Haare gerauft, und die Baubehörde hätte es längst gesperrt. Für mich war es Liebe auf den ersten Blick. So wie es gebaut war, grenzte es an ein Wunder, dass es nicht zusammenfiel. Kein Stockwerk stand über dem anderen. Jeder Raum schien an einer anderen Stelle des Hauses herauszuwachsen, und jeder war in einer anderen Farbe gestrichen. Selbst die Fenster waren mal rund, mal eckig oder oval. Die vielen Dächer sahen aus, als würden sie auf ein Hexenhaus gehören. Als wir eintraten, wand sich drinnen eine Wendeltreppe bis unter das Dach. Kinder waren aber leider nicht zu sehen.

Direkt neben der Schule befand sich ein Theater. »Elfen sind verrückt nach Theater«, verkündete Cassian, als er mich dorthin führte.

»Wundert mich nicht. Schließlich habt ihr bestimmt kein Kino«, entgegnete ich.

»Was soll das sein?«, fragte Cassian.

»Was Menschliches«, sagte ich und wollte gerade ansetzen und ihm das Prinzip der bewegten Bilder erklären, aber er winkte uninteressiert ab.

Beleidigt sah ich mich um.

Es war ein Freilufttheater, und wir standen oben in der letzten Reihe. Ich war nicht besonders gut im Schätzen, aber ich würde wetten, dass sich unter mir vierzig Reihen in einem Halbkreis um die Bühne spannten.

»Es passen zweitausendfünfhundert Zuschauer rein. Und es ist fast jeden Abend voll«, erklärte Cassian in einem Ton, als hätte er das Theater mit eigenen Händen gebaut. Etwas, das unmöglich war, wenn ich mir seine schlanken, makellosen

86

Hände betrachtete. Nach körperlicher Arbeit sahen die nicht aus. Ich schob meine Hände mit den eingerissenen Fingernägeln in die Hosentaschen.

Während er mit mir die Freilufttränge hinunterging, huschte ein Lächeln über sein Gesicht.

»Wir können den Proben zusehen, wenn du magst«, wandte er sich mit einem Anflug von Höflichkeit an mich.

Ich nickte, denn was ich sah, hatte mich sofort in seinen Bann gezogen.

Zahlreiche Elfen in umwerfenden Kostümen standen auf der Bühne und probten mit großem Eifer eine Szene.

»Wie heißt das Stück?«, fragte ich.

»*Die Rose von Touris.*«

In dem Moment entdeckte ich Jade auf der Bühne. Sie winkte uns zu. Wenn sie bei meinem letzten Besuch schon farbenprächtig gekleidet gewesen war, übertraf sie sich heute noch. Ich hoffte nur, dass sie nicht die Rose war, denn so eine bunte konnte es selbst hier nicht geben.

Ein anderes Mädchen mit unverschämt langen blonden Haaren sah zu uns hoch. Sie raffte ihren weiten rosafarbenen Rock und rannte leichtfüßig die Stufen hinauf.

»Cassian«, rief sie kaum außer Atem aus, als sie vor uns stand. »Wir vermissen dich so.« Ich starrte sie an (neidisch, wie ich ungern zugab). So etwas Hübsches wie dieses Mädchen hatte ich noch nie gesehen. Sie sah aus wie eine Elfe – Kunststück, sie war ja auch eine. Jetzt wandte sie sich mir zu, und die Blicke, die sie abschoss, waren ziemlich hässlich. Ich fragte mich, was ich ihr getan hatte.

»Soll ich dir helfen?«, fragte sie Cassian mit Honigstimmchen.

»Opal«, antwortete er in einem Ton, den er mir gegenüber noch nie angeschlagen hatte, der aber trotzdem ein bisschen genervt klang, wie ich schadenfroh bemerkte. »Ich bin diese Stufen schon tausendmal gegangen.«

»Ja, ich weiß.« Jetzt kicherte sie auch noch. Ich verdrehte die Augen. »Ich dachte trotzdem …«

Was das helle Köpfchen dachte, erfuhr ich leider nicht.

»Er ist nicht behindert«, mischte sich nämlich Jade ein, die ebenfalls die Treppen heraufgekommen war. »Lass ihn in Ruhe, Opal.«

Wovon redeten die zwei?, fragte ich mich. Natürlich war er nicht behindert, und sicherlich war er mit seinen langen, gut trainierten Beinen durchaus in der Lage, die Stufen hinunterzusteigen. Ich warf einen Blick auf die Schmuckstücke.

»Danke schön, Schwesterherz.« Cassians Stimme troff vor Spott.

»Was denn?«, verteidigte sie sich. »Das stimmt doch. Manchmal ist er mir wirklich unheimlich«, wandte sie sich mir zu und drückte mich an sich, als ob wir schon jahrelang befreundet wären. »Wenn man es nicht weiß, würde man es nicht glauben.«

»Häh?« Ich hatte keinen Schimmer, wovon die drei sprachen.

Cassian machte sich an den Abstieg, und ich lief an Jades Seite hinterher. Opal hüpfte um ihn herum. Er klopfte gerade mit seinem offenbar unentbehrlichen Stock die Sitzreihen entlang, als mir ein Licht aufging.

»Oh«, stieß ich aus. »Du bist …«

Ohne stehen zu bleiben, antwortete Cassian. »Was? Blind?«

Ich nickte, was er natürlich nicht sehen konnte.

»Danke für den Hinweis. Ist mir noch gar nicht aufgefallen.«
Hilflos sah ich zu Jade, die mit den Schultern zuckte. »Auf
dem Ohr ist er ein bisschen empfindlich«, wies sie mich auf
das Offensichtliche hin und sprang auf die Bühne.

Ich setzte mich befangen neben Cassian in die erste Reihe.
Wie hatte ich so blöd sein können? Warum war mir das nicht
schon früher aufgefallen?

Weil er sich wie ein ganz normaler Mensch bewegte. Oder
besser gesagt, wie ein ganz normaler Elf.

»Ich bin auch ein ganz normaler Elf«, fuhr er mich an. Erschrocken zuckte ich zurück.

Das hatte ich doch nicht laut gesagt, oder? Ich sah mich vorsichtig um, als mich die nächste Erkenntnis ansprang.

»Ihr könnt Gedanken lesen.« Meine Stimme klang unnatür-
lich kieksig, während ich fieberhaft überlegte, was ich so alles
Mögliche und Unmögliche gedacht hatte.

»Was glaubtest du denn?« Wie meistens klang seine Stimme
total überheblich bei meiner Dummheit.

»Was soll das heißen?«, fragte ich aufgebracht. »Meinst du
nicht, du hättest es mir sagen müssen?«

»Du hast es doch selbst rausgefunden, oder?«

Ich würde kein Wort mehr mit ihm wechseln, nahm ich
mir vor. Das gab es doch nicht. Ich musste an etwas Unver-
fängliches denken. Etwas, das mich so beschäftigte, dass mir
nichts Peinliches durch den Kopf schoss. Schach, das war die
Lösung. Ich begann im Geiste die Schachpartie durchzuge-
hen, die ich gerade auf Facebook mit meinem Dad spielte. Ich

starrte auf die Bühne vor mir und begann, die Figuren zu ziehen. Bauer D4.

Nach fünf Zügen konnte ich mich nicht mehr darauf konzentrieren. Das Stück fesselte mich. Wenn das die Proben waren, wollte ich unbedingt die fertige Aufführung sehen. Dagegen waren wir mit unserem Schultheater die absoluten Dilettanten. Allein schon die Kostüme waren fantastisch. Darin könnte selbst ich spielen.

»Das ist die beste Theatergruppe des Landes«, ließ Cassian sich herab, mir zu erklären, und hielt mir eine Tüte hin. Eigentlich wollte ich ablehnen, aber als ich die kandierten Früchte sah, schmolz mein Stolz dahin.

»Die meisten Elfen spielen in einer Theatergruppe. Das ist unsere Lieblingsbeschäftigung.«

»Deine auch?« Es war schwer vorstellbar für mich, dass er in der Lage sein sollte, in andere Rollen zu schlüpfen.

»Sicher. Oder denkst du, ich könnte das nicht?«

»Oh, ich bin sicher, du kannst alles.«

»Ich würde gern glauben, dass diese Bemerkung ernst gemeint war.«

»Glaub doch, was du willst. In diesem Stück spielst du offenbar nicht mit.«

»Eigentlich schon, aber Larimars Auftrag hat Vorrang.«

»Und das passt dir nicht.«

Er antwortete nicht, sondern wandte sich wieder der spielenden Truppe zu. »Gleich ist Opals Einsatz«, sagte er.

Die wunderschöne Elfe betrat die Bühne. Sie sah zu uns hoch und verpatzte ihren Einsatz.

Cassian schüttelte missbilligend den Kopf, und ich konnte mir ein schadenfrohes Grinsen nicht verkneifen.

»Ich schreibe Theaterstücke«, sagte ich und fragte mich im selben Augenblick, welcher Teufel mich geritten hatte.

»Was habt ihr Menschen schon für Theaterstücke. Das ist sicher alles plump und roh.«

»Na hör mal!« Jetzt war es an mir, empört zu sein. »Wie kannst du dir ein Urteil erlauben, du warst doch noch nie bei den Menschen.«

»Was ich gehört habe, reicht mir.«

Wie konnte man nur so unhöflich sein. Jetzt würde ich tatsächlich kein Wort mehr mit ihm wechseln. Schließlich wollte er etwas von mir, da konnte ich ihn etwas zappeln lassen. Ich könnte mich sogar weigern, die Aufgabe zu übernehmen. Wenn es ihnen so wichtig war, dann musste Cassian sich schon ein bisschen bemühen.

»Du wirst dich nicht weigern.«

Mist. Bauer auf C7. Ging das? So eine Leuchte war ich im Schach auch nicht, schon gar nicht, wenn ich kein Brett vor mir hatte.

»Das werden wir ja sehen. Erst möchte ich wissen, was ich machen soll, und dann entscheide ich mich.«

»Hhmpf«, stieß Cassian hervor, und ich war nicht sicher, ob dieses Geräusch mir galt oder Opal, die schon wieder ihr Stichwort verpasst hatte. Wahrscheinlich war sie nur in der Truppe, weil sie so gut aussah. Ihr Talent hielt sich in Grenzen.

»Sie ist nur nervös, weil ich da bin«, entschuldigte Cassian sich für ihre Patzer.

Ging es eigentlich noch eingebildeter?

»Ich bin mir noch nicht sicher, ob wir dir trauen können, und ich habe mir von Larimar erbeten, dich einige Zeit zu prüfen.«

Okay, eingebildeter ging es vielleicht nicht, aber beleidigender.

Drum prüfe, wer sich ewig bindet, ob sich nicht noch was Bess'res findet, schoss es mir durch den Kopf.

»Ganz genau.«

Wütend funkelte ich ihn an. »Was machst du, wenn ich in der Menschenwelt jemandem erzähle, dass ihr mich hergelockt habt? Stimmt es, dass ich nur drei Personen einweihen darf? Was, wenn ich es an die große Glocke hänge? Dann könnt ihr euch eine andere Dumme für eure ach so geheime Aufgabe suchen. Ich bin dann raus aus der Nummer.«

Cassian griff nach meinem Arm. Ich sah in sein zorniges Gesicht. »Wer hat dir das gesagt?«

»Du tust mir weh.« Ich versuchte, seine Finger von meinem Arm zu lösen. Allerdings war ich gegen seine Kraft chancenlos. »Meine Großmutter. Sie hat mich gewarnt. Weil ich sonst nicht mehr in eure Welt zurückkann. Meine Sehnsucht wird mich verzehren, und ich werde verrückt. So was in der Art, aber ich war nicht sicher, ob das nicht bloß ein Märchen war.«

»Sie hat recht«, sagte Cassian tonlos. »Ich hätte es dir sagen müssen, aber ich habe es ... vergessen.«

»Wahrscheinlich mit voller Absicht.«

Er nickte. »Larimar war sehr wütend auf mich, und das ist sie sonst nie.«

Das nannte ich mal unverblümte Ehrlichkeit.

Er schwieg und machte mich damit wütender als zuvor. Eine Entschuldigung wäre jetzt wohl angebracht. »Du wolltest nicht, dass ich wiederkomme, deshalb hast du mir diese Regel vorenthalten?«

»Ich finde, wir sollten nicht auf die Hilfe eines Menschen angewiesen sein.« Ich kam in den Genuss eines entschuldigenden Lächelns, was seine harten Worte Lügen strafte.

Mein Herz blieb kurz stehen, während er mich ansah, wenn man das so sagen konnte.

»Es tut mir leid.« Das klang ehrlich, ganz sicher war er ein perfekter Schauspieler.

Ich konnte nur mit Mühe den Blick von seinen Lippen lösen. Zum Glück sah er nicht, dass ich rot anlief. Springer auf F3. Ich registrierte böse das Lächeln auf seinen Lippen. Er machte sich lustig über mich.

»Gibt es sonst noch Regeln, die ich beachten muss?«, fragte ich verärgert über mich selbst, weil ich mich so schnell um den Finger wickeln ließ.

»Nur noch eine. Du darfst nie etwas aus unserer Welt mit in deine nehmen. Nicht das winzigste Teil. Brichst du eine der Regeln, bleibt dir das Tor zukünftig verschlossen, und du wirst nie zurückkehren können. Deine Großmutter hat recht, aber ich frage mich, woher sie das weiß.«

»Es gibt bei uns so alte Geschichten«, erklärte ich. »Im Grunde sind das Märchen für Kinder – das dachte ich jedenfalls bisher. Aber offenbar ist das nur die halbe Wahrheit.«

»Wirst du die Regeln befolgen?«

»Willst du denn, dass ich sie befolge?«

Cassian zuckte mit den Schultern. »Ich bin nicht sicher, ob du die Richtige bist.«

»Die Richtige wofür?« Jade setzte sich neben mich, erwartete aber keine Antwort. »Wie fandest du Larimar? War sie wenigstens ein bisschen nett zu dir?«

Ich verzog mein Gesicht zu einer Grimasse, die Antwort genug war. Jade lächelte verstehend.

»Es ist nicht ihre Aufgabe, nett zu sein«, belehrte Cassian seine Schwester, die nur abwinkte und ihre Augen verdrehte.

»Ich würde dich gern Sophie und Dr. Erickson vorstellen. Hast du Lust? Es sind Menschen, die einen kleinen Buchladen in der Stadt betreiben.«

»Auf gar keinen Fall«, wehrte Cassian ab.

»Sehr gern.« Wie schon erwähnt, interessierte ich mich nicht sonderlich für Bücher, aber andere Menschen in der Elfenwelt anzutreffen, war ein faszinierender Gedanke. Ich griff nach Jades Hand, und gemeinsam liefen wir aus dem Theater.

Leider hatte Cassian keine Schwierigkeiten, uns zu folgen. Er griff nach meiner Schulter und drehte sich zu mir herum. »Eliza, geh nicht!« Seine Stimme klang zum ersten Mal bittend, und ich war versucht, ihm nachzugeben. »Larimar würde es nicht gutheißen.«

Damit war die Entscheidung gefallen. Ich wandte mich wieder Jade zu, die mit einem befriedigten Lächeln auf den Lippen vorausging. »Es sind die letzten Menschen hier in Leylin«, erklärte sie dabei und klang zum ersten Mal, seit ich sie kannte, nicht besonders fröhlich.

»Weshalb? Gab es früher mehr? Wo sind sie hin?«

Jade antwortete nicht, sondern trällerte leise vor sich hin, während sie zielstrebig durch die Straßen lief und sich aufmerksam umsah. Cassian ging dicht hinter mir. Je tiefer wir uns in die Gassen hineinwagten, um so elfischer wurde es. Ich fand es wunderschön. Die bunten Häuser, die vielen Blumen und Bäume, die direkt aus und gleichzeitig wieder in die Fenster hineinzuwachsen schienen. Obwohl ich nicht wusste, wohin ich zuerst sehen sollte, entgingen mir nicht die missbilligenden Blicke der Elfen, mit denen wir bedacht wurden. Nach einer Weile begann ich, mich unwohl in meiner Haut zu fühlen. Jades Singsang ging in ein leises Summen über. Wachsam sah sie sich um. Cassians Gegenwart hatte ausnahmsweise etwas ungeheuer Beruhigendes. Die Elfen, an denen wir vorbeiliefen, sahen uns schweigend an. Kinder versteckten sich hinter ihren Müttern und zeigten mit dem Finger auf uns. Die Hauswände schienen enger zusammenzurücken, was bestimmt an der unterschwelligen Feindseligkeit lag, die mir entgegenschlug. Stimmte etwas nicht mit mir, oder lag es an Jade, die so kunterbunt angezogen war? In meinem Dorf würden sich die alten Frauen und Männer den Mund zerreißen, wenn ich so auftauchte.

»In dieser Gegend leben fast ausschließlich Elfen, die zur sechsten und siebten Familie gehören. Sie sind ziemlich wütend«, erklärte Jade, nachdem ein alter Mann uns ein »Verschwindet!« zugeraunt und seine Faust geschüttelt hatte. Aus dem Augenwinkel sah ich, dass Cassian ihm beruhigend eine Hand auf die Schulter legte, doch der Mann schüttelte sie ab.

»Auf wen?«, fragte ich abwesend. Und was meinte sie mit sechster und siebter Familie?

Jade antwortete nicht, sondern blieb vor einem kleinen Haus stehen. Sie ruckelte an der Klinke. Erstaunt registrierte ich die Bücher, die in den Fenstern standen – Griechische Sagen waren darunter, außerdem *Harry Potter* und *Emma* von Jane Austen.

»Jade, das war keine gute Idee. Die Elfen hier haben sehr an Elisien gehangen«, erklärte Cassian.

Ich warf einen Blick zurück. Mittlerweile hatte sich eine größere Menge versammelt, und sie rückten näher. Ich hielt Ausschau nach einem Fluchtweg, aber von beiden Seiten der Gasse kamen die Elfen auf uns zu. Obwohl niemand etwas sagte, war die Bedrohung körperlich spürbar. Alles in mir zog sich zusammen. Hätte ich bloß auf Cassian gehört.

Ich spürte, dass er näher an mich herantrat. »Merke dir das, wenn du das nächste Mal deinen Willen durchsetzen willst«, presste er hervor.

»Ich konnte kaum wissen, dass ihr so ein aggressives Völkchen seid.«

»Sie soll von hier verschwinden«, unterbrach ein Ruf aus der Menge unseren Disput. Irgendetwas flog gegen die Hauswand. Zermatschtes Obst rutschte auf die Straße. Das war für mich bestimmt gewesen.

Erschrocken trat ich einen Schritt zurück und prallte gegen Cassian. Peinlich berührt versuchte ich, mein Gleichgewicht wieder zu finden. Da legte er schützend den Arm um mich. »Sie werden dir nichts tun, solange wir zusammen sind«, flüsterte er. »Lass dir deine Angst nicht anmerken.«

Das sagte sich so leicht. Wenn ich ehrlich sein sollte, brachte mich seine plötzliche Nähe noch zusätzlich durcheinander. Ich rückte näher an ihn heran, und der Druck seiner Finger auf meiner Schulter verstärkte sich.

»Lasst uns in Ruhe«, rief Jade in die Menge. Ein unfreundliches Murmeln antwortete ihr, aber erleichtert sah ich, dass einige Elfen in die Seitengassen verschwanden. Sie wandte sich an ihren Bruder. »Ich will ihnen Eliza aber vorstellen«, erklärte sie trotzig. »Außerdem gebe ich nichts auf das Geschwätz der Leute und auf Larimars Verbote schon gar nicht. Sie hat mir nichts zu befehlen. Sophie und Dr. Erickson haben nichts mit der Sache zu tun.«

»Larimar weiß aber besser, was gut für unser Volk ist. Nur ihr haben wir es zu verdanken, dass es nicht zu größeren Unruhen kommt. Du siehst doch, sie sind nicht da, lass uns verschwinden«, verlegte Cassian sich aufs Bitten.

»Erklärt mir mal einer, was hier los ist?«

»Die Elfen in dieser Gegend sind nicht gut auf die Menschen zu sprechen.«

»Wieso?«

Cassian raufte sich die Haare.

»Vor ein paar Monaten ist unsere Königin verschwunden«, presste er heraus. »Viele Elfen geben den Menschen die Schuld an dem Unglück.«

»Du auch? Bist du deshalb so unfreundlich und willst mich besser heute als morgen wieder loswerden?«

»Ich bin nicht unfreundlich.« Cassian ließ mich los, was mich meine Worte bedauern ließ.

»Natürlich bist du das.«

»Bin ich nicht.«

Ich winkte ab. »Habt ihr mich nicht gerufen, damit ich eure verschwundene Königin wieder aufstöbere?«

»Das ist nicht der richtige Ort, um darüber zu reden. Lasst uns verschwinden.«

Ich warf einen Blick über meine Schulter. Die Menge war wieder näher an uns herangerückt. Zu meiner Erleichterung öffnete sich in diesem Moment die Tür von innen, und ich schaute in das lächelnde Gesicht einer älteren Frau.

»Jade, Cassian, wie schön, euch zu sehen.«

Jade strahlte, als die Frau sie in die Arme zog. Cassian stand etwas steif daneben. Erst jetzt bemerkte sie mich.

Jade zog mich an meinem Ärmel näher zu sich heran. »Sophie, das ist Eliza. Sie ist ein Mensch.«

»Das ist mir aufgefallen. Ihr kommt besser herein.«

Sophie sah vorsichtig auf die Straße, bevor sie die Tür schloss und einen Riegel davorschob. Jade und ich betraten den kleinen Laden, der selbst von mir als bezaubernd bezeichnet werden musste. Cassian folgte uns widerwillig.

»Dr. Erickson ist oben. Setzt euch, setzt euch! Ich mache uns Tee. Er kommt sicher gleich herunter.«

Die Frau verschwand hinter einem Perlenvorhang, und ich hörte am Klappern der Teller, dass sie sich dahinter zu schaffen machte. Kurze Zeit später durchzog der Geruch von Erdbeertee die Luft. Jade hatte sich in einen alten Ledersessel gesetzt und las ein Buch. Da Cassian immer noch stocksteif an der Tür stand, zog ich ebenfalls eines aus einem Regal und blätterte darin herum. Erstaunt erkannte ich, dass es eine alte Ausgabe der *Chroniken von Narnia* war. Ich liebte die Filme – alle drei Teile, obwohl ich *Die Reise auf der Morgenröte* besonders mochte, was nicht zuletzt an Prinz Kaspian lag. Ich stutzte: Kaspian – Cassian. Es klang ähnlich, doch leider hatten die beiden höchstens gemeinsam, dass sie gut aussahen. Kaspian war deutlich charmanter als mein bockiger Elf.

»Ich bin nicht dein Elf, und bockig bin ich schon gar nicht.«

Jade kicherte. »Klar, du bist bockig und stur.«

Ich verkniff mir ein Grinsen.

»Jetzt komm schon her und setz dich. Ich weiß genau, dass du dein Buch weiterlesen willst. Dass ausgerechnet du dir von Larimar, der alten Schreckschraube, verbieten lässt, herzukommen, hätte ich nie für möglich gehalten.«

Jetzt konnte ich mein Lachen nicht mehr unterdrücken, fragte mich aber, wie Cassian las.

»Sophie hat mir gezeigt, wie ich eure Blindenschrift lesen kann«, ließ er sich missmutig zu einer Erklärung herab. »Und Dr. Erickson hat mir Bücher aus eurer Welt mitgebracht.«

»Das ist sehr freundlich von ihnen.«

Cassian nickte zustimmend. Wenigstens waren wir einmal einer Meinung.

Sophie trat mit einem mit Tassen und Tellern beladenen Tablett in den Raum. »Jade, es wäre klüger, wenn du dich ein bisschen mehr vorsehen würdest, was du sagst. Die Stimmung in der Stadt ist derzeit nicht gut.«

»Hast du deshalb den Laden abgeschlossen?«, fragte Jade. »Ihr habt doch wohl keine Angst, Sophie?«

»Wir hielten es für besser«, antwortete diese ausweichend. »Außerdem ist in den letzten zwei Wochen sowieso niemand mehr gekommen.«

»Das glaube ich nicht!«, stieß Jade wütend hervor. »Ihr habt doch keine Schuld an dem, was geschehen ist. Die Leute sind so verbohrt.«

»Es ist schön, dass du das so siehst, Jade. Aber wir waren es, die Elisien gebeten haben, Emma wieder aufzunehmen.«

»Schon, aber ihr konntet doch nicht wissen, dass sie so ein Chaos anrichten würde.«

Sophie winkte ab und wandte sich mir zu. Ich hatte das deutliche Gefühl, dass sie vor mir nicht zu viele Einzelheiten ausplaudern wollte. Wer um Himmels willen war Elisien, und wer war Emma? Sophie schlich um die Geschichte herum wie um den heißen Brei. Mich machte das nur neugieriger.

»Könnte mich mal jemand aufklären?«, fragte ich.

»Das ist Cassians Aufgabe«, erklärte Sophie und tätschelte meine Hand. »Larimar hält es für das Beste, und wir sollten uns ihren Wünschen fügen.« Sie warf Jade einen auffordernden Blick zu. »Ich freue mich so, dich kennenzulernen. Du kannst dir nicht vorstellen, wie sehr die Elfen dich brauchen.«

»Das kann ich mir tatsächlich nicht vorstellen, weil mir nämlich niemand etwas verrät.« Ich nahm Sophie die Tasse aus der Hand, die sie mir reichte.

Es polterte auf der Treppe, und ein älterer Mann kam die Stufen herunter.

»Das ist mein Mann«, stellte Sophie ihn mir vor. »Dr. Erickson. Früher lehrte er als Professor an der Universität von Edinburgh, und jetzt lebt er mit mir hier und steht meistens im Weg herum.« Sie lächelte ihn liebevoll an, was ihre Worte Lügen strafte.

Der Mann sah genauso aus, wie man sich einen Professor vorstellte, mit sorgfältig gestutzten weißen Haaren, Bart und einer Brille auf der Nase.

»Cassian, Jade, schön, dass ihr vorbeischaut. Ihr wart lange nicht hier.« Dann schüttelte er meine Hand. »Und wer bist du?«

»Eliza.«

»Hallo Eliza. Wir haben schon von dir gehört. Larimar hat dich gerufen.«

»Eher hergelockt, würde ich sagen, und ich weiß noch immer nicht weshalb. Cassian ist nicht gerade eine Plaudertasche.«

Dr. Erickson lächelte und wandte sich ihm zu. »Was gibt es Neues, Cassian? Hat Larimar Rubin gefunden?«

Cassian nickte. »Wir glauben, dass er sich bei Raven versteckt hält.«

»Das ist sehr gut. Hoffentlich kommt bald alles wieder in Ordnung.« Sophie griff nach seiner Hand und drückte sie.

Jade richtete sich auf. »Weshalb hast du mir nichts gesagt?«

»Weil du, im Gegensatz zu mir, eine Plaudertasche bist.«

»Weil ich nicht verstehe, was an der Sache so geheim ist. Die Leute hätten weniger Angst, wenn Larimar nicht aus allem so ein Geheimnis machen würde. Es geht ihr doch nur darum, Rubin zu schützen. Ist ja auch zu peinlich, dass ausgerechnet ihr Sohn alles ins Chaos stürzt.«

»Pass auf, was du sagst!«, fuhr Cassian sie an. »Hast du

vergessen, welche Panik ausgebrochen ist, als Elisien verschwand? Larimar tut genau das Richtige.«

»Pah, Panik. Meinst du die paar Randalierer, die durch die Straßen gezogen sind? Wo kamen die eigentlich so plötzlich her? Hast du dich das schon gefragt?«

»Es sind Leute umgekommen, und Häuser standen in Flammen. Das waren nicht nur ein paar Randalierer.«

»Streitet euch nicht, Kinder«, bestimmte Sophie. Es kam mir komisch vor, dass sie Cassian als Kind bezeichnete, aber in ihren Augen waren er und Jade das wahrscheinlich. Ich schätzte sie auf über sechzig. Wahrscheinlich war sie sogar älter, aber das Leuchten ihrer Augen ließ sie jünger erscheinen. Dazu kamen ihre bunten Gewänder und die klingenden Armbänder, mit denen sie sogar Jade Konkurrenz machte.

Es klopfte laut an der Tür. Ich zuckte zusammen, obwohl ich normalerweise nicht sonderlich schreckhaft war. Aber was ich gerade gehört und erlebt hatte, machte mir Angst. Wo war ich da bloß hineingeraten? Die Elfenwelt hatte ich mir friedlicher vorgestellt.

Dr. Erickson wechselte einen Blick mit seiner Frau. Dann ging er zum Fenster und sah nach draußen.

»Larimars Wachen«, sagte er leise.

Cassian ging zur Tür und öffnete.

»Larimar möchte dich umgehend sprechen«, sagte einer der hochgewachsenen Kerle.

»Deshalb schickt sie euch?«

»Sie möchte sicher sein, dass du ihrer Aufforderung, ohne zu zögern, Folge leistest und dass dir nichts zustößt.«

»Tut er doch immer«, hörte ich Jade flüstern.

Cassian wandte sich mir zu. »Eine der Wachen wird dich zum Tor zurückbegleiten. Du musst keine Angst haben.«

»Ich bringe Eliza.« Jade sprang auf.

»Das wäre mir lieber«, erklärte ich. Ich sah auf die Straße. Die Menge hatte sich zerstreut.

»Ich lasse eine Wache zu eurem Schutz zurück.« Sein Ton duldete keinen Widerspruch. »Dann … bis dann.« Fast schien es mir, als ob er einen Moment zögerte zu gehen.

Jade musste ein ähnliches Gefühl haben, denn sie sagte: »Ich pass schon auf Eliza auf. Mach dir keine Sorgen.«

Ihre Worte schienen den Ausschlag zu geben, denn Cassian zog die Tür hinter sich zu und verschwand. Der Wächterelf stellte sich vor die Tür. Ich war nicht ganz sicher, ob er uns einschloss oder die Elfen von draußen ausschloss.

Kaum waren die drei verschwunden, änderte sich die Stimmung beträchtlich, sie wurde deutlich gelöster.

»Möchtest du etwas essen?«, fragte Sophie, und ich nickte. Sie holte eine Schüssel Obst aus der Küche und begann Früchte, die ich noch nie gesehen hatte, in kleine Stücke zu schneiden.

»Wie laufen die Proben?«, fragte sie Jade.

»Ganz gut, aber wenn ich ehrlich bin, finde ich das Stück langweilig. Wir haben es vor zwei Jahren schon mal gespielt, und das ist jetzt nur ein müder Aufguss.«

»Weshalb macht ihr nichts Neues?«, fragte ich, wobei mich viel mehr interessierte, was eigentlich vor sich ging. Aber ich hatte das Gefühl, dass die drei mir von sich aus nichts erzählen würden. Die Sache wurde immer mysteriöser. Irgendwas war hier passiert, und ich sollte die Sache geradebiegen – nur das Was und Wie wollte mir niemand verraten.

Es klopfte laut an der Tür. »Das ist unser Zeichen.« Jade verdrehte die Augen. »Wir müssen gehen«, erklärte sie. Wir hatten verschiedene Theaterstücke diskutiert, die die Elfen spielen könnten, und die Zeit war wie im Fluge vergangen. Sophie hatte *Pygmalion* vorgeschlagen, und tatsächlich konnte ich mir Jade gut als Eliza Doolittle vorstellen. Ein Blumenmädchen, das zur Herzogin wurde, konnte sie bestimmt zauberhaft spielen. Ich dachte eher an *Sommernachtstraum,* immerhin gab es hier Elfen in Hülle und Fülle. Ob Larimar das Stück besonders lustig finden würde, stand auf einem anderen Blatt.

Nur ganz kurz überlegte ich, *Tristan und Isolde* vorzuschlagen, entschied mich dann aber dagegen. Ich war nicht sicher, ob meine dramatische Liebesgeschichte das Richtige für die Elfen war.

Als Jade und ich aus dem Haus traten, würdigte uns unser Wächter keines Blickes, sondern schritt stur voraus.

»Cassian kann eigentlich ziemlich charmant sein«, sagte Jade zusammenhanglos. »Auch wenn er vielleicht nicht immer so wirkt. Er hat es nicht leicht und sitzt zwischen den Stühlen. Versuch ein bisschen, ihn zu verstehen.«

»Das würde ich gern, aber ich habe Schwierigkeiten damit, weil mir niemand sagt, was ich tun soll oder was passiert ist. Versteh mich nicht falsch, ich bin wirklich gern hier, aber er bringt mich ganz durcheinander«, gestand ich und hätte die Worte am liebsten zurückgenommen.

Jade lächelte. »Das ist seine hervorstechendste Eigenschaft. Gib ihm etwas Zeit.«

»Wenn du meinst.«

Ich ging durch das Tor, und kaum hatte ich die andere Seite betreten, spürte ich, wie sich Sehnsucht in mir ausbreitete. Am liebsten wäre ich sofort zurückgegangen. Doch das Tor war verschwunden.

7. Kapitel

Ich saß an einen der alten Grabsteine gelehnt auf dem Friedhof neben unserem Haus. Hier wollte ich das Textbuch in Ruhe noch ein letztes Mal durchgehen. Die Lichtung mied ich lieber, obwohl es mir äußerst schwerfiel. Ich hatte alles genau durchdacht – jedenfalls hatte ich das versucht und beschlossen, heute nicht in die Elfenwelt zu gehen. Was gingen mich deren Probleme an, die sie mir nicht mal anvertrauten? Ich hatte selbst genug um die Ohren – na ja, eigentlich nicht. Aber ich musste mir überlegen, wann ich Frazer anrufen sollte. Zu lange wollte ich nicht warten, aber wenn ich zu früh anrief, konnte er falsche Schlüsse ziehen. Hätte ich ihm doch bloß meine Telefonnummer gegeben. Jetzt musste ich den ersten Schritt machen.

Gedankenverloren begann ich, auf der leeren Rückseite eines Blattes zu zeichnen. Vor ein paar Jahren hatte ich leidenschaftlich gern Mangas gemalt. Jetzt skizzierte ich mit wenigen Strichen Cassians Gesicht. Es gelang mir nicht so perfekt, wie es in Wirklichkeit war, aber es traf ihn ziemlich gut. Ob er schon immer blind gewesen war? Wenn man es nicht wusste, fiel es gar nicht auf. Trotzdem schien es ihm zuzusetzen. Weshalb war er sonst so aufbrausend und widerspenstig? Weshalb traute er mir nicht? Es versetzte mir einen Stich. Ich wünschte, er würde mich mögen, oder wenigstens ein bisschen zugänglicher sein. Andererseits konnte es mir egal sein, ob dieser blöde Elf mich mochte oder nicht. War es aber leider nicht. Wenn er sich unbeobachtet fühlte, wurde sein Gesichtsausdruck viel weicher. Seine Augen konnten seine Schwester, trotz ihrer Blindheit, fast zärtlich anblicken, und wie er mir in dieser engen Straße einen Arm um die Schulter gelegt hatte ... Ich seufzte, blätterte die Seite um und begann zu lesen. Ich musste mich von ihm ablenken. Meine Gedanken kreisten eindeutig zu oft um ihn. Bisher hatte doch nur Frazer in meinen Tagträumen eine Rolle gespielt. Welche Szene sollte ich zuerst mit ihm proben? Sie musste möglichst unverfänglich sein, beschloss ich. Zu den Liebesszenen konnten wir später kommen.

Ich hatte mich beim Schreiben des Theaterstücks anstatt an der irischen Ursprungssage mehr an dem Film orientiert. Da ich das Stück auf eine theatergerechte Länge stutzen musste, hatte ich einfach die tollsten Stellen herausgesucht und das Stück daraus gemacht. Wie im Film wird Isolde auch in meinem Stück von ihrem Vater zu Beginn total unterdrückt. In der Ursprungsfassung kommt Tristan nach Irland, da nur Isoldes Mutter, die irische Königin, ihn von einem Gift heilen kann, das ein irisches Schwert ihm zugefügt hat. Dieses Schwert gehörte Morold, Isoldes Bruder. Morold ist im Film nicht Isoldes

Bruder, sondern der ekelhafte fette Typ, der Isolde heiraten möchte. In beiden Varianten tötet Tristan Morold im Kampf. Jedoch gibt Tristan sich in der ursprünglichen Geschichte als Spielmann aus, und in dieser Eigenschaft darf er die Prinzessin Isolde in Irland sogar unterrichten. Es kommt, wie es kommen muss, die beiden verlieben sich ineinander.

Jeder, der den Film kennt, kann sich unschwer vorstellen, dass mir die Variante, dass Tristan halb tot in einem Boot an die irische Küste gespült und von Isolde versteckt und geheilt wird, besser gefallen hatte. Aber ich musste natürlich auch Elemente der Ursprungsgeschichte verwenden. (Das war jedenfalls die Auflage von Miss Peters. Sie fand, dass Hollywood die Story total verkitscht hatte. Sky und ich waren da anderer Meinung.) Ich fragte mich, ob Frazer wirklich singen und eine Laute spielen konnte. Wenn nicht, mussten wir uns etwas einfallen lassen.

Das Quietschen von Fahrradreifen ließ mich aufhorchen. Ich beugte mich zur Seite und lugte hinter meinem Grabstein hervor. Der Pfarrer sah es nicht gern, wenn ich mich hier sonnte. Er fand es geschmacklos. Ich fand, dass den Toten etwas Gesellschaft kaum schadete. Außerdem war hier seit Ewigkeiten niemand mehr begraben worden. Die ganzen McLeods und McDonalds würden mir mein Eindringen kaum übel nehmen.

Doch es war nicht der Pfarrer, der über das kurz geschnittene grüne Gras dahergefahren kam – es war Frazer.

Wie hatte er mich aufgestöbert?

Ich stand auf und wischte mir die Erdkrümel von meiner

kurzen Jeans. Mist – hätte ich mich wenigstens geschminkt, aber an einem Sonntag dachte doch kein Mensch an so etwas, schon gar nicht, wenn man vorhatte, auf einem Friedhof herumzulungern.

»Hi.« Er lächelte mich mit diesem so unwiderstehlichen Grinsen an, dass ich auf der Stelle dahinschmolz. Es sah nicht so aus, als ob ihn mein Naturlook störte.

»Wie hast du mich gefunden?«

»Grace hat mir verraten, wo du dich versteckst.«

Dieses Biest. Sicher hatte sie genau gewusst, wie ich herumlief.

»Verstecken ist der richtige Ausdruck, sonst müsste ich meiner Mutter im Café helfen.«

»Und dazu hast du keine Lust?«

Ich zuckte mit den Schultern. »Wenn sie mich dafür bezahlen würde – aber so ist das die reinste Ausbeutung.«

Frazer lachte auf und zeigte mir eine Reihe perfekter, weißer Zähne.

Verlegen fuhr ich mit der Zunge über meine und hoffte, dass keine Schokoladenreste zurückgeblieben waren.

»Wollen wir?«

Er wies mit der Hand auf die Stelle, an der ich gerade gesessen hatte. Ganz Gentleman wartete er, bis ich wieder saß, und rutschte dann neben mich.

Besonders breit war der Grabstein von Flora McLeod, den ich mir heute ausgesucht hatte, nicht, sodass Frazer so eng neben mir saß, dass unsere Schultern sich berührten. Mir wurde auf der Stelle heiß und kalt. Wie oft hatte ich mir schon vorgestellt, dass er mich küsste. So weit war es zwar noch nicht, aber das hier kam meinen Fantasien schon verdächtig nah. Läufer auf D4. Ach so, nein, zurück. Da hatte ich wohl was durcheinandergebracht. Frazer konnte zum Glück ja keine Gedanken lesen.

Ich spürte, dass er mich musterte.

»Ein Pfund für deine Gedanken.«

»Zu wenig.«

»Ich erhöhe auf zwei.«

»Keine Chance. Vergiss es«

»Okay – irgendwann verrätst du sie mir doch.«

»Machen das deine Mädchen gewöhnlich? Dir ihre geheimsten Gedanken verraten?«

Frazer lächelte siegessicher. »In der Regel schon.«

»Ich ganz bestimmt nicht. Wir treffen uns schließlich nicht zum Gedankenaustausch, sondern um für das Stück zu üben.«

»Und währenddessen willst du meine Isolde sein?«

Jetzt wurde mein Kopf trotz meines erbitterten Widerstandes feuerrot.

Frazer lachte. »Irgendwann kriege ich dich, und dann verrätst du mir, was ich wissen will, Eliza McBrierty.«

Ich versuchte, mich in den Griff zu kriegen. »Träum weiter«, krächzte ich.

Frazer griff nach dem Textbuch. »Womit fangen wir an?«

Erleichtert über den Themenwechsel beugte ich mich über das Buch, das auf seinen langen, wohlgeformten Beinen ruhte.

»Wir haben die Anfangsszene des Films, in der Tristans Eltern umgebracht werden, rausgenommen. Du trittst das erste Mal auf, als es darum geht, die Gefangenen, die Morold mit nach Irland nehmen will, zu befreien. Du diskutierst mit Marke, wie ihr vorgehen sollt.«

Frazer nickte. »Wenn du meinst. Eine Liebesszene wäre mir zwar lieber ...« Er zwinkerte mir zu und ließ seinen Satz unvollendet. Das konnte ja heiter werden. Kein Wunder, dass er jedes Mädchen in Nullkommanichts rumkriegte. Seinem Charme zu widerstehen würde ein hartes Stück Arbeit sein (vor allem, da ich es doch im Grunde gar nicht wollte, oder doch?). Bei Sky hatte sich das so leicht angehört.

Ich konzentrierte mich auf meinen Text, und die nächste Stunde verbrachten wir damit, die Szene zu proben. Frazer erwies sich als talentierter als gedacht. In Jeans und T-Shirt stand er zwischen den verwitterten Grabsteinen und sprach mir nach. Mit einem Stock, den er am Waldrand aufgetrieben hatte, kämpfte er gegen einen unsichtbaren Morold. Unglaubwürdig wurde sein Spiel bloß dadurch, dass er mir, kurz vor dem entscheidenden Schlag, mit dem er Morold töten sollten, zuzwinkerte und gleichzeitig stolperte.

Er fiel auf die Knie, und ich fing an zu lachen. »Ich schätze, jetzt hat Morold dich umgebracht.«

»Isolde würde mir zu Hilfe eilen und sich zwischen uns stürzen«, belehrte Frazer mich.

»Ich bin aber nicht Isolde.«

»Doch«, insistierte er. »Nur deshalb mache ich doch den Quatsch. Damit du meine Isolde bist und nicht Grace.«

»Bleib auf dem Boden, Wildgoose. Wir wissen beide, dass du nur mitmachst, weil du denkst, leicht ein A zu kriegen. Mit so einer billigen Anmache kannst du bei mir nicht landen.«

»Dann muss ich mich wohl mehr anstrengen.« Er grinste verschmitzt – weit weg von einem schlechten Gewissen. »Bisher hat die Masche gereicht.«

Ich konnte mir ein lautes Lachen nicht verkneifen. »Hast du Lust auf ein Stück Schokokuchen? Meine Mutter kann dir ganz gewiss nicht widerstehen.«

Frazer stand auf und zuckte mit den Schultern. »Eigentlich stehe ich nicht auf ältere Frauen, aber wenn sie so hübsch ist wie du …«

Da hatte er mich wieder. Rotkopfalarm. Verlegen sammelte ich meine Unterlagen zusammen.

»Sie ist hübscher«, murmelte ich.

Frazer schubste mich mit seiner Schulter an. »Glaube ich nicht«, flüsterte er mir ins Ohr.

Seite an Seite schlenderten wir zum Haus hinüber. Es war merkwürdig, welche Vertrautheit sich in so kurzer Zeit zwischen uns geschlichen hatte. Ob das ein Zeichen war? Er war ganz anders als Cassian. Ich schüttelte den Kopf, um den eingebildeten Elfen aus meinen Gedanken zu verbannen. Da war ich das erste Mal mit Frazer zusammen und dachte an einen anderen Jungen.

Wie nicht anders zu erwarten, lag meine Mutter Frazer zu Füßen. Sie ließ ihn sogar in ihre Küche, wo er jeden einzelnen ihrer Kuchen begutachten konnte und über den Klee lobte. Obwohl er nicht auf ältere Frauen stand, verstand er sich in jedem Fall darauf, sie zu bezirzen.

Grace und Fynn kamen in die Küche, kaum dass wir sie betreten hatten. Grace begrüßte Frazer für meinen Geschmack etwas zu überschwänglich, und ich sah genau, wie Fynns Augen sich zu Schlitzen verengten.

»Hast du Eliza gefunden?«, fragte sie neugierig.

»Sieht so aus«, antwortete Frazer mit vollem Mund auf ihre blöde Frage.

»Wir haben für das Stück geübt«, erklärte ich. »Fynn, wusstest du, dass Grace und Frazer die Hauptrollen spielen?«

Fynn nickte.

Schade. Ich hatte gedacht, dass Grace es ihm bisher verschwiegen hätte.

»Grace hat es mir gerade erzählt.«

»Wir können auch gern mal nach der Schule zusammen proben«, bot Grace sich an. »Schließlich wollen wir doch, dass Elizas Stück ein großer Erfolg wird.« Sie nahm sich ein Stück Kuchen und sah weder zu Frazer noch zu Fynn, während sie das vorschlug.

Diese Hexe. Musste sie gleich beide Jungs in so eine Zwickmühle bringen?

»Du solltest dir nicht zu viel zumuten, Grace«, ertönte da Grannys Stimme. »Lass Eliza mit Frazer proben. Du hast genug mit deiner Nachhilfe zu tun.«

Das hatte gesessen. Am liebsten hätte ich laut losgelacht. Granny sah Grace so mitleidig an, dass man fast auf den Gedanken kommen konnte, ihre Worte wären ernst gemeint gewesen. Grace' Hals rötete sich unmerklich, bevor sie ohne ein weiteres Wort zustimmend nickte und Fynn aus der Küche zog.

Ich sah zu Frazer und hätte schwören können, dass seine Mundwinkel zuckten.

»Wie geht es deinem Großvater, Frazer?«, fragte Granny.

»Sehr gut. Ich soll Ihnen einen schönen Gruß ausrichten, und dass er bald mal herkommen will, um mit Ihnen über alte Zeiten zu plaudern.«

Granny winkte ab. »Das verspricht er seit Jahren.«

»Er hat viel zu tun«, entschuldigte Frazer seinen Großvater.

Granny tätschelte seinen Arm. »Man lügt alte Frauen wie mich nicht ungestraft an, junger Mann. Ich weiß genau, dass er sich mit Hermione trifft. Sie war schon in unserer Jugend hinter ihm her. Er sollte sich vor ihr in Acht nehmen.«

»Ich werde es ihm ausrichten.«

»Untersteh dich!« Granny lachte. »Es würde mich nicht wundern, wenn sie es schafft, ihn noch vor den Altar zu zerren. Er wäre dann Nummer vier.«

»Nie im Leben«, behauptete Frazer.

»Wir werden sehen.«

Später begleitete ich Frazer zur Straße zurück. Schweigend liefen wir nebeneinander her. Es war kein unangenehmes Schweigen, es fühlte sich gut an. »Wann machen wir weiter?«, fragte er.

Ich versuchte mich an einem unbeteiligten Gesicht. »Wann immer du Lust hast.«

»Lust habe ich immer.« Er grinste frech. »Aber beim nächsten Mal suche ich die Szene aus.«

Mit einem mulmigen Gefühl im Magen nickte ich. Überraschend beugte er sich zu mir herunter und gab mir zum Abschied einen Kuss auf die Wange. Dann schwang er sich auf sein Rad und fuhr fröhlich vor sich hin pfeifend zurück.

Das konnte ja heiter werden. Ich musste dringend Sky anrufen, und mein Gesicht würde ich zumindest heute nicht waschen.

»Was treibst du?«, fragte Sky zur Begrüßung am Telefon. Sie war für eine Woche von der Schule befreit, damit sie für einen Aufnahmetest an der Edinburgher Universität vorspielen konnte.

»Frazer war gerade hier. Ich hatte ihn noch nicht mal angerufen.«

»Er ist einfach so vorbeigekommen? Das kann nichts Gutes bedeuten. Sind seine Schnecken alle ausgeflogen?«

Beleidigt verzog ich das Gesicht. »Meinst du damit, dass ihm nur langweilig war?«

Sky lachte. »Was denkst du denn? Dass er Sehnsucht nach dir hatte, nachdem er dir jahrelang aus dem Weg gegangen war?«

»Er hat gesagt, ich wäre hübsch und«, ich machte eine dramatische Pause, »er hat mich zum Abschied auf die Wange geküsst.«

Jetzt verschluckte Sky sich beinahe an ihrem Lachen. »Sorry, Süße. Aber du fällst hoffentlich nicht auf seine niveaulose Anmache herein.«

»Natürlich nicht«, antwortete ich eingeschnappt.

»Du weißt, Männer sind Jäger«, sagte sie, diesmal ohne mein Echo.

»Mach dir keine Sorgen. Er ist lustig. Es hat Spaß gemacht, mit ihm zu proben, und er hat nicht versucht, über mich herzufallen.«

»Noch nicht«, unkte Sky.

Leider dachte ich.

»Ich weiß selbst, dass er nicht wegen mir gekommen ist, das musst du mir nicht noch unter die Nase reiben.«

»Offenbar schon.«

»Wie ist dein Vorspiel?«, versuchte ich, das Thema zu wechseln.

»Es läuft gut.« Zuerst hatte ich Sky um ihre freie Zeit beneidet, aber jetzt war ich ehrlich gesagt froh, dass sie weit weg war. Sie hätte es fertiggebracht und jede meiner Proben mit Frazer überwacht wie eine eifersüchtige Schwiegermutter. Ich sollte mir überlegen, ob ich sie nach der nächsten Probe noch mal anrufen würde.

»Jetzt sei nicht sauer«, lenkte sie ein. »Ich will nur nicht, dass er dir wehtut, und das wird er.«

»Wird er nicht«, widersprach ich trotzig.

»Pass einfach auf dich auf«, sagte Sky. »Ich muss jetzt Schluss machen. Sag noch schnell, was deine Elfen machen.«

»Nichts. Ich versuche, mich von ihnen fernzuhalten.«

»Das ist wahrscheinlich das Vernünftigste. Ich drück dich.«

»Ich dich auch.«

Ich konnte Sky nicht böse sein. Tief in mir wusste ich ja,

dass ich bei Frazer auf der Hut sein musste, aber schließlich wollte ich ihn nicht heiraten. Eine kleine Romanze würde mir schon genügen. Sky sah nur die Verletzungen, die Frazer mir zufügen würde, sobald die Theatergeschichte vorbei war und er mich nicht mehr brauchte. Ich sah nur meinen ersten, richtigen, echten Kuss, für den ich mir niemand anders vorstellen konnte.

Nervös tigerte ich durch mein Zimmer. Eigentlich musste ich für die Schule ein Buch lesen, aber ich konnte ja nicht einmal stillstehen, geschweige denn sitzen und auf Buchstaben starren. Ob es *Animal Farm* auch als Film gab?

War es eigentlich wirklich das Vernünftigste, heute nicht zu den Elfen zu gehen? Es gab noch so viel, was ich nicht wusste. Vielleicht würde Cassian mir heute verraten, worum es ging. Aus den Bröckchen, die er mir bisher zugeworfen hatte, wurde ich nun wirklich nicht schlau. Vielleicht war er heute auch zugänglicher als sonst. Die Hoffnung stirbt ja bekanntlich zuletzt.

Er war besorgt um mich gewesen, als wir zu dieser Sophie und Dr. Erickson gegangen waren. Das hatte ich genau gespürt. Mein Nacken prickelte bei der Erinnerung, wie er seinen Arm um mich gelegt hatte. Bestimmt konnte er bezaubernd sein, wenn er wollte. Allerdings konnte es auch sein, dass er nur wegen Larimar Angst gehabt hatte, dass mir etwas zustieß. Sicher wäre sie nicht erbaut gewesen. Der Gedanke versetzte meiner Euphorie einen Dämpfer. Das musste doch herauszufinden sein. Ein Mal konnte ich es ja noch riskieren.

8. Kapitel

»Warst du beim Friseur, oder verdankst du den Look deiner Schwester?« Cassians dunkles Haar, in dem heute hellblaue Strähnen schimmerten, glänzte in der Sonne.

»Da ich nicht sehen kann, was sie mit mir anstellt, bin ich ihr bevorzugtes Versuchsobjekt«, antwortete er und klang dabei beinahe liebevoll. »Weshalb kommst du erst jetzt?«, setzte er vorwurfsvoll hinzu.

»Ich hatte zu tun. Sei froh, dass ich überhaupt hier bin. Meine beste Freundin hat gesagt, dass es das Vernünftigste wäre, wenn ich mich von euch fernhalte.«

»Das wäre in der Tat das Vernünftigste, aber leider ist es dafür zu spät«, bedauerte Cassian sich laut selbst.

»Ich kann gern wieder gehen«, giftete ich.

»Bloß nicht. Je schneller wir das alles hinter uns haben, umso besser.«

»Sind eigentlich alle Elfen solche Stinkstiefel wie du?«

»Nein«, antwortete Quirin an Cassians Stelle. »Es gibt ein oder zwei, die können durchaus einnehmend sein. Unser

Freund Cassian gehört eher zu der Kategorie unausstehlich eingebildet.«

»Du hast eine beste Freundin?« Zu meinem Leidwesen hatte Cassian offenbar beschlossen, dem Gespräch eine neue Wendung zu geben, dabei hätte ich ihm am liebsten noch ein paar Beleidigungen an den Kopf geknallt.

»Wundert dich das?«

»Ein bisschen schon.«

Ich atmete tief durch. »Im Gegensatz zu dir bin ich in der Regel freundlich, zuvorkommend und taktvoll. Alles Eigenschaften, die man braucht, um Freunde zu finden. Sky und ich sind seit der ersten Klasse befreundet. Ich habe noch niemanden kennengelernt, der dein bester Freund sein könnte. Abgesehen von Opal natürlich. Aber mir scheint, die ist an etwas anderem als an deiner Freundschaft interessiert.«

»Das ist auch gut so.«

»Was ist gut so?«

»Dass sie nicht meine Freundschaft will.«

»Hhm.«

»Ich glaube nicht an Freundschaft zwischen Elfen und Elfinnen.«

»Okay. Dann haben wir ja was gemeinsam.«

»Und das wäre bitte?«, fragte er ungläubig.

»Ich glaube auch nicht an Freundschaft zwischen Jungs und Mädchen. Das gibt immer Schwierigkeiten.«

»Ihr Menschen wisst doch gar nicht, was echte Freundschaft ist.« Er rümpfte verächtlich seine schmal geschnittene Nase.

Hast du eine Ahnung, däm… Turm auf A4.

»Das habe ich gehört.«

»Selbst schuld. Verzieh dich aus meinem Kopf.«

»Dann mach ihn zu.«

»Geht das?«, fragte ich interessiert.

»Na klar«, quäkte Quirin. »Sag ihm, dass er es dir zeigen soll. Die Elfen lernen in der ersten Klasse, sich abzuschirmen. Sonst gäbe es nur Mord und Totschlag, so gehässig, wie die sind. Und sie lernen auch, sich gar nicht erst in fremde Köpfe zu schleichen.«

»Dich habe ich mindestens genauso vermisst wie sie«, bemerkte Cassian mit gequälter Stimme.

»Ich dich auch.« Ich lächelte den Troll aufmunternd an.

»Ich kann dir auch ohne Eliza Gesellschaft leisten«, ließ Quirin sich vernehmen. »Du musst nur darum bitten.«

»Eher gefriert die Hölle«, presste Cassian hervor.

»Höflich wie immer.«

»Was machen wir heute?«, fragte ich, um das Thema zu wechseln und die Situation zu entspannen.

»Heute erzähle ich dir ein bisschen was.«

»Ein bisschen?«

»Gerade so viel, wie du wissen musst.«

»Wie gnädig«, rutschte mir heraus.

»Keine Ursache.«

»Hat er dir schon die Regeln verraten?«, mischte Quirin sich wieder ein.

»Gerade so.«

Cassian ignorierte die Bemerkung. »Würde es dir etwas ausmachen, mich zum Theater zu begleiten?«

»Da waren wir doch gestern schon. Gibt es sonst nichts Interessantes zu sehen?« Ich sah genau, wie er rumdruckste, und es gefiel mir. Mister Obercool hatte offensichtlich ein Problem.

»Eigentlich schon, aber einer der Spieler ist ausgefallen, und Opal hat mich gebeten, einzuspringen. Und da du das Theater auch magst, dachte ich …«

Quirin kicherte. »Doch nicht ganz so selbstsicher, der Kleine«, flüsterte er in mein Ohr.

Ich ließ Cassian einen Moment zappeln. »Aber sicher muss ich noch eine Menge lernen, bevor ich meine Aufgabe erfüllen kann«, sagte ich gedehnt. »Und was wird Larimar dazu sagen, dass du meine Einweisung vernachlässigst?«

»Es wäre besser, wenn sie es nicht erfährt«, fuhr er mich an. »Sie vertraut mir, und ich möchte sie nicht enttäuschen.«

»Dann bist du mir aber etwas schuldig, finde ich. Wir könnten die Tage zum Beispiel noch mal zu den Ericksons gehen? Ich mag die beiden.«

»Nein«, antwortete er schroff. »Gestern war gefährlich genug, meinst du nicht?«

»Dann muss ich mir wohl überlegen, ob ich Larimar nicht bitten sollte, dass mich jemand anderes mit meiner Aufgabe vertraut macht. Du machst das nicht besonders gut.«

»Du erpresst mich?«

»So würde ich das nicht nennen.«

»Ich aber.«

Ich zuckte mit den Schultern. »Für mich ist es eher ein Tauschgeschäft.«

»Ich habe verstanden.«

»Dann ist es ja gut. Gucke ich mir eben weiter an, was ihr da so treibt. Ist gar nicht mal so schlecht. Und danach gehen wir noch mal zu Sophie. Ich bin sicher, du schaffst es, mich zu beschützen.« Ich fragte mich, welcher Teufel mich geritten hatte, das zu verlangen. Schließlich hatte ich wirklich Angst gehabt. Aber jetzt war es zu spät, einen Rückzieher zu machen.

Er schnaubte verächtlich und lächelte dann böse, als er meine Gedanken las.

»Hey, sie hat was gut bei dir«, ranzte Quirin ihn an. »Wenn Larimar erfährt, dass du nicht genau das machst, was sie von dir erwartet, macht sie dir die Hölle heiß. Hat dir wohl gestern nicht gereicht? Ich wusste gar nicht, dass du so aufmüpfig sein kannst. Ich dachte immer, du gehorchst der Ziege aufs Wort.«

Ich kicherte, doch Cassian würdigte ihn keiner Antwort, sondern bahnte sich zielstrebig seinen Weg zum Theater.

»Weshalb hat Larimar dich gestern so abführen lassen?«, fragte ich und versuchte, versöhnlich zu klingen.

»Hat sie nicht.«

»Hat sie doch. Ich denke, sie kann dich auch mittels Telepathie rufen.«

»Hat der Troll dir das erzählt?«

»Irgendwie muss ich ja rauskriegen, was hier passiert, und du bist verschlossen wie eine Auster.«

»Ich habe sie gestern nicht gehört.«

»Warst du in einem Funkloch oder was?«

»Ich wollte nicht.«

»Sag ich doch«, mischte Quirin sich ein. »Er kann auch aufmüpfig.«

Ich lächelte den kleinen Kerl an. »Reiz ihn nicht, Quirin.«

»Sie hatte verboten, dass ich Sophie und Dr. Erickson besuche, aber ich konnte Jade und dich schlecht allein dorthin gehen lassen, deshalb habe ich mich abgeschirmt.«

»Okay.« Heute hatte er wohl eine offenherzige Ader, das musste ich ausnutzen. »Weshalb hat sie es verboten?«

»Sie denkt, es ist zu gefährlich, und das ist es auch, wie selbst du unschwer gemerkt haben musst.«

»Vielleicht erklärst du mir erst mal, weshalb die Elfen so aggressiv waren und wohin die anderen Menschen sind, die früher hier gelebt haben?«

»Sie sind fort.«

So schlau war ich auch schon. Ich verdrehte die Augen und bat wen auch immer um Geduld. »Aber wieso?«

»Weil sie schuld an der ganzen Misere sind, in der wir stecken.«

Ich fischte ein Blatt Papier von der Straße, das in diesem Moment vor meine Füße flatterte. Es schien eine Art Flugblatt zu sein. *Haruspex* stand oben in dicken Lettern. Dann folgten kleine Beiträge und Bilder. Auf einem konnte ich Larimars Tempel erkennen. »Wann sorgt die Hohepriesterin endlich für Ordnung?« stand da und weiter unten »Zusammenrottung des Pöbels von Stadtwachen verhindert«, »Opal – neuer Star am Theaterhimmel«. Von Star würde ich ja nicht sprechen.

Cassian riss mir das Blatt aus der Hand. »Es ist besser, wenn du das nicht liest. Im *Haruspex* stehen meistens Unwahrheiten, oder sie übertreiben maßlos.«

»Bei euch gibt es Boulevardblätter?«, fragte ich erstaunt.

»Wenn diese Klatschpresse so bei euch heißt, dann ja. Larimar hätte sie längst verbieten sollen.«

Von Pressefreiheit schien Cassian nicht viel zu halten, hätte mich auch gewundert.

Wir waren mittlerweile beim Theater angekommen. »Setz dich her und sieh zu.«

»Aber du hast meine Fragen noch nicht alle beantwortet.«

»Wenn ich Pause habe, komme ich zu dir, und wir sprechen weiter. Ich erzähle dir genau so viel, wie du wissen musst. Nicht mehr und nicht weniger.«

»Ja, Herr«, antwortete ich und setzte in Gedanken laut BLÖDMANN hinzu.

»Wie war das?«, fragte er.

»Taub bist du doch nicht auch noch, oder?«, motzte ich ihn an. Schönheit Opal fiel ihm um den Hals, kaum dass sie seiner ansichtig wurde.

Quirin fläzte sich auf die Bank neben mich. »Ärgere dich nicht. Er ist es nicht wert.«

»Natürlich ist er das nicht«, bestätigte ich ihm … und mir.

»Dann sind wir uns ja einig.«

Nur mäßig interessiert folgte ich den Proben. Zu viele Fragen wälzten sich durch mein Hirn.

Jetzt, da ich es zum zweiten Mal sah, fiel mir auf, dass dem Ganzen der Pep fehlte, obwohl die Elfen sich wirklich Mühe gaben. Leider konnte von einem Spannungsbogen nicht die Rede sein. Allerdings saßen die Texte, und selbst Opal verpasste diesmal ihren Einsatz nicht. Die Elfen waren mit Feuereifer dabei, das musste ich ihnen zugestehen. Ich sollte ihnen *Romeo und Julia* mitbringen, überlegte ich. Ob Elfen gut küssten?

»Was ist küssen?«, fragte Cassian, der urplötzlich neben mir stand und mich neugierig ansah.

»Du sollst dich aus meinen Gedanken raushalten«, fauchte ich gleichermaßen ungehalten wie erschrocken.

»Ich versuche es«, sagte er eingeschnappt. »Aber dieser Gedanke sprang mich geradezu an.«

Ich wurde puterrot. Zum Glück sah er es nicht. Beleidigt wandte er sich ab und ging wieder zurück zur Bühne. Eins musste ich ihm lassen – er spielte fabelhaft und gab auf der Bühne eine phänomenale Figur ab. Allein die Mimik. Jedes Gefühl spiegelte sich auf seinem Gesicht wider ... Dafür, dass er sonst nichts von sich preisgab, grenzte diese Ausdruckskraft fast an ein Wunder. Wie machte er das bloß? Manchmal waren es nur winzige Regungen, aber sie genügten, dass ich hinwegschmolz. Wieso wusste er nicht, was ein Kuss war? Ich könnte wetten, dass er es trotzdem perfekt hinkriegen würde. Sicher viel, viel besser als die paar Schlabberküsse, in deren Genuss ich bisher gekommen war. Bei der Erinnerung schauderte es mich. Aber die zählten eigentlich auch nicht.

Ob er mich mehr mögen würde, wenn er mich sehen könnte? Frazer fand mich schließlich auch hübsch. Hatte er jedenfalls behauptet. Ob das ernst gemeint gewesen war?

»Jetzt bleib mal auf dem Teppich! Dem Typ ist egal, wie du aussiehst, wenn du nur nach seiner Pfeife tanzt«, riss mich Quirin aus meinen Gedanken.

Mein Kopf wirbelte herum.

»Kannst du etwa auch Gedanken lesen?«, fragte ich erschrocken.

»Ist doch nichts Besonderes«, murmelte er missmutig.

»Denkst du nicht, du hättest mich von dieser Nichtbesonderheit in Kenntnis setzen müssen? Schließlich ist es nicht gerade angenehm, wenn jemand durch meinen Kopf schleicht.«

»Nur zu deiner Information, weder Trolle noch Elfen streunen permanent durch deinen Kopf. Wir können das ausschalten. Im Grunde ist Gedankenlesen nur in Ausnahmesituationen erlaubt. Deine Gedanken waren bisher allerdings nicht besonders spannend. Du denkst ja sowieso meistens an diesen ungezogenen Elfenbengel.« Jetzt klang er geradezu beleidigt.

»Tue ich nicht.«

»Doch.«

»Manchmal«, lenkte ich ein, dabei war ich die Ausspionierte und hatte allen Grund zu schmollen. Ich würde ihn eine Weile ignorieren.

Lange hielt ich allerdings nicht durch. Schließlich war Quirin meine einzige Informationsquelle.

»Wieso sind eigentlich so viele von euch nach Edelsteinen benannt?«, fragte ich, als mir das Schweigen zu drückend wurde.

»Das ist dir aufgefallen?«

»Na ja, ist wohl kaum zu überhören – Jade, Opal, Larimar, sogar du, dabei bist du nicht mal ein Elf … Mein Vater sammelt Edelsteine. Sein ganzes Arbeitszimmer ist voll damit, und als ich klein war, hat er mich die Namen auswendig lernen lassen. Aus seinem Mund klangen alle wie ein Geheimnis«.

»Das hat etwas mit den sieben Familien zu tun. Vor langer Zeit bestand das Volk der Elfen aus sieben großen Familien und ihrem Gefolge. Die erste Familie gab ihren Mitgliedern ausschließlich Namen von Edelsteinen. Sie waren die Vornehmsten.«

»Dann gehört Cassian eindeutig nicht dazu«, bemerkte ich spitz.

»Ja, da hast du wohl recht.« Quirin schwieg.

»Was gibt es sonst noch zu wissen?«

»Sein Vater entstammte der ersten Familie. Er war ein Bruder Larimars. Doch er heiratete unter seinem Stand, eine Elfin aus der sechsten Familie. Darum bekam er den Namen Cassian.«

»Bedeutet er irgendwas?«

Erst bekam ich keine Antwort. »Es bedeutet der Beraubte«, flüsterte Quirin dann. »Man könnte meinen, es war ein Omen.«

»Danke, Troll«, kam es schneidend von Cassian.

Hatte er sich absichtlich angeschlichen?

»Wieso hat Jade dann einen Edelsteinnamen?«, fragte ich trotzdem, ohne Rücksicht auf sein beleidigtes Gesicht zu nehmen. »Habt ihr unterschiedliche Mütter?«

»Mädchen darf ihr Geburtsrecht nicht geraubt werden. Sie gehören immer der vornehmeren Familie an.«

»Das ist doch mal nett«, befand ich. »Ihr Elfen scheint eine gesunde Einstellung zu Frauen zu haben.«

Quirin und Cassian lachten gleichzeitig los. Das Lachen klang unecht, aber immerhin waren die beiden sich mal einig.

»Also sieben Familien gab es. Spielt das heute noch eine Rolle?«

»Jede Familie stellt abwechselnd die Königin, diese herrscht dann für sieben Jahre.«

»Ich hatte den Eindruck, Larimar schwingt hier das Zepter.«

»Tut sie auch«, stellte Cassian fest. »Weil, na ja, Elisien unpässlich ist und Larimar sie vertritt.«

»Diese Elisien ist also eigentlich eure Königin?« Langsam lichtete sich der Schleier. Wenn auch sehr langsam.

»Unpässlich«, quiekte Quirin. »Unpässlich nennst du das? Ich würde das als Komplott bezeichnen.«

»Halt deinen Mund!«, brüllte Cassian ihn an und hob erstaunlich schnell seinen Stock, um damit nach Quirin zu schlagen. Der Troll entkam nur knapp.

»Spinnst du?«, schrie ich. »Mach das nicht noch mal, oder du bist deinen blöden Stock schneller los, als du gucken kannst.«

»Danke schön«, blaffte Cassian zurück, und erst jetzt fiel mir auf, was ich da gesagt hatte. Es tat mir trotzdem nicht leid.

Ich stand auf. »Bist du hier fertig?«

Cassian nickte und umklammerte seinen Stock so fest, dass seine Fingerknöchel weiß hervortraten.

»Ich verabschiede mich noch.«

Cassian ging zurück zur Bühne. Opal legte ihm ihre Arme um den Hals, und ich sah genau, dass er sie an sich zog. Das musste ich mir nicht anschauen, ich stürmte die Treppen hinauf und lief in die erste Gasse, die sich vor mir auftat. Den Weg würde ich schon allein finden. Auf diesen aggressiven, arroganten Elfen war ich schließlich nicht angewiesen.

Es dauerte nicht lange, und ich hatte völlig die Orientierung verloren. Ich bog immer wieder in schmale Gassen ab, doch nichts kam mir bekannt vor. Eine halbe Stunde später war es merklich dunkler geworden. Kinder, die mit dem Finger auf mich zeigten, oder alte Elfen, die tuschelten, sah ich mittlerweile nicht mehr. Stattdessen bevölkerten halbwüchsige Elfen die Straße, die mir, je dunkler es wurde, immer finsterere Blicke zuwarfen. Ich hoffte, dass ich mir das nur einredete, aber sicher war ich nicht. Ich hielt an und überlegte, zurückzugehen. Nur wohin? Ich sah nur bunte Hauswände, Blumen und Bäume. Wegweiser suchte ich vergeblich, und auch die vielen bunten Blumen konnten die beklemmende Stimmung, die mich umgab, nicht aufhellen.

»Mist, Mist, Mist«, schimpfte ich vor mich hin, während die Angst mir die Kehle zuschnürte. Was hatte ich mir bloß dabei gedacht, einfach loszulaufen? Die Situation war schon gestern bedrohlich gewesen, und da hatten Jade und Cassian mich begleitet. Jetzt bekam ich es endgültig mit der Angst zu tun. Weshalb waren die Elfen so feindselig? Jedenfalls die, welche in den schmalen Gassen tief in Leylin lebten. Auf dem großen Marktplatz oder im Theater redeten die Elfen zwar über mich, aber gefürchtet hatte ich mich noch nie. Allerdings war auch Cassian immer an meiner Seite gewesen. Weshalb war er mir nicht gefolgt? Er musste doch wissen, dass mich meine überstürzte Aktion in Schwierigkeiten bringen würde. Bestimmt hatte er das mit Absicht gemacht.

Drei Jungs, die an einer Hauswand lehnten, stießen sich ab und schlenderten mir entgegen. Sie grinsten, und es sah nicht besonders einnehmend aus. Die würde ich nicht nach dem richtigen Weg fragen. Bevor sie mich erreichten, bog ich in eine andere Gasse ab und begann zu rennen. Wenn ich nur wüsste, wo ich war. Wenn ich nur den Marktplatz erreichen würde. Die Gasse, durch die ich lief, war elfenleer. Aber selbst wenn andere Elfen hier gewesen wären, bezweifelte ich, dass sie mir geholfen hätten. Ich brauchte mich nicht umzudrehen, um zu spüren, dass die drei mir folgten. »Mist, Mist, Mist«, wiederholte ich in Gedanken, weil mir die Puste ausging.

Ihre Schritte wurden immer lauter, dabei liefen sie im Gegensatz zu mir nicht einmal. Wo war Cassian? War es nicht seine Aufgabe, auf mich aufzupassen? Die erfüllte er eindeutig schlecht. Wieder bog ich in eine Gasse ein. Das warme Licht, das aus den kleinen Fenstern auf die Straße schien, strafte die feindliche Atmosphäre Lügen. Ich konnte selbst im Vorbeirennen Blicke auf kleine glückliche Elfenfamilien erhaschen. Ob ich es wagen sollte, irgendwo zu klopfen und um Hilfe zu bitten? Aber was, wenn sie mir die Tür vor der Nase zuschlugen? Ich konnte nicht mehr. Meine Seite schmerzte, und ich bekam kaum noch Luft. Die Angst hatte meine nicht übermäßige Kondition zusätzlich schrumpfen lassen. Ich hielt an und drehte mich um. Es waren nur noch zwei Elfen, die auf mich zugeschlendert kamen. Ich gab mich nicht der Illusion hin, dass ich den dritten abgehängt hatte. Ich sah nach vorn und richtig. Er bog am anderen Ende in die Gasse ein. Ich saß in der Falle. Aber so leicht würde ich mich nicht unterkriegen lassen. Erste Regel in Gefahrensituationen: Verhandeln. Das hatte ich aus den diversen Thrillern gelernt, die ich mit Sky geguckt hatte.

Ich schluckte und versuchte, meiner Stimme einen festen Klang zu geben. »Was wollt ihr?«

In den Augen des einen Elfen glitzerte es gefährlich. »Was wohl. Wir jagen einen Menschen.«

»Warum?«

»Es macht Spaß, und ihr kriegt so schnell Angst.«

»Zu Recht«, meldete sich der andere. »Ihr wisst, dass ihr uns unterlegen seid.«

»Sind wir das? Habt ihr deshalb die anderen Menschen aus Leylin vertrieben? Warum eigentlich, wenn ihr doch so viel schlauer seid? Oder seid ihr es, die vor uns Angst haben?« Schon in dem Moment, in dem ich das sagte, wusste ich, dass es ein Fehler war. Ich sollte öfter mal den Mund halten.

Der dritte hatte uns mittlerweile erreicht. Er sah am furchteinflößendsten aus. Die Hälfte seines Kopfes war rasiert. Auf der anderen Seite hingen ihm lange, weißblonde Haare in sein scharf geschnittenes Gesicht, das wahrscheinlich elfentypisch attraktiv war, aber durch seinen hasserfüllten Blick entstellt wurde. Die Tätowierungen, die sich über die rasierte Seite seines Schädels zogen, setzten dem Ganzen noch die Krone auf. Ich begann zu zittern, obwohl es eigentlich nicht kalt war. Damit die drei Typen es nicht merkten, verschränkte ich meine Arme vor der Brust. In meiner Magengrube ballte sich ein Knoten zusammen. Nur wenn ich mich fest konzentrierte, konnte ich vielleicht verhindern, dass meine Beine unter mir nachgaben.

»Würdest du das für mich noch einmal wiederholen, Mensch?« Seine Stimme war ganz leise.

Ich schüttelte nur den Kopf. Die Worte blieben mir im Hals stecken.

Er trat noch näher an mich heran und legte mir einen Finger unters Kinn. Jetzt wurde mir tatsächlich eiskalt. »Wir dulden hier keine Menschen«, erklärte er. »Ihr seid schuld, dass Elisien verschwunden ist. Ihr habt unser Gleichgewicht zerstört. Elisien wollte, dass wir mit euch in Frieden leben, dass wir euch besser verstehen und kennenlernen.« Er lachte ein böses Lachen. »Das hat sie nun davon, und wir haben den Machtanspruch verloren, der unserer Familie zustand. Das ist unverzeihlich, dafür hast du den Tod verdient.«

Der Knoten in meinem Magen zog sich weiter zusammen. Entweder ich würde mich gleich übergeben oder mir in die Hose machen. Doch ich durfte mir vor diesem Typen keine Blöße geben.

»Ich habe nichts damit zu tun«, flüsterte ich. »Und ich habe nicht darum gebeten, herzukommen.«

»Und weshalb spionierst du dann hier herum? Im Dunkeln?«, fragte der rothaarige Elf, der hinter mir stand und sich an meiner Furcht weidete.

»Ich habe mich verlaufen.«

Jetzt stimmten die drei ein lautes Gelächter an. »Du bist ja noch dümmer, als ich annahm«, sagte der Tätowierte.

Wo er recht hatte, hatte er recht.

»Das reicht, Noam«, ertönte plötzlich Cassians Stimme. »Ich denke, sie weiß jetzt Bescheid.«

Unendliche Erleichterung durchströmte mich. Er hatte mich gefunden. Wenn auch ganz schön spät.

Der Tätowierte drehte sich um. »Larimars blindes Schoß-hündchen ist gekommen, um dich zu beschützen«, sagte er mit vor Spott triefender Stimme. »Ich glaub' es nicht. Möch-test du es mit uns aufnehmen, Cassian? So überheblich kannst nicht einmal du sein.«

»Ich würde es auch mit zehn Elfen deines Kalibers aufneh-men«, erwiderte Cassian ruhig.

Ich befürchtete, dass er sich da jetzt doch überschätzte.

Noam trat zur Seite, und ich konnte einen Blick auf Cassian erhaschen. Er stand keine zwei Meter von uns entfernt und sah ziemlich entschlossen aus. Hinter ihm lugte Quirin her-vor. Ich fragte mich, was er mit seiner Provokation bezweckte. Jedem der drei Jungs baumelte ein Schwert an der Seite, und er hatte lediglich seinen Blindenstock dabei.

»Du hältst dich wohl immer noch für etwas Besseres, Cas-sian, nur weil dein Vater aus der ersten Familie stammt.« Noam schlenderte auf ihn zu. »Aber ich habe eine Neuigkeit für dich. Du bist nichts Besseres als wir, weil deine Mutter eine von uns war. Also gewöhne dich besser an den Gedanken, dass Larimar dich nur benutzt, auch wenn sie deine Tante ist. Sie wird dich nie als ebenbürtig betrachten.«

»Sie versucht nur, das Gleichgewicht wiederherzustellen, und dafür braucht sie Eliza. Es wäre besser, wenn du dich nicht in Dinge einmischst, von denen du nichts verstehst.«

»Aber du?« Noam zückte sein Schwert. »Ich werde dir ein für alle Mal einbläuen, wo du hingehörst.«

Ich konnte nicht so schnell schauen, um zu begreifen, was in den nächsten Sekunden geschah. Aber in atemberaubender Geschwindigkeit wirbelte Cassian seinen Holzstock umher, zuerst flog Noams Schwert und dann er selbst zu Boden. Cassian hatte sich nicht einmal bewegt. Die beiden anderen Elfen zogen jetzt ebenfalls ihre Waffen und stürmten auf Cassian zu. Ich hatte keine Ahnung, was ich machen sollte. Da war Quirin neben mir, griff meine Hand und zog mich hinter sich her. Nur wenige Gassen weiter klopfte er an die vertraute Tür der Ericksons.

Sophie öffnete die Tür einen Spalt, und als sie uns erkannte, zog sie uns eilig herein.

»Was ist passiert? Warum treibt ihr euch nach Sonnenuntergang hier in der Gegend herum? Das ist gefährlich.«

Ich wandte mich an Quirin. »Was ist mit Cassian? Wir hätten ihn nicht allein zurücklassen dürfen. Oh Gott, sie werden ihn überwältigen.«

Quirin machte es sich in einem Sessel gemütlich, als ob er zum Kaffeeklatsch eingeladen wäre, und griff nach einem Keks. »Cassian ist der Letzte, um den du dir Sorgen machen musst. Es war allerdings echt blöd von dir, wegzulaufen.«

»Das weiß ich jetzt auch«, gab ich zerknirscht zu. »Aber ich konnte doch nicht ahnen, dass so was passiert.«

»Mit so was musst du bei den Elfen immer rechnen. Gerade in dieser Zeit. Wie oft habe ich dir schon erklärt, dass du ihnen nicht trauen kannst.«

Sophie drückte mich auf einen Sessel und gab mir eine Tasse Tee. »Du bist eiskalt. Trink das«, bestimmte sie, und zu Quirin gewandt sagte sie: »Rede keinen Unsinn.«

Ich nippte gehorsam an der heißen Flüssigkeit. Es kam mir

so vor, als ob ich noch nie etwas Besseres getrunken hätte, oder lag das an der überstandenen Gefahr? Ich versuchte mich zu entspannen, aber mein Herz donnerte immer noch in meiner Brust. Wenn Cassian wegen mir etwas zustieß …

»Kriege ich auch einen Schluck?«, fragte Quirin.

Sophie lächelte und schüttelte den Kopf. »Du weißt doch selbst am besten, dass Trolle keinen Whisky vertragen.«

Jetzt wusste ich, weshalb es so gut schmeckte. Beruhigend rann die Flüssigkeit durch meinen Magen und breitete sich wärmend darin aus. »Und du bist sicher, dass er keine Hilfe braucht? Könnten wir nicht Larimars Wachen rufen?« Ich hatte Angst um ihn, schließlich hatte ich ihn in diese Situation gebracht. Wenn ihm etwas zustieß, würde ich mir das nie verzeihen, und er würde mich hassen, dachte ich meinen Gedanken zu Ende. Die Angst davor machte mir mehr zu schaffen als alles andere. Von mir aus konnte er weiter so fürchterlich überheblich sein, wenn er nur unverletzt zurückkam.

»Er kann dieses Problem allein lösen. Cassian hat alles im Griff«, beruhigte Quirin mich.

»Aber er hat nur seinen Stock.«

»Der mehr wert ist als hundert Schwerter. Du hast doch gesehen, was er mit Noam gemacht hat. Er war schon immer ein hervorragender Kämpfer. Also entspann dich.«

Ich wandte mich an Sophie. »Weshalb hassen die Elfen uns?«

»Nicht alle, mein Kind«, widersprach sie. »Aber die, die es tun, sind gefährlich genug. Mein Mann und ich haben das Glück, unter Elisiens persönlichem Schutz zu stehen, und das respektieren ihre Anhänger noch heute. Trotzdem bin ich nicht sicher, wie lange wir noch bleiben können.«

Dr. Erickson war die Treppe heruntergekommen und legte nun seine Hand auf Sophies Schulter. »Wir bleiben so lange wie möglich, mein Schatz.« Dann wandte er sich an mich. »Es ist so wichtig für uns, dass du erfolgreich bist.«

Ein lautes Klopfen unterbrach seine Worte. Er ging zur Tür und öffnete. Larimar stand mit sorgenvollem Gesichtsausdruck in der Tür. Hinter ihr erspähte ich einige ihrer Wachen und zu meiner unendlichen Erleichterung auch Cassian. Ohne auf die anderen zu achten, sprang ich auf und eilte zu ihm. Auf den ersten Blick schien er nicht verletzt. Ich griff nach seiner Hand. »Ist alles in Ordnung, Cassian? Es tut mir leid, wirklich. Ich dachte nicht, dass ich mich verlaufen würde.«

Er drückte meine Hand ganz leicht, und beruhigende Wärme durchströmte mich. Nur mit Mühe widerstand ich dem Impuls, mich an ihn zu lehnen. In diesem Moment hätte ich alles dafür gegeben, mir wenigstens einbilden zu können, dass er mir wirklich nicht böse war.

Doch er ließ mich los und rückte ein Stück von mir ab. Enttäuscht und mit zittrigen Beinen wandte ich mich an Larimar.

»Wie geht es dir, Eliza? Ich habe mir Vorwürfe gemacht. Cassian hätte besser auf dich aufpassen müssen. Ich werde nicht dulden, dass dir noch einmal so etwas Unerfreuliches zustößt.« Sie griff meine Hände und zog mich näher zu sich heran. In ihren Augen stand echte Sorge. Vielleicht war sie doch keine Schneekönigin? »Geht es dir gut? Ich werde Noam und seine Freunde verwarnen müssen. Ich habe seine Streiche lange genug geduldet, aber damit ist es jetzt vorbei. Er hat den Bogen endgültig überspannt.«

Sie sah Sophie an. »Danke, dass du dich um sie gekümmert hast. Es ist sicher ein großer Trost für Eliza, dass sie nicht allein ist.«

»Cassian, ich denke, es ist das Beste, du bringst Eliza mit zwei Wachen zum Tor.« Sie wandte sich wieder an mich. »Schaffst du das? Hast du dich etwas beruhigt? Du bist eiskalt. Ich werde es wiedergutmachen, das verspreche ich dir. Denk nicht zu schlecht von uns Elfen. Nur wenige von uns sind so wie Noam.«

Ich nickte, verwundert über ihre plötzlich fast mütterliche Art. War es das, was Cassian in ihr sah? Eine Art Zweitmutter? Ich hatte ihn bisher nicht nach seinen Eltern gefragt. Vielleicht musste man sich verstellen, wenn man versuchte, ein Volk zu regieren. Ich würde ein anderes Mal Fragen auf meine Antworten finden müssen. Eine bleierne Müdigkeit übermannte mich.

Cassian trat neben mich. »Komm«, war alles, was er sagte. Er hasste mich. Ich warf Sophie einen Abschiedsblick zu, und sie nickte aufmunternd. Dann traten wir auf die dunkle Straße. Die Wachen folgten uns in einigem Abstand. Niemand sprach ein Wort, und ich zermarterte mir das Hirn, was ich sagen konnte, damit er mir verzieh.

Da spürte ich, wie er seine Hand in meine schob. Sein Daumen strich über meinen Handrücken. »Mach so etwas nie wieder, hörst du.«

»Nie wieder«, flüsterte ich, weil eine Welle der Zuneigung mich überflutete. Er hatte Angst um mich gehabt.

»Ja, das hatte ich. Noam und seine Freunde sind nicht so harmlos, wie Larimar dich glauben machen wollte. Sie hätten dich getötet, wenn ich dich nicht rechtzeitig gefunden hätte. Aber vorher hätte er mit dir noch Katz und Maus gespielt. Er kann sehr grausam sein.«

Die Angst, von der ich gedacht hatte, sie wäre abgeflaut, baute sich in atemberaubender Geschwindigkeit wieder in mir auf, meine Beine wurden weich und ich strauchelte. Das konnte unmöglich sein Ernst sein. Ich begann zu zittern.

Cassian blieb stehen und legte seine Hand an meine Wange. Jetzt gab ich dem Impuls nach und lehnte meinen Kopf an seine Brust. »Du bist gleich zu Hause«, flüsterte Cassian und nahm mich auf seine Arme. Ich legte meinen Kopf an seine Schulter und schloss die Augen. Das sanfte Schaukeln seiner Schritte hatte etwas ungeheuer Beruhigendes an sich.

Viel zu schnell ließ er mich wieder herunter. »Durch das Tor musst du allein gehen«, sagte er leise. »Wirst du es bis nach Hause schaffen?«

»Ja«, flüsterte ich und wünschte, er würde mich bis in mein Bett tragen.

»Das geht leider nicht.«

Verlegen wandte ich mich ab. Die beiden Wachen, die uns begleitet hatten, standen in einiger Entfernung.

»Bis morgen«, sagte ich und ging, ohne auf eine Antwort zu warten, auf die andere Seite.

9. Kapitel

»Ich weiß wirklich nicht, was ich noch mit ihr machen soll«, hörte ich die Stimme meiner Mutter aus dem kleinen Wohnzimmer, an dem ich vorbeihuschen wollte. Mit wem sprach sie?

»Ich wünschte, du könntest öfter bei uns sein.«

Ich lugte um die Ecke in das Zimmer. Mutter saß mit dem Rücken zu mir auf einem Sessel und telefonierte. Jetzt wusste ich auch mit wem, mit Dad. Wahrscheinlich beschwerte sie sich mal wieder über mich, weil ich zu spät vom Theaterkurs kam und sie nicht angerufen hatte. Aber ich konnte schließlich nichts dafür, dass die Texte so schlecht saßen und die Proben so schleppend liefen. Okay, ich hätte sie anrufen können, aber ich hatte es vergessen. Wie fast immer.

Obwohl ich wusste, dass es sich nicht gehörte, zu lauschen, blieb ich, wo ich war.

»Das sagst du immer, und dann kommst du trotzdem nur ein paar Tage. Ich hoffe, du kannst Weihnachten wenigstens länger bleiben.«

Wieder lauschte sie seiner Antwort.

»Für mich ist es auch nicht leicht.« Sie klang aufgebracht. »Ich habe zwei Kinder großzuziehen und das Café. Meine Mutter ist mir keine große Hilfe. Sie ist viel zu nachsichtig mit Eliza. Was meinst du, wie oft ich mir wünsche, du würdest in St Andrews an der Uni lehren. Eliza braucht dich hier.«

Jetzt stritten sie wieder. Weshalb machte sie ihm jedes Mal Vorhaltungen? Weshalb wollte sie ihn unbedingt hier festketten? Irgendwann würde er gar nicht mehr kommen.

»Ich will mich nicht mit dir streiten, aber bald sind die Kinder aus dem Haus, und du hast alles verpasst.«

Da hatte sie allerdings recht. Wenn es hochkam, dann hatte unser Dad jedes Jahr vielleicht drei oder vier Monate mit uns zusammen verbracht. Das war nicht gerade viel, aber besser als gar nichts. Er liebte eben seine Freiheit, und obwohl ich ihn oft vermisste, konnte ich ihn verstehen. Mutter offensichtlich nicht – als ob wir noch viel Arbeit machten. Würde sie uns mehr in Ruhe lassen, wäre alles gut. Immerhin waren sie noch verheiratet. Von vielen meiner Freunde waren die Eltern längst geschieden. Ein Schicksal, das meine Mutter bestimmt teilen würde, gäbe es nicht diese räumliche Trennung zwischen den beiden – da war ich sicher.

»Ich vermisse dich auch«, flüsterte sie jetzt fast.

Fynn kam die Treppe heruntergepoltert und sah mich fragend an. Ich legte mir einen Finger auf die Lippen und huschte ihm entgegen.

»Wo ist Mum?«

»Sie telefoniert mit Dad, und natürlich streiten sie«, klärte ich ihn auf.

»Die perfekte Zeit für ein Stück Kuchen«, flüsterte Fynn und lief an mir vorbei in die Küche.

Gemeinsam durchstöberten wir die Speisekammer nach Resten aus dem Café. Mit unseren Schätzen beladen schlichen wir in Fynns Zimmer.

»Wie findest du es eigentlich, dass Grace die Hauptrolle in eurem Stück spielt?« Ich sah meinen Bruder prüfend an.

»Wie findest du es denn?«

Wir saßen auf seinem Bett und hörten Musik.

»Ich weiß nicht. Machst du dir Sorgen?«

»Frazer ist nicht gerade ein unbeschriebenes Blatt.«

Ich wollte Fynn gern trösten, aber im Grunde hatte ich ja dieselben Bedenken wie er. Zwar war ich sicher, dass Grace meinen Bruder tatsächlich mochte, aber ich konnte mich des Eindrucks nicht erwehren, dass sie mir auch gern zeigen würde, dass sie mir Frazer vor der Nase wegschnappen konnte, wenn sie wollte. Das war natürlich albern, da er mir ja nicht gehörte. Aber Grace war nicht gerade berühmt für ihr Urteilsvermögen.

»Sie wollte die Rolle unbedingt. Sie weiß, dass sie gut ist. Lass sie einfach. Sie kriegt sich schon wieder ein«, versuchte ich es mit Gemeinplätzen.

Zweifelnd sah Fynn mich an. »Für dich ist Frazer auch keine gute Wahl.«

Ich griff nach seiner Hand. »Um mich brauchst du dir keine Sorgen machen. Ich kann schon allein auf mich aufpassen.«

Er zwinkerte mir zu. »Wirklich? Das wäre das erste Mal.«

»Ich probe nur mit ihm«, erklärte ich.

»Und was machst du dauernd im Wald? Versteckt ihr beiden euch da?«

»Nein, da bin ich allein.« Dass ihm das aufgefallen war, wunderte mich. »Eher verstecke ich mich vor Mutter.«

Fynn lachte. »Sei nicht so streng mit ihr. Sie hat es nicht gerade leicht.«

»Niemand hat sie gezwungen, dieses blöde Café zu eröffnen.«

»Aber sie hat immer davon geträumt, sich mal irgendwo niederzulassen und genau so ein Café zu haben. Ich schätze, sie hat nicht gewusst, wie anstrengend es sein kann, und sie hat sicher gehofft, dass Dad irgendwann hierbleibt und wir eine richtige Familie sind.«

»Das hat sie nun davon. Und wir sind eine richtige Familie. Nur weil Dad nicht laufend da ist, heißt es doch nicht, dass wir nicht vollständig sind.« Ich wusste, dass meine Reaktion kindisch war, aber ich konnte nicht anders.

Fynn stand auf. »Das ist deine Sicht auf die Dinge. Mum sieht das eben anders. Ich bin noch mit Grace verabredet. Wir wollen ins Kino. Kommst du mit?«

»Ich glaube kaum, dass sie mich dabeihaben will.«

»Ihr wart mal so gut befreundet. Ich verstehe nicht, was passiert ist.«

»Du willst es bloß nicht verstehen«, wies ich ihn auf das Offensichtliche hin. »Ich fahre noch zu Sky, wenn ich darf. Wir wollen einen Film schauen.«

»Na, dann viel Spaß, Schwesterherz.«

»Das klingt gefährlich«, rundete Sky meinen Bericht ab.

Ich nickte. »Kam mir am Anfang gar nicht so vor, und bei *Herr der Ringe* sehen die Elfen immer so friedlich aus.«

»Und sie sprechen auch immer so langsam«, kicherte Sky. »Dein Cassian ist irgendwie aus der Art geschlagen.«

»Er ist nicht mein Cassian«, widersprach ich schweren Herzens. »Er ist total in Opal verknallt.« Ich biss mir auf die Lippen und dachte daran, wie er meine Hand genommen und mich getragen hatte. Seinen Herzschlag spürte ich jetzt noch.

Sky winkte ab. »Ich bin sicher, die kann dir nicht das Wasser reichen.«

»Wenn du wüsstest«, seufzte ich. »Sie sieht absolut bezaubernd aus. Bisher wusste ich gar nicht, dass es für das Wort tatsächlich eine passende Person gibt.«

»Sie wird ihn schnell langweilen.«

»Glaube ich nicht.«

Sky kicherte.

»Es war wirklich beängstigend. Ich weiß nicht, was passiert wäre, wenn Cassian mich nicht rechtzeitig gefunden hätte. Und jetzt frage ich mich natürlich, was mit den anderen Menschen passiert ist, die angeblich da gelebt haben. Ob die Elfen sie umgebracht haben?«

»Eliza, das waren bestimmt nur ein paar Halbstarke, die dir Angst machen wollten. Du darfst dich da einfach nicht ohne Cassian herumtreiben. Du musst vorsichtiger sein, und endlich rauskriegen, was die Elfen von dir wollen.«

Sky riss eine Tüte Chips auf. Im Fernsehen lief *Briefe an Julia*, aber keine von uns beiden konnte sich richtig konzentrieren.

»Ich glaube, ich habe Larimar falsch eingeschätzt. Sie war

richtig besorgt. Kannst du dich noch an Miss Galbraight erinnern?«

»Unsere Lehrerin in der ersten Klasse? Klar, sie war ein Drachen.«

»Ja«, stimmte ich zu. »Aber nicht immer. Sie war zwar streng, aber wenn jemand ein echtes Problem hatte, dann war sie für ihn da. Die Eltern von Peter Hewitt haben sich damals getrennt. Er hat jeden Tag an seinem Tisch gesessen und geweint, und sie hatte eine Engelsgeduld mit ihm und hat ihn immer wieder getröstet, und Hausaufgaben brauchte er auch nicht machen. Ich war richtig ein bisschen neidisch.«

»Ich erinnere mich. Obwohl ich so klein war, hat es mich gewundert, dass ein Drache ein weiches Herz haben kann. Sie hatte einen Schnurrbart, weißt du noch?« Sky kringelte sich vor Lachen.

»Larimar hat mich gestern an sie erinnert. Plötzlich war sie ganz besorgt. Sie hat gesagt, dass sie wiedergutmachen will, was mir passiert ist. Dabei war es doch meine Schuld.«

Sky winkte ab. »Jetzt bloß keine falsche Scheu. Das musst du ausnutzen.«

»Vielleicht sollte ich mir von Granny noch mal die Karten legen lassen. Sicher ist sicher, oder?«

»Und dann? Was sollen die Karten dir sagen: Geh da nicht wieder hin? Du kannst doch gar nicht anders.«

Das stimmte auch wieder. »Sie sollen mir nur sagen, ob die Sache gut für mich ausgeht.«

»Tu, was du nicht lassen kannst.«

»Ich könnte noch eine Person in diesen Schlamassel einweihen. Aber wenn wir davon ausgehen, dass es Menschen gibt, die sowieso schon über die Elfen Bescheid wissen, dann zählen die bestimmt nicht, oder? Die könnte ich dann fragen, worauf ich achten muss und so.«

Sky zuckte mit den Schultern. »Wie willst du die finden? Eine Anzeige aufgeben? Bei Facebook eine Gruppe gründen?«

»Keine schlechte Idee. Wir nennen sie Leylin und warten was passiert.«

»Zu riskant«, bestimmte Sky. »Frag deine Großmutter. Bestimmt weiß sie noch mehr, als sie bisher zugegeben hat. Vielleicht hat schon mal jemand sie ins Vertrauen gezogen.«

»Wenn ich nur wüsste, was dieser Elisien wirklich zugestoßen ist.«

»Du musst in jedem Fall vorsichtig sein. Eins ist ja wohl klar: Offenbar ist die ganze Sache gefährlicher, als sie auf den ersten Blick aussieht.«

Söckchen maunzte kläglich. Sofort stellten sich mir die Nackenhaare auf. Ich spürte genau, dass hinter mir etwas war, und ich wusste auch was. Konnten die mich nicht einmal in Ruhe lassen? Frazer würde bald auftauchen, und ich wollte vorbereitet sein. Er hatte mich heute in der Schule gefragt, ob ich Zeit für ihn haben würde. Erst wollte ich so tun, als ob ich schrecklich beschäftigt wäre, aber dem Lächeln, das seine Lippen umspielte, konnte ich nicht widerstehen. Außerdem befürchtete ich, dass er mich durchschaut und ausgelacht hätte.

Ich hatte Mutter angerufen und gefragt, ob sie heute Nachmittag auf mich verzichten konnte. Zu meiner Überraschung hatte sie zugestimmt.

Direkt nach der Schule hatte ich damit begonnen, mich zu schminken und mich mindestens dreimal umzuziehen. Dann hatte mein Handy gepiepst, und Frazer hatte mir mitgeteilt, dass er sich verspäten würde. Skys Meinung über ihn würde Futter bekommen, wenn ich ihr das erzählte. Sie hasste es, wenn jemand unpünktlich war oder eine Verabredung nicht einhielt. Ich war da nicht ganz so streng mit meinen Mitmenschen.

Vielleicht hätte ich für heute nicht zusagen und Frazer ein bisschen zappeln lassen sollen, aber ich musste mich von den Elfen im Allgemeinen und von Cassian im Speziellen ablenken. Es war schließlich Frazer, dem mein Herz gehörte.

Seufzend stand ich auf und drehte mich um. Da stand das Tor in seiner vollen Pracht. Ob Cassian heute zugänglicher sein würde? Ich sollte ihn vielleicht nicht zu lange warten lassen. Frazer lief mir schließlich nicht weg. Überhaupt sollte ich vielleicht erst diese Elfensache hinter mich bringen, bevor ich mich wieder den wichtigen Dingen meines Lebens widmete – mit anderen Worten Frazer.

Ich rappelte mich auf und ging mit meinem Textbuch in der Hand durch das Tor.

Ich hätte schwören können, dass seine Augen funkelten. Allerdings war mir schleierhaft, wie er das machte. Ich meine, er konnte mich nicht mal sehen, und trotzdem blitzten diese Augen mich an.

»Wie lange wolltest du mich noch warten lassen?«, herrschte er mich an. Die vertraute Stimmung, die ich gestern Nacht zwischen uns gespürt hatte, war verflogen. Wahrscheinlich hatte ich mir seine Besorgnis nur eingebildet.

»Danke, liebe Eliza, dass du gekommen bist, um uns zu helfen, obwohl dich gestern ein paar Halbstarke fast umgebracht haben. Das ist wirklich toll von dir«, säuselte ich.

Quirin kicherte von seinem Ast herab.

»Auf solche Worte kannst du lange warten, Kleines. Die gibt es in seinem Wortschatz nicht.«

»Komm!«, befahl Cassian und wandte sich der Stadt zu. Enttäuscht trottete ich hinter ihm her.

»Was machen wir heute?«, fragte ich nach einer Weile. »Erzählst du mir von Elisien? Oder erklärst mir, warum die Kerle mich angegriffen haben?«

»Sie haben dich nicht angegriffen, sondern nur einen Spaß gemacht.«

»Einen Spaß?« Ich schnappte empört nach Luft.

»Noam hat Larimar erklärt, dass er dich nur ein bisschen erschrecken wollte. Ich soll dir seine Entschuldigung ausrichten.«

»Und sie hat ihm geglaubt?«

»Noam ist der Sohn eines Ratsvertreters. Er kann sich ein bisschen mehr erlauben als andere, und im Grunde ist ja nichts passiert.«

»Außer, dass ich mir vor Angst fast in die Hose gemacht habe.«

»Er hat Order, sich von dir fernzuhalten. Larimar versucht

ihr Bestes, um den Frieden zu wahren. Sie darf sich die sechste Familie nicht zum Feind machen, und Noams Vater ist nicht viel umgänglicher als sein Sohn. Sie hat mich gebeten, dich um Verständnis zu bitten.«

»Oh, na, das hat sie«, erwiderte ich sarkastisch.

Da Cassian nichts weiter sagte, musste ich wohl oder übel nachbohren. »Ich möchte endlich wissen, was ich hier soll, sonst komme ich tatsächlich nicht wieder. Mir reicht es langsam. Verstehst du?«

Ich war auf Widerspruch gefasst, deshalb riss mich sein »Ja« fast von den Füßen.

»Ja?«, fragte ich nach.

»Ja«, stöhnte er. »Ich verstehe dich, und ich erzähle es dir. Es tut mir leid, dass ich so misstrauisch war. Ich hoffe, du verzeihst mir.«

Mein Unmut war wie weggeblasen, und Aufregung machte sich in mir breit. Er hatte mich tatsächlich um Entschuldigung gebeten. Mein Herz klopfte nervös in meiner Brust. »Ist es schwer? Ist es gefährlich? Ich meine, muss ich gegen Drachen oder Orks oder so was kämpfen? Nur damit du es weißt, ich bin nicht besonders mutig. So etwas mache ich nicht.«

»Ach du lieber Himmel, wieder so ein Mensch, der auf Tolkien reingefallen ist. Gibt es bei euch nichts anderes zu lesen?«

Ich zuckte mit den Achseln. »Doch schon. Jede Menge sogar. Aber ich schaue sowieso lieber Filme. Und *Herr der Ringe* ist mein absoluter Lieblingsfilm. Den zweiten Teil mag ich ja nicht so, wenn du mich fragst«, plapperte ich weiter. »Aber wenn du Aragorn und Legolas sehen könntest ...«

Cassian war so abrupt stehen geblieben, dass ich in ihn rein-lief. Er griff nach meinen Armen und hielt mich fest. Ich sah in sein zorniges Gesicht.

Ups, das Fettnäpfchen war wohl ein ganzer Fettsee gewesen.

»Ich wäre dir dankbar, wenn du deine Worte bedachter wählen würdest.«

»Sorry«, murmelte ich. »Ich wollte ja nur sagen, gegen die Elben aus dem Film seid ihr ganz schön blass.« Der Satz machte es auch nicht viel besser, befand ich zu spät. Die Zornesfalten vertieften sich noch mehr, und ich widerstand nur mit Mühe dem Impuls, darüberzustreichen.

Unvermittelt legte Cassian mir eine Hand auf die Schulter und atmete tief ein. »Entschuldige. Es tut mir leid. Ich mag es nur nicht wenn ...«

Als ich nickte, glitt seine Hand hinunter, und er wandte sich zum Gehen.

Tatsächlich schlug er einen anderen Weg ein als sonst. Erst nach einer Weile erkannte ich, wo er mich hinbrachte, und kurze Zeit später standen wir vor dem verwaisten Schloss.

Die zwei Wächterelfen (die nun tatsächlich ziemlich filmelbisch aussahen) öffneten das Tor, als sie Cassian erkannten, und ließen uns ein. Entgegen seinem sonstigen Tempo schlich er fast über den großen weißen Vorhof.

»Das ist der Palast der Königin«, erklärte er mir. »Die Reihenfolge, wer wann herrscht, ist genau festgelegt. Jeder Herrscher entstammt einer der sieben Herrscherfamilien. Keine der großen Familien soll sich benachteiligt fühlen. Jedenfalls in der Theorie sollten die Familien gleichberechtigt sein. In der Praxis sieht das ein wenig anders aus. Die drei ersten Familien hielten sich immer für etwas Besseres.«

Ich schwieg, da ich nicht riskieren wollte, dass er wieder schmollte, grinste aber in mich hinein. Diese Elfen waren gar nicht so anders als wir Menschen.

»Das habe ich gehört«, grollte er.

Ich musste mich auf meine Schachspielkunst besinnen, beschloss ich. Am letzten Wochenende hatte ich meinen Dad fast matt gesetzt, was nicht gerade oft vorkam.

»Früher gab es große Kriege zwischen den Völkern. Da hat Tolkien gar nicht mal gelogen«, fuhr Cassian fort. »Auch wenn er übertrieben hat.«

»Weshalb hackst du so auf dem armen Mann herum, und weshalb kennst du seine Bücher überhaupt?«

»Sophie hat mir daraus vorgelesen, und außerdem war Tolkien in seiner Zeit ein Eingeweihter.«

»Ein Eingeweihter? Was soll das sein?«

»Ein Eingeweihter ist ein Mensch, der von der Existenz der magischen Völker weiß. Seine Aufgabe ist es, zwischen den Welten zu vermitteln.«

»Tolkien hat ganze Bücher über euch geschrieben. Ich dachte, es ist verboten, von der Elfenwelt zu erzählen.«

»Eliza.« Cassian wandte sich mir zu. Ich musste meinen Kopf heben, um ihn anzuschauen. »Du kennst seine Geschichten. Hast du jemals gedacht, auch nur eine Silbe davon sei wahr?«

Es war das erste Mal, dass er meinen Namen aussprach, glaubte ich. Er klang jedenfalls so. Ganz anders als sonst – gar nicht mehr doof und altmodisch, sondern – irgendwie weich.

Ich wünschte, er würde ihn noch einmal sagen. »Natürlich nicht.« Ich schluckte.

»Siehst du.« Er ging weiter. »Er hat nur eine weitere Geschichte über Elfen erzählt, und ihr ignoranten Menschen habt nicht verstanden, wie viel davon wahr ist.«

Ich musste mich geirrt haben, was den Tonfall anging. »Danke für die Blumen.«

»Keine Ursache. Immer gern.«

So einfach war es, überlegte ich.

»Dir würde ich das nicht empfehlen«, kam es schneidend. »Ich kann mir nicht vorstellen, dass du auch nur einen Bruchteil von Tolkiens Talent geerbt hast.« Er stampfte grollend voraus.

»Wenn du dich da mal nicht täuschst, Elf«, erwiderte ich trotzig.

»Du weißt ja, was passiert, wenn jemand deine Geschichten glaubt. Ich habe dich jedenfalls gewarnt.«

»Dann brauche ich nicht mehr herkommen und mich von dir anpöbeln lassen.«

Cassian war schneller wieder an meiner Seite, als ich gucken konnte. »Du würdest mich vermissen.«

»Eher gefriert die Hölle«, murmelte ich und verschränkte meine Arme.

Cassian legte seine Hände auf meine Schultern und zog mich näher zu sich heran. Ich starrte auf seine Brust. »Leg es nicht darauf an, Eliza. Nie – hörst du?«

Er hatte es wieder gesagt, und jetzt klang es noch vertrauter. So sehr konnte ich mich nicht täuschen. Ich wagte nicht, mich zu rühren. Seine Fingerspitzen glitten über meinen Hals. »Es würde nicht gut enden«, flüsterte er. »Ich werde mich in Zukunft besser benehmen. Aber setze nicht alles aufs Spiel. Versprichst du das?«

Ich nickte.

Erst dann ließ er mich los. »Lass uns reingehen.«

Ausnahmsweise passte er sich meinem Gehtempo einmal an, was sich einerseits verwirrend, andererseits richtig anfühlte.

»Wie lange leben die Ericksons schon in Leylin?«, unterbrach ich sein Schweigen.

»Seit über einem Jahr. Sophie kam her, weil sie schwer krank war. Nur unsere Heiler konnten ihr helfen. Dr. Erickson war ein Eingeweihter. Elisien erlaubte ihnen, hier zu wohnen, und bat Sophie, ihren Buchladen in Leylin zu führen. Sie hielt es für eine gute Idee, dass wir Elfen vertrauter mit der menschlichen Natur werden und von euch lernen. Das war von Anfang an eine schlechte Idee. Ich habe keine Ahnung, was sie damit bezweckte, aber sie war nicht davon abzubringen. Larimar hat es mehr als einmal versucht. Sie ist der Meinung, dass es unklug ist, zu viele fremde Einflüsse zuzulassen, und ich gebe ihr darin recht. Alles ist gut, so wie es ist.«

Wir hatten das Hauptportal erreicht, und die Tür des Palastes öffnete sich vor uns. Der Flur, der sich vor uns erstreckte, erschien mir endlos. Wir sahen keine Elfenseele. Es war unheimlich und merkwürdig still für einen Palast. Es wirkte eher wie ein Mausoleum.

»Das ist es jetzt auch«, mischte Cassian sich in meine Gedanken. Bevor ich böse sein konnte, öffnete er eine Tür, die in einen riesigen Saal führte. In der Mitte dieses Raumes stand eine Art Bett, und dort lag jemand. Sonnenlicht flutete durch die großen Fenster und warf sein Licht auf eine wunderschöne Frau. Ich trat näher und sah, dass es keine lebende Person war, die dort lag, sondern eine Statue aus Marmor, die so gearbeitet war, dass sie beinahe lebendig wirkte. Ich strich über den Arm, der Marmor fühlte sich warm an.

»Ist das Elisien?«

Cassian nickte und trat an ihre andere Seite. »Sie ist eines Tages einfach verschwunden, und seitdem ist alles durcheinander.«

»Einfach so? Und niemand weiß wohin?«

»Genau. Sie war plötzlich einfach fort. Ich weiß aber, dass sie ihr Volk niemals freiwillig verlassen hätte.«

»Und daran sollen die Menschen schuld sein, die hier gelebt haben?« Ich lachte kurz auf. So ein Unfug.

»Daran ist nichts Lustiges«, wies Cassian mich zurecht. »Im Grunde war es nur ein Mensch: Emma.«

Wieder diese Emma. »Was hat sie denn getan?«

»Das musst du nicht wissen.«

»Okay, wenn du meinst. Wie lange ist Elisien fort?«, fragte ich stattdessen und betrachtete das makellose Gesicht.

»Genau vier Monate.«

»So lange schon? Meinst du nicht, sie ist längst tot?«

Cassian schüttelte den Kopf. »Elfen sterben nicht so leicht wie Menschen, sie müssen tatsächlich getötet werden, das müsstest du von Tolkien eigentlich wissen.«

»War ja klar«, maulte ich. »Aber was kann ich für sie tun?

Ich meine, wenn ihr sie nicht gefunden habt, werde ich das sicher auch nicht schaffen.«

»Für sie kannst du nichts tun«, entgegnete Cassian zu meiner Verwunderung. »Du sollst Rubin zurückbringen. Er ist in die Menschenwelt gegangen.«

Immerhin keine Drachen und keine Orks. Mit einem Typen namens Rubin würde ich fertig werden.

»Das ist Larimars Sohn, richtig? Weshalb kann ihn niemand von euch zurückholen?«

»Das geht nicht«, beeilte Cassian sich zu sagen. »Du musst nicht nur ihn zurückbringen, sondern auch etwas, das er gestohlen hat.«

»Ist es wertvoll?«

»Für dich nicht.«

»Ich behalte es schon nicht.« Ich lachte, war aber doch etwas beleidigt. Wofür hielt er mich? Schließlich hatte ich bis auf ein Bund Petersilie beim Gemüsemann noch nie was geklaut, und das war aus Versehen gewesen und auch nicht für mich, sondern für mein Kaninchen. Außerdem war es ewig her.

Ein letztes Mal strich er mit den Fingern über Elisiens Hand, dann wandte er sich dem Ausgang zu.

»Du mochtest sie, oder?«

»Sie war die Schwester meiner Mutter. Nach dem Tod unserer Eltern hat sie Jade großgezogen.«

»Und was war mit dir?«

»Ich kam zu Larimar.«

»Dann hat Jade vermutlich das bessere Los gezogen«, konnte ich mir nicht verkneifen zu sagen.

»Das ist eine Frage der Betrachtung«, erwiderte er eisig.

»Wenn deine Mutter die Schwester der Königin war, dann hat dein Vater doch gar nicht unter seinem Stand geheiratet«, versuchte ich von diesem heiklen Thema abzulenken.

»Hat er doch.« Zu weiteren Erklärungen ließ er sich nicht herab.

Verärgert stapfte ich hinter ihm her. Konnte er nicht mal ein wenig aufgeschlossener sein? Schließlich wollte er doch was von mir. Er war empfindlicher als eine Mimose.

»Ich höre dich«, rief er.

»Sollst du auch. Für dich denke ich extra laut.«

Er führte mich in einen Rosengarten, der sich an die Schlossmauer schmiegte. Wenn es nach mir gegangen wäre, hätte ich lieber eins der vielen Cafés besucht, die sich um den Marktplatz drängten. Ich hatte Durst und auch ein wenig Hunger. Allerdings würde mir die Feindseligkeit der Elfen wahrscheinlich auf den Magen schlagen. Ich war zu dem Schluss gekommen, dass ich ohne Cassians Begleitung bestimmt einiges mehr an Unfreundlichkeiten hören würde.

Quirin saß unter einem Apfelbaum und hatte einen kleinen Haufen roter Äpfel vor sich aufgebaut. Mir lief das Wasser im Mund zusammen.

»Hey, Quirin. Mach dich nützlich und hole Eliza ein paar Pasteten und eine Kanne Wasser«, befahl Cassian dem kleinen Troll. Er warf ihm ein paar Münzen zu, die Quirin geschickt auffing. Ohne Widerworte verschwand er, was mich einigermaßen verwunderte.

»Also, jetzt noch mal von vorn. Was ist passiert?«

Cassian räusperte sich. »Vor ungefähr einem Jahr mussten wir einen Krieg führen. Wir kämpften gemeinsam mit den anderen Völkern und haben gewonnen. Elisien und Raven führten unsere Armee zum Sieg.«

»Raven?«

»Sie sollte Elisiens Nachfolgerin werden. Sie wäre die zukünftige Königin gewesen. Elisien mochte Raven sehr, obwohl Larimar sie vor ihr gewarnt hat. Raven hat euch Menschen zu sehr gemocht. Emma hat das schamlos ausgenutzt.«

»Wer ist denn diese Emma?«

»Sie ist ein Mensch, und Elisien erlaubte ihr, in Leylin zu leben. Sophie und Dr. Erickson haben für sie gebürgt.«

»Und sie war schuld, dass Elisien verschwand?«, reimte ich mir zusammen.

»Dafür gab es unwiderlegbare Beweise. Trotzdem hat Raven geschworen, dass sie und Emma nichts damit zu tun haben. Aber Larimar hatte keine Wahl und musste sie verbannen. Raven wird nie zurückkehren können, sie hätte Emma nicht schützen dürfen.«

»Kann Elisien nicht einfach von sich aus verschwunden sein? Vielleicht hatte sie die Nase voll davon, Königin zu sein.«

Cassian sah mich an, als ob ich von allen guten Geistern verlassen wäre, und schüttelte den Kopf. »Das hätte sie nie getan. Elisien wäre eher gestorben, als ihr Volk ohne Führung zu lassen.«

»Dann ist sie ja vielleicht gestorben? Womöglich hatte sie einen Unfall und hat sich verletzt, und niemand hat sie gefunden? Oder jemand hat ihr aufgelauert und sie getötet.«

»Wenn so etwas geschehen wäre, dann hätten wir sie in jedem Fall gefunden. Wir können uns auch über längere Strecken miteinander verständigen.«

»Klar, und ihr braucht dafür bestimmt kein Handy.«

»Natürlich nicht. Was immer das ist.«

Ich zog meins aus der Hosentasche und reichte es ihm. »Mit diesen vorsintflutlichen Dingern kommunizieren wir über weite Strecken«, erklärte ich mit sarkastischem Unterton, der an ihn allerdings verschwendet war.

Mit spitzen Fingern untersuchte Cassian mein Wunderwerk der Technik. »Fühlt sich zerbrechlich an«, befand er.

Er hatte die Schwachstelle natürlich sofort erkannt. Kurz überlegte ich, ihn zu fragen, ob ich ein Foto von ihm machen durfte. Da ich es außer Sky sowieso niemandem zeigen konnte, unterließ ich das lieber. Es war zu gefährlich. Nicht auszudenken, was passieren würde, wenn Fynn oder Mutter mein Handy in die Finger bekämen.

Quirin tauchte wieder auf, und ich stürzte mich auf die leckeren Fladen und Früchte, die er mitgebracht hatte. »Was sind das für rote Trauben?«, fragte ich. »Sie sehen ein bisschen aus wie unsere Kirschen und sind absolut köstlich.«

»Das sind Kalik«, beantwortete Cassian meine Frage und hielt mir auffordernd eine Hand hin, in die ich ein paar der Köstlichkeiten fallen ließ.

»Denkst du, es war falsch, Raven zu verbannen?« Ich bildete mir ein, so was wie Bedauern in seiner Stimme gehört zu haben.

Cassian schüttelte den Kopf. »Ich bin überzeugt, dass Larimar richtig gehandelt hat. Bei Elisiens Verschwinden waren starke Kräfte am Werk. Das konnte kein Mensch allein gewesen sein. Wenn Emma die Schuld trug, dann musste ihr eine Elfe geholfen haben. Raven war mit Emma befreundet, und sie hatte ein Motiv: Würde Elisien verschwinden, könnte sie viel früher Königin werden. Sie hätte wissen müssen, dass so ein Plan nicht gelingen kann. Ich hielt Raven immer für eine sehr besonnene und kluge Nachfolgerin. Ich habe mich oft gefragt, was in sie gefahren ist. Sie hätte wissen müssen, dass unser Volk ohne Königin verloren ist.«

»Wenn ihr Elisien nicht wiedergefunden habt und Raven für eine Nachfolge nicht mehr infrage kam – gab es in der siebten Familie niemand anderes, der ihren Platz hätte einnehmen können?«

Cassian schüttelte den Kopf. »Die Familie hat für diese Periode ihr Anrecht verwirkt, eine Königin zu stellen.«

»Und ihr braucht unbedingt eine Königin?«

»Selbstverständlich. Sonst regiert irgendwann das Chaos. Wie man sieht. Unter Elisien hätte Noam es nie gewagt, sich so zu benehmen.«

Gänsehaut überzog meine Arme bei der Erinnerung an den tätowierten Typen. »Vermute ich richtig, dass die erste Familie jetzt wieder dran ist?«

»Das ist korrekt.«

»Darf ich raten, wer Anspruch auf den Thron hat?«

Cassian nickte.

»Larimar«, verkündete ich. War ich heute wieder mal gut im Kombinieren.

»Ja, und es wird Zeit, dass sie unsere neue Königin wird.«

»Weshalb ist sie es denn nicht längst?«

»Sie konnte bisher nicht gekrönt werden.«

»Warum?«

Cassian schwieg.

»Jetzt lass dir doch nicht jedes Wort aus der Nase ziehen.«

Er wand sich, das konnte ich deutlich sehen.

»Also gut«, rang er sich durch. »Jede unserer Familien nennt einen magischen Gegenstand ihr Eigen. Wir nennen sie Aureolen. Diese Aureolen sind unsere wichtigsten Heiligtümer. Sie verkörpern unsere tatsächliche Macht. Ohne sie ist unser Volk dem Untergang geweiht. Königin kann nur die Elfe werden, die die Zustimmung aller sieben Aureolen erhält.«

»Okay. Was sind das für Gegenstände?«

Cassians Stirn umwölkte sich. »Das musst du nicht wissen.«

Ging das wieder los. Ich verdrehte die Augen zum Himmel.

»Gehe ich richtig in der Annahme, dass diese Aureolen etwas mit meiner Aufgabe zu tun haben? Hat dieser Rubin einen oder mehrere dieser Gegenstände geklaut?«

»Ja.«

»Und ich soll es zurückholen?«

»Genau.«

»Das war doch gar nicht so schwer oder? Dafür wirst du mir wohl oder übel sagen müssen, wonach ich suchen soll.«

Ich verschränkte die Arme vor der Brust.

»Es ist eine Schneekugel«, presste Cassian hervor.

Ich prustete los. »Eine Schneekugel? Das kann nicht dein Ernst sein. Deshalb so ein Theater?«

»Es ist eben keine gewöhnliche Schneekugel.« Cassian rückte ein Stück von mir ab. »Ich sagte doch, die Aureolen besitzen magische Kräfte.«

»Na, da bin ich aber mal gespannt.«

»Der ersten Familie gehört die Schneekugel. Sie sorgt dafür, dass wir von einem Ort zum anderen wechseln können. Sie öffnet die Tore. Der zweiten gehört eine Uhr. Damit ist es möglich, in die Vergangenheit zu reisen. Also nicht wirklich. Wir sehen Erinnerungen und können aus Fehlern, die wir gemacht haben, lernen. Die dritte Familie nennt eine Flöte ihr Eigen. Wenn diese gespielt wird, verbreitet ihre Melodie unendliches Glück. Die vierte Familie besitzt einen Spiegel, er entdeckt jede Lüge. Die Feder der fünften Familie verleiht Zauberkräfte, und der Ring der sechsten macht seinen Träger unsichtbar. Die siebte Familie beschützt einen Schlüssel, der unverwundbar macht. Alle Aureolen wurden vor unendlicher Zeit aus purem Licht gefertigt und seitdem beschützen sie unser Volk. Vielleicht verstehst du jetzt, weshalb die Kugel zurückgebracht werden muss. Es gibt ein Gedicht dazu. Möchtest du es hören?«

Ich nickte.

> *»Schnee sinkt zur Erde federleicht,*
> *ein Ort durch die Kugel dem anderen weicht.*
>
> *Uhr, die Zeit verstummen lässt,*
> *Vergangenes – es wird zum Fest.*

Flöte jeden Wunsch erfüllt,
Unglück sich in Schweigen hüllt.

Spiegel nichts vor dir verbirgt,
Lüge keinen Zauber wirkt.

Zauberkraft in der Feder sitzt,
nützt nur dem, der sie besitzt.

Ring dich jederzeit versteckt,
bestimme selbst, wer dich entdeckt.

Schlüssel immer dich beschützt,
wenn vorsichtig du ihn benützt.«

»Sieben magische Gegenstände.« Gegen meinen Willen war ich fasziniert, was auch an der Inbrunst liegen mochte, mit der Cassian die Zeilen vorgetragen hatte.

»Ein Gegenstand für jede Familie, und die Schneekugel gehört der ersten Familie. Rubin hat sie gestohlen und ist damit in eure Welt gewechselt. Nun sind wir an Leylin gefesselt. Solange die Kugel nicht zurück ist, kann kein Elf Leylin verlassen.«

»Schnee sinkt zur Erde federleicht, ein Ort durch die Kugel dem anderen weicht«, wiederholte ich. »Wie funktioniert das?«

»Das ist eigentlich nicht für deine Ohren bestimmt.«

»Jetzt stell dich nicht so an.«

»Die Person, die im Besitz der Kugel ist, muss sich den Ort vorstellen, zu dem sie wechseln will. Dieser Ort manifestiert sich in der Kugel, und dann bist du auch schon dort.«

»Klingt nicht besonders schwierig. Funktioniert das Wunderding nur bei Elfen oder auch für andere Geschöpfe?«

»Untersteh dich, es zu benutzen. Sie gehört Larimars Familie, und nur sie hat das Recht, darüber zu bestimmen, wer damit reist. Die erste Familie öffnet damit für alle Elfen die Tore.«

»Man wird doch wohl noch fragen dürfen.« Ich widerstand der Versuchung, ihm seine vorwitzige Haarsträhne aus dem Gesicht zu streichen.

»Entschuldige.« Er rückte noch etwas von mir ab. »Ich hoffe nur, die ganze Sache hat bald ein Ende, und wir können wieder ein einigermaßen normales Leben führen.«

»Und du musst dich nicht mehr um ein nerviges Menschenmädchen kümmern«, setzte ich spitz hinzu.

»Das hast du gesagt.«

»Und du hast nicht widersprochen.« Ich stand auf. »Ich würde jetzt lieber gehen.« Seine Gegenwart machte mir zu schaffen. Abrupt erhob sich Cassian ebenfalls. Er stand ganz nah vor mir. Zum ersten Mal fiel mir auf, dass er verdammt gut roch. Es war eine Mischung aus frisch gemähtem Gras, Thymian und irgendetwas Herbem, das ich nicht kannte. In jedem Fall eine faszinierende Verbindung.

Er räusperte sich.

Mist. Das hatte er gehört. Springer auf …, dachte ich halbherzig.

Ein Lächeln umspielte seine Lippen. »Gib dir keine Mühe. Es ist ein spezielles Rosenöl. Du kannst es nicht kennen, diese Rose wächst nur bei uns.«

Verlegen strich ich mir meine Haare hinters Ohr und wandte mich zum Gehen.

10. Kapitel

»Du siehst heute zauberhaft aus, Eliza«, sagte Frazer, als er von seinem Rad stieg. Ich konnte das Kompliment schlecht erwidern, obwohl ich das wirklich gern gemacht hätte. Selbst in schwarzer Jogginghose und grauem Kapuzenshirt sah er gut aus.

Nach meinem Ausflug zu Cassian hatte ich mich frisch geschminkt und mein T-Shirt gewechselt. Offenbar hatte ich alles richtig gemacht. Erst als ich loswollte, war mir aufgefallen, dass ich mein Textbuch bei den Elfen vergessen hatte. Hoffentlich passte Cassian gut darauf auf. Da waren alle meine Notizen drin. Es war zum Haareraufen. Glücklicherweise hatte Frazer seins mitgebracht.

»Hast du eine Szene rausgesucht, die wir proben wollen?«

»Was hältst du von der, wo Tristan und Isolde von Marke erwischt werden?«

»Wollen wir nicht zuerst etwas üben, das vorher passiert?«

»Die Szene ist aber besonders spannend.«

Die Friedhofstür quietschte. Fynn und Sky kamen auf uns zu.

»Wussten wir doch, dass wir euch hier finden«, sagte Fynn, meine tödlichen Blicke ignorierend.

Konnten sie mich nicht einmal in Ruhe lassen? »Hat Grace heute keine Zeit?«

»Nein, hat sie nicht, und da dachten wir, wir schauen euch zu.«

»Seine Alternative war abzuwaschen«, erklärte Sky. »Da hat er mich lieber begleitet.« Sky kam einmal in der Woche und spielte für Mutters Gäste eine Stunde auf dem Klavier. Natürlich bekam sie dafür ein fürstliches Gehalt.

Sky sah sich auf dem Friedhof um. »Romantisches Plätzchen«, bemerkte sie.

»Hätte ich gewusst, dass du darauf stehst, hätte ich dich längst hierher entführt«, bemerkte Frazer.

»Das wäre dir kaum gelungen.« Sky würdigte Frazer keines Blickes. »Welche Szene probt ihr?«

Ich beschloss, die frostige Stimmung aufzulockern. »Frazer möchte gern die nehmen, wo Isolde und Tristan von Marke erwischt werden.«

»Na, dann mal los. Fynn und ich sind Marke und Melot.«

So hatte ich mir das eigentlich nicht vorgestellt. Ich wollte mit Frazer allein sein. Neben der Kirche stand ein riesiger verwitterter Tisch aus Granit. Wahrscheinlich war es gar kein Tisch, sondern ein Altar, der früher zu irgendwelchen Ritualen gedient hatte. Sky und Fynn setzten sich darauf, und ich stellte mich Frazer gegenüber.

Isolde: »Ich vermisse dich, Tristan.«

Tristan: »Das hier muss aufhören. Es bricht Marke das Herz.«

Isolde: »Was ist mit meinem? Dich nicht zu lieben, ist, als würdest du mir verbieten zu atmen.«

Tristan: »Es muss ein Ende haben.«

Isolde (lehnt ihren Kopf an Tristans Brust): »Das kannst du mir nicht antun. Ich überlebe nicht, wenn du mich verlässt.«

Frazer sah mir in die Augen, während er mit mir sprach. Fast konnte ich mir einbilden, Schmerz in seiner Stimme zu hören. Er machte das wirklich gut. Als ich meinen Kopf an seine Brust lehnte, hörte ich sein Herz schlagen. Er legte einen Arm um mich.

Dann hörte ich Fynn, der Markes Rolle sprach.

Marke: »Tristan, Isolde, was tut ihr hier?«

(Dann versteht er, was sich abspielt.)

Isoldes Vater: »Ihr reicht meine Tochter weiter an Eure Ritter. So hat unser Bündnis keinen Bestand.«

Er wendet sich an Isolde: »Du bist nicht mehr meine Tochter.«

zu Marke: »Ich rüste meine Männer, stellt Euch mir, sobald der Morgen graut.« (reitet davon)

Marke tritt auf Tristan zu: »War es nicht genug? Habe ich nicht dein Leben gerettet? War es zu viel verlangt, mir treu zu sein? Ich verfluche den Tag, an dem ich meine Hand ausgestreckt habe, um dich zu retten. Ich verfluche den Tag, an dem ich dich an Sohnes statt aufgenommen.«

Isolde schiebt sich zwischen die beiden Männer.

Marke senkt seinen Kopf: »Wie lange schon?«

Isolde: »Ich fand ihn halb tot in Irland am Strand und pflegte ihn gesund. Ich verriet ihm nicht meinen richtigen Namen, und als er zurückkehrte, um mich für dich zu gewinnen, da wusste er nicht, dass ich es war. Aber die ganze Zeit gehörte mein Herz ihm.«

Marke: »Führt sie ab.«

Isolde weint: »Bestraft Tristan nicht. Er versuchte dagegen anzukämpfen, mehr als Ihr Euch vorstellen könnt – weil er Euch liebt.«

Frazer legte seine Hand auf meine Schulter.

»Davon steht nichts im Buch«, rief Sky.

»Dann schreib es rein«, zischte ich, als Frazer seine Hand fortnahm.

»Das war nicht schlecht von euch beiden«, setzte sie versöhnlich hinzu. »Ich verstehe gar nicht, warum du Miss Peters nicht gebeten hast, dich die Isolde spielen zu lassen.«

Ich stapfte auf sie zu. »Das weißt du genau. Vor Publikum kann ich das nicht.«

»Ach, und was sind wir?«

»Meine beste Freundin und mein Bruder – ihr zählt nicht.«

Fynn und Sky lachten gleichzeitig los.

»Ich finde auch, dass du eine tolle Isolde wärst«, bemerkte Frazer hinter mir. »Sky allerdings auch.«

»Das Süßholzraspeln kannst du dir sparen, Wildgoose«, erwiderte Sky, doch ich sah das Lächeln genau, das ihre Lippen umspielte.

»Fynn, warum schwatzt du deiner Mutter nicht ein bisschen Kuchen ab? Wir könnten eine kleine Pause machen und dann die Szene noch mal proben«, schlug Frazer vor.

»Ich hätte gern einen Brownie«, sagte Sky, ohne abzuwarten, ob Fynn überhaupt zustimmte.

»Ich auch.« Das war Frazer.

Sky zog ihre Augenbrauen in die Höhe.

»Es gibt also tatsächlich etwas, das wir beide mögen? Ich hätte es nicht für möglich gehalten«, schmunzelte Frazer.

»Es ist nur ein Stück Kuchen. Kein Grund, es aufzubauschen.«

Ich sprang auf und lief Fynn hinterher. »Warte, ich helfe dir, dann können wir noch etwas zu trinken mitbringen.«

Fynn sah mich verwundert an. »Du lässt die beiden allein? Das gibt doch Mord und Totschlag.«

»Das glaube ich nicht.«

»Muss ich jetzt nicht verstehen, oder? Ich dachte, du willst dir Frazer angeln.«

Ich zuckte mit den Achseln. »Wollte ich auch.«

»Und was ist passiert?«

»Ich weiß nicht so richtig. Von Weitem anhimmeln ist das eine ...«

»Magst du ihn nicht mehr? Ich habe doch genau gesehen, dass es dir nicht gepasst hat, dass Sky und ich dazu gekommen sind. Du wolltest lieber mit Frazer allein sein. Gib es zu.«

»Wollte ich auch. Das ist kompliziert. Ich habe so lange für

Frazer geschwärmt, und ich finde ihn auch immer noch toll, aber ich bin nicht mehr so richtig in ihn verliebt. Glaube ich jedenfalls. Ach, ich weiß auch nicht.«

»Das verstehe ich nicht.«

Ich schubste Fynn in die Seite. »Wie auch, das verstehen nur Mädchen.«

Wir schlichen uns in die Küche und packten einen Korb mit Kuchen und Ingwerbier. Als wir uns zum Gehen wandten, stand Granny in der Tür und lächelte.

»Wer drückt sich da denn vor der Arbeit?«

»Wir haben Wichtigeres zu tun, Granny.« Fynn gab ihr einen Kuss auf die Wange. »Wir proben für Elizas Stück. Du darfst uns nicht verraten.«

»Auf dem Friedhof?«

»Wo sonst?«

»Lasst euch nicht erwischen, der Pfarrer sitzt vorn im Café. Ich schätze, ich leiste ihm ein bisschen Gesellschaft.«

»Du bist die Beste«, erklärte Fynn.

»Versprecht mir bloß, nachher eurer Mutter zu helfen. Sie ist schon fix und fertig. Ich mache mir Sorgen um sie. Sie halst sich zu viel auf.«

»Machen wir, Granny, und sorg dich nicht, sie ist erwachsen und weiß, was sie tut«, belehrte Fynn sie.

Granny tätschelte seine Wange. »Wenn du wüsstest. Das Sorgenmachen hört nie auf, egal, wie alt die Kinder sind.«

»Ob die beiden sich ohne uns schon zerfleischt haben?«, überlegte Fynn laut, als wir zum Friedhof zurückgingen.

»Ich glaube nicht. Vielleicht war es mal ganz gut, dass sie eine Weile allein waren.«

»Was hat Sky eigentlich gegen Frazer? Er ist doch ganz cool.«

»Sie hat etwas gegen eingebildete Gockel.«

»Und du nicht.«

»Wenn man mit einem Gockel aufgewachsen ist, dann ist das nur halb so schlimm.« Ich grinste meinen Bruder an.

Er legte einen Arm um mich. »Ein Gockel und ein Huhn – wir sind ein perfektes Gespann.«

Sky saß mit verschränkten Armen gegen einen Grabstein gelehnt und sah uns finster entgegen. Frazer lag mit einem Halm im Mund im Gras und sah aus wie ein zufriedener Kater.

»Was braucht ihr denn so lange?«, fragte Sky missmutig.

»Wir waren keine fünf Minuten weg«, verteidigte ich uns.

»Mir kam es ewig vor.«

»Frazer ist wohl nicht sehr unterhaltsam?«, fragte Fynn.

»Nicht im Geringsten.«

Frazer richtete sich auf und begann, in dem Korb herumzustöbern. Er tat so, als hätte er Skys Worte gar nicht gehört.

Plötzlich spürte ich einen Luftzug. Einer der Schmetterlinge, die normalerweise das Tor bewachten, flatterte um mich herum und setzte sich auf meine Hand. Das konnte nur bedeuten, dass die Elfen auf mich warteten. Da würden sie sich etwas gedulden müssen, zuerst wollte ich das hier zu Ende bringen. Cassian brauchte sich nicht einbilden, dass ich sprang, wenn sie riefen. Ob er den Schmetterling geschickt hatte? Ob er mich vermisste? Ich schüttelte den Kopf. Was bildete ich mir bloß immer ein.

»Lasst uns das noch einmal versuchen. Dann muss ich mich an meine Hausaufgaben machen.«

Verwundert sah Sky mich an. Das war wirklich eine bescheuerte Ausrede von mir.

Ich beugte mich zu ihr. »Die Elfen rufen mich«, flüsterte ich ihr ins Ohr.

Sie nickte verstehend. »Dann mal los. Frazer, du musst viel schockierter schauen, wenn Marke euch erwischt. Denke daran, dass er wie ein Vater für dich ist, und du die Enttäuschung seines Lebens.«

Frazer nickte. »Ich versuche mein Bestes.«

»Das hoffe ich.«

Wir stellten uns wieder auf und versuchten es noch einmal.

Sky klatschte, als wir die letzten Worte gesprochen hatten. »Das war perfekt. Besser wird Grace es auch nicht können.«

»Das wollen wir doch erst mal sehen«, ertönte plötzlich ihre Stimme hinter uns. Keiner hatte sie kommen gehört.

Fynn rappelte sich auf und ging auf sie zu. Als er seinen Arm um ihre Schulter legen wollte, wehrte sie verärgert ab und baute sich vor Sky auf.

»Was Eliza kann, das kann ich schon lange. Wenn sie so gut wäre, hätte Miss Peters sie längst überredet, auch mal zu spielen. Aber sie versteckt sich lieber hinter ihren Textbüchern. Soll sie doch ruhig mit euch proben, dann beherrscht Frazer wenigstens den Text.« Damit drehte sie sich um und rauschte ab. Fynn trabte hinterher.

»Blöde Kuh«, raunte Sky und bückte sich, um die Reste unseres Proviants im Korb zu verstauen.

»Eine zweite Sache, bei der wir uns einig sind«, sagte Frazer und half ihr.

Verschwörerisch grinsten wir drei uns an.

»Wir haben denselben Weg«, teilte Sky Frazer großzügig mit, als wir zum Eingang des Friedhofs schlenderten. »Wir könnten zusammen fahren.«

Verblüfft sah ich sie an. Machte sie das nur, damit ich so schnell wie möglich zu den Elfen konnte, oder begann ihre Abneigung gegen Frazer zu bröckeln?

Die beiden verabschiedeten sich, und ich sah ihnen nach, wie sie mit ihren Fahrrädern einträchtig nebeneinander über den Feldweg davonfuhren. Dass ich das noch erleben durfte! Ich hatte immer gedacht, dass eher die Hölle gefrieren würde, als dass Sky Frazer auch nur den kleinen Finger reichte. So konnte man sich täuschen.

»Du hast das gestern vergessen«, begrüßte Cassian mich und reichte mir mein Textbuch. Schweigend liefen wir zum Theater.

»Hast du keine Fragen?«, brach er als Erster das Schweigen.

»Jede Menge, aber willst du heute nicht mitproben?«, stellte ich eine Gegenfrage und beobachtete Jade, die auf der Bühne komische Verrenkungen vollführte.

Cassian schüttelte den Kopf. »Nein, ich bin nur mit dir hierher gegangen, damit wir ungestört sind.«

»Cassian, wie schön, dass du da bist«, erscholl Opals Stimme hinter uns.

»So viel zu ungestört«, murmelte ich. Wahrscheinlich waren wir wegen ihr hier.

»Hallo Opal«, begrüßte Cassian sie.

Sie baute sich ganz nah vor ihm auf und zupfte an seinem Shirt herum. »Wollen wir nachher gemeinsam etwas trinken gehen«, fragte sie. »Nur wir zwei?« Bei ihren Worten legte sie ihre kleine, schmale Hand auf seine Wange.

Bildete ich mir das nur ein, oder schmiegte er sich tatsächlich hinein? Das Mädchen warf mir einen triumphierenden Blick zu und ließ ihn los.

»Ich hole dich nach der Probe ab«, rief er ihr hinterher.

»Die weiß aber, was sie will«, konnte ich mir einen Kommentar nicht verkneifen.

Cassian zuckte nur mit den Schultern.

»Also gut. Du hast Dr. Erickson erzählt, dass Rubin bei dieser Raven ist. Jetzt brauchst du mir nur noch sagen, wo die beiden sich verstecken und weshalb Larimar ihn nicht längst zurückgeholt hat. Warum braucht ihr mich?«

»Ich habe es dir schon erklärt. Nur mithilfe der Schneekugel ist es Elfen möglich, in die Menschenwelt zu wechseln. Viele von uns verlassen die Elfenwelt niemals, aber natürlich müssen wir mit den anderen Völkern in Verbindung bleiben, und dafür benötigen wir die Kugel. Sie öffnet die Tore und Barrieren nach Leylin in beide Richtungen; allerdings kann man mit ihr viel gezielter reisen. Momentan ist es Larimar nur möglich, in Tiergestalt zu den Menschen zu fliegen, und auch diese

Kraft schwindet von Tag zu Tag. Sie weiß zwar, wo Rubin ist, aber nicht, wo er die Kugel versteckt hat. Das musst du herausfinden, deshalb hat sie dich ausgesucht.«

»Andere Völker? Was meinst du damit eigentlich genau? Menschen?«

Cassian schüttelte den Kopf. »Das ist mal wieder typisch, denkst du wirklich, es gibt nur euch?«

»Na ja«, gab ich zu. »Bisher irgendwie schon. Ihr kommt bei uns höchstens in Märchen vor.«

Cassian lachte, allerdings klang es nicht besonders höflich. »Eure Märchen. Es ist wirklich interessant, was ihr euch da so ausgedacht habt. Eure Angst vor dem Fremden ist so groß, dass ihr es klein machen oder zerstören müsst.«

»Jetzt bleib mal auf dem Teppich«, widersprach ich. »Von Zerstören kann ja wohl keine Rede sein. Ohne unsere Märchen wärt ihr längst vergessen.«

»Als würden wir darauf Wert legen, dass ihr euch an uns erinnert. Mir wäre es lieber, wenn die Menschen gar nicht von unseren Welten wüssten.«

Nur mühsam unterdrückte ich meinen Zorn. Wie konnte er nur so verbohrt sein? »Du magst doch Sophie und Dr. Erickson, oder?«

»Natürlich.«

»Sie sind Menschen. Also weshalb?«

Cassian zuckte mit den Schultern. »Sie sind klug und liebenswürdig. Sie gehören zu uns. Sie respektieren uns, und außerdem war Dr. Erickson ein Eingeweihter. Er hat die Prüfungen bestanden. Ihm kann ich vertrauen.«

»Was für Prüfungen? Wenn ich so was auch machen muss, dann vergiss es. In Prüfungen bin ich ganz schlecht.«

Ein abfälliges Auflachen purzelte von Cassians Lippen. »Als ob jemand auf die Idee kommen würde, dich zu einer Eingeweihten zu machen.«

War er schon ein einziges Mal freundlich zu mir gewesen? Weshalb ließ ich mir das eigentlich bieten?

»Das frage ich mich auch, Eliza«, quetschte Quirin sich zwischen uns.

»Schön, dich zu sehen«, begrüßte ich ihn und betonte das Wort sehen extra deutlich, was nicht besonders zartfühlend, mir aber gerade total egal war.

»Was für Geschöpfe gibt es noch so? Wärst du so reizend und erzählst es mir? Mister Geheimniskrämer übertreibt es mal wieder.«

»Also«, Quirin hob seine kleine behaarte Hand und begann aufzuzählen. »Da gibt es die Elfen, die glauben, dass sie die tollsten Geschöpfe unter der Sonne sind.«

Cassian stand auf und lief beleidigt die Treppe hinunter.

Quirin ließ sich davon nicht beirren. »Dann gibt es uns Trolle – wir sind die tollsten Geschöpfe unter der Sonne.« Er zwinkerte mir zu, und ich grinste. »Dann gibt es Zauberer, Vampire, Feen, Faune, Shellycoats, Zentauren und noch eine Menge mehr. Manche Geschöpfe sind ausgestorben, manche, wie die Zauberer und die Vampire, haben sich unter die Menschen gemischt. Sie sind kaum von euch zu unterscheiden. Noch vor gar nicht langer Zeit gab es unter euch auch viele Elfen, aber diese ganze Geschichte hier hat das geändert.«

Ich sah Quirin mit offenem Mund an. »Das ist nicht dein Ernst. Du veralberst mich. Ich meine: Vampire? Blutsauger?« Automatisch griff ich mir an den Hals.

»Es ist strengstens verboten, Menschenblut zu trinken.«

Ich war nicht sicher, ob das ein Witz oder Ernst sein sollte.

»Du wärst denen sowieso zu blutleer, schätze ich.« Dann grinste Quirin frech.

»Sehr witzig. Ist Trollbluttrinken auch verboten, oder wärst du ihnen zu haarig?« Schließlich konnte ich nichts dafür, dass ich so farblos blieb, egal, wie oft ich mich in der Sonne herumtrieb. Ich bevorzugte sowieso die Bezeichnung blass und, ehrlich gesagt, fand ich das sogar ganz hübsch an mir.

Cassian stampfte wie ein wütender Stier wieder die Treppe hinauf.

»Sieht nicht aus, als ob er sich abreagiert hätte«, stellte Quirin fest. »Ich verschwinde dann mal lieber.«

»Feigling«, flüsterte ich lächelnd. Dann schloss ich die Augen und hielt mein Gesicht in die Sonne, bis Cassian sich neben mir niederließ.

»Ich weiß nicht, weshalb Rubin die Kugel mitgenommen hat«, setzte er übergangslos unser Gespräch fort. »Er hat nicht mit mir darüber gesprochen. Er hielt Raven für unschuldig.«

Ich beschloss, das Spiel mitzuspielen. »Warum? Ich dachte, ihre Schuld war erwiesen?«

»War sie auch. Wie gesagt, es gab Beweise. Aber der magische Spiegel konnte in ihrer Aussage keine Lüge erkennen. Das war sehr verwirrend. Das Gericht teilte sich in zwei Gruppen. Einige hielten Raven für unschuldig, andere für schuldig.

Larimar fällte schließlich das Urteil als Hohepriesterin, und es lautete auf Verbannung.«

Wie überaus praktisch, dachte ich bei mir. Cassian ließ sich davon nicht aus dem Konzept bringen.

»Rubin war mit Raven befreundet. Ich nehme an, dass er nur deshalb zu ihr hielt. Ich weiß, dass er jemand anderen in Verdacht hatte, aber er hat mir nicht gesagt, wen.«

»Hat dich das nicht gewundert?«

Cassian zuckte mit den Schultern. »Wir waren beste Freunde, aber diese Sache hat uns entzweit.«

»Weshalb ist Larimar ausgerechnet auf mich gekommen, um die Kugel zurückzuholen?«

»Dafür gibt es ihrer Meinung nach einen bestimmten Grund, obwohl ... « Sein Blick sprach Bände.

»Na, ihr zwei«, unterbrach Jade uns so plötzlich, dass wir zusammenschraken. »Erzählt mein Bruderherz dir düstere Geschichten?« Sie lachte laut und schnappte sich mein Textbuch, das neben mir auf der Bank lag.

»Was ist das?«

»Ich habe ein Theaterstück geschrieben«, erklärte ich abwesend. Er traute mir nicht zu, dass ich diese Schneekugel wiederbeschaffte.

»*Tristan und Isolde*«, las Jade den Titel laut vor. »Darf ich es lesen?«

Ich nickte, und sie begann darin zu blättern.

Cassian schwieg. Er würde nicht weitererzählen, solange sie neben uns sitzen blieb. Jade ließ sich Zeit, in aller Ruhe wendete sie Seite um Seite. Dann las sie eine Stelle leise vor.

Tristan: »Ich war tot.«

Isolde: »Nein, das warst du nicht, du standest nur an seiner Schwelle. Es war ein Gift, das dich lähmte.«

Tristan: »Und du hast mich gerettet? Was bist du? Ein Engel?«

Isolde: »Wäre ich ein Engel, dann könnte ich fliegen.«

Tristan: »Wie heißt der Ort, an dem Engeln ihre Flügel gestohlen werden?«

Isolde: »Nicht gestohlen, nur gestutzt.«

Cassian hatte nach den ersten Worten seinen Kopf gehoben. Jetzt schien er den Worten nachzulauschen.

»Das ist so schön, Eliza. Darf ich das den anderen vorlesen? Bitte!«, bettelte Jade.

»Ja, klar.«

Jade lief bereits die Treppe hinunter.

»Von wem ist das?«, fragte Cassian.

»Es ist eine alte irische Volkssage. Ich habe die Geschichte in ein Theaterstück umgeschrieben. Wir wollen es dieses Jahr in unserer Schule aufführen.«

Quirin tauchte wieder auf und wandte sich an Cassian. »Und hast du ihr endlich alles erzählt?«

»Das hätte ich, wenn wir nicht ständig gestört würden«, fluchte er.

Abwehrend hob Quirin die Hände. »Heute wieder besonders empfindlich, der Herr.« Dann fläzte er sich drei Reihen hinter uns auf eine der Bänke und bohrte sich im Ohr.

»Also, weshalb ich?«, nahm ich unser Gespräch wieder auf.

»Es ist dein Name. Er hat Larimar zu dir geführt.«

Ich runzelte die Stirn. »Mein blöder Name?« Der war ganz sicher nicht außergewöhnlich.

»Du weißt doch, was er bedeutet?«

»Klar. Sieben. Also im Grunde nichts.«

»Das ist falsch. Wir Elfen messen Namen eine große Bedeutung zu. Niemand trägt seinen Namen grundlos. Und dein Name ist etwas ganz Besonderes.«

Ich schüttelte den Kopf und lachte.

»Eliza«, sein Tonfall wurde noch belehrender, wenn das überhaupt möglich war. »Die Zahl Sieben bestimmt unser Dasein. Sieben Herrscherfamilien gibt es, sieben magische Gegenstände, unsere Königinnen herrschen genau sieben Jahre, im Alter von sieben Jahren bekommen wir unseren endgültigen Namen. Die Sieben ist eine magische Zahl, und nur ein Träger dieses Namens konnte die Welten wechseln und zu uns kommen. Obwohl mir, genau wie dir, schleierhaft ist, weshalb gerade du diejenige sein sollst, die Rubin und die Kugel zurückbringt.«

Quirin stieß hinter mir ein leises Schnauben aus.

Ich konnte kaum glauben, was ich gehört hatte. Die Elfen hatten offensichtlich einen schrägen Sinn für Humor. Ausnahmsweise war ich mit Cassian einer Meinung. Bloß weil ich diesen blöden Namen trug, war ich jetzt in diese Geschichte verwickelt? Das konnte unmöglich sein Ernst sein. Sicher gab es noch ein paar Elizas mehr auf der Welt.

»Was heißt das, mit sieben bekommt ihr euren endgültigen Namen?«

»Mit sieben Jahren werden Elfen offiziell von ihrer Familie anerkannt – oder eben nicht. Es ist eigentlich nur ein formeller Akt. Bis dahin stehen junge Elfen unter dem Schutz der Familie des Vaters. Im Grunde kommt es fast nie vor, dass die Familien nicht unter sich bleiben. Elfen wird die Partnerwahl nicht vorgeschrieben. Natürlich heiraten Angehörige der ersten Familie mal jemanden aus der zweiten, oder eine Elfin der sechsten Familie nimmt sich einen Mann aus der siebten. Mein Vater ist dem Ruf seines Herzens gefolgt und hat sich zu meiner Mutter bekannt. Es war ein Skandal. – Jedenfalls gibt es einmal im Jahr ein großes Fest. Es wird im Theater abgehalten, und jede Familie stellt ihre siebenjährigen Kinder der Gemeinschaft vor. Versteh mich nicht falsch, ich liebte meine Eltern sehr, aber diesen Tag werde ich nie vergessen. Ich stand mit den anderen Kindern der ersten Familie dort unten, und dann kam Larimar zu mir. Sie forderte mich auf, ihr zu folgen, und brachte mich zu Elisien. Diese war damals noch nicht die Königin. Sie nahm mich in Empfang und stellte mich zu den Kindern ihrer Familie – der sechsten. Den ganzen Weg dorthin hörte ich das Flüstern meiner alten Freunde im Rücken. Vor mir sah ich die feindseligen Gesichter der Kinder, die meine neue Familie sein sollten, und ich bekam meinen neuen Namen.« Cassian atmete tief durch.

Ich war ganz still, weil ich fürchtete, wenn ich auch nur einen Ton von mir gab, würde er nicht weitersprechen.

Cassian war vollständig in seinen Erinnerungen versunken. »Ich hatte natürlich damit gerechnet. Meine Eltern hatten mir vorher alles genau erklärt, und trotzdem hatte ich in diesem

Moment so viel Angst wie nie zuvor. Elisien hielt während der gesamten folgenden Zeremonie meine Hand, das werde ich ihr nie vergessen. Es verstieß gegen die Regeln, aber sie ließ nicht los.« Cassian fuhr sich durch sein Haar, nur für Sekunden vergrub er sein Gesicht in seinen Händen. Dann richtete er seinen Blick wieder auf die Bühne und schwieg.

»Wie hießt du vorher?«, fragte ich leise.

»Saphir. Ich hieß Saphir. Genau wie mein Großvater. Aber ich hatte kein Anrecht auf diesen Namen. Cassian passt tatsächlich besser zu mir.« Er lachte hart auf. »Quirin hatte recht, es war ein Omen – der Beraubte.« Jetzt schüttelte er den Kopf. »Manchmal denke ich, ich wäre in diesem Krieg lieber gestorben, als den Rest meines Lebens blind zu sein.«

Ich griff nach seiner Hand und hielt sie fest, auch wenn ich spürte, dass Cassian sie mir entziehen wollte. »Das darfst du nicht sagen, Cassian. Du musst versuchen, damit zurechtzukommen, und das kannst du. Wenn du wüsstest, wie schwer es für Menschen ist, blind zu sein. Dir sieht man es doch kaum an«, sagte ich eindringlich.

»Du hast doch keine Ahnung, wovon du sprichst«, wies er mich ab und entriss mir seine Hand.

Jade kam die Treppe hinaufgerannt. Ihr Gesicht war vor Aufregung ganz rot. »Eliza, es ist wundervoll. Du musst es uns spielen lassen. Bitte!«

Überrumpelt sah ich sie an. »Ist das dein Ernst?«

Sie nickte heftig. »Lass es uns probieren. Es ist toll. Du könntest uns helfen. Es ist doch bestimmt total langweilig, die ganze Zeit mit meinem schlecht gelaunten Bruder abzuhängen.«

Wo sie recht hatte, hatte sie recht. Ganz bestimmt war es lustiger, *Tristan und Isolde* mit den Elfen einzustudieren.

»Wir brauchen auch nicht lange, du wirst sehen, wir lernen wahnsinnig schnell.«

Das glaubte ich ihr unbesehen. »Okay«, stimmte ich zu.

»Du lässt ja sowieso nicht locker.«

Jade fiel mir um den Hals. »Das ist so toll«, trällerte sie und hüpfte davon.

»Jade!«, rief Cassian ihr hinterher. »So einfach ist das nicht. Wir werden Larimar fragen müssen, ob sie erlaubt, dass wir ein Stück aus der Menschenwelt proben.«

»Das kannst du ja übernehmen, Bruderherz. Wenn du sie bittest, schlägt sie es dir bestimmt nicht ab.«

»Aber …«

Seinen Einwand beachtete Jade nicht mehr, sie lief einfach zurück auf die Bühne.

»Es ist wirklich ein schönes Stück«, erklärte Cassian. »Endlich mal geht es nicht nur um Liebe.«

Frazer hatte so was Ähnliches gesagt. »Du kennst es?« Damit hatte ich nicht gerechnet.

»Wer ist Frazer?«, fragte er, ohne mir zu sagen, wer ihm das Buch vorgelesen hatte. Im Grunde konnte ich es mir auch denken. Er war damit bei Sophie gewesen, ohne mich.

»Ein Freund. Ich mache das mit der Aufführung nur, wenn du mir endlich zeigst, wie ich mich abschirme. Wenn du so unhöflich bist und mich ständig ausspionierst …« Es wurde jetzt wirklich Zeit, dass ich etwas dagegen unternahm, dass er durch meinen Kopf spazierte, wann immer er wollte.

»Okay.«

»Okay?«

»Hätte ich schon längst machen sollen. Es ist nicht gerade angenehm, immer zu hören, was in deinem Kopf gerade so abgeht.«

Ich spürte, dass ich rot wurde.

»Vor allem, da du nicht gerade eine besonders hohe Meinung von mir hast.«

»Das ist ja wohl nicht meine Schuld.«

»Na, meine schon gar nicht.«

»Du könntest ein bisschen charmanter sein. Zu Opal bist du das ja auch.«

»Das ist etwas anderes.«

»Wieso? Weil sie eine Elfe ist oder weil sie alles toll findet, was du tust oder sagst?«

»Beides.«

»Na, da kannst du bei mir lange darauf warten.«

»Siehst du, und darum sollten wir das hier so schnell wie möglich hinter uns bringen.«

»Du musst mir bloß sagen, wo Rubin ist. Dann kriegt ihr eure blöde Schneekugel sofort wieder.«

»Larimar wartet noch auf den richtigen Zeitpunkt.«

»Ich hoffe, der ist bald gekommen.«

»Lass uns noch zum Markt in ein Café gehen.« Jade kam wieder zu uns. »Bitte«, bettelte sie. »Wir müssen alles besprechen.«

Prüfend sah Cassian mich an. »Hast du Lust?«

Ich zuckte mit den Schultern. »Ist das gefährlich?«

183

Jade lachte. »Nein, auf dem Markt bist du sicher. Niemand würde es wagen, dich anzupöbeln oder gar anzugreifen.«

»Na dann.« Ich stand auf. »Cassian schleppt mich ja immer nur hierher, da ist es vielleicht eine Abwechslung.«

»Darauf kannst du wetten. Lass uns was trinken gehen. Komm, Cassian.« Sie zog ihren Bruder nach oben.

»Okay. Ich komme mit. Du gibst ja sowieso keine Ruhe.«

Jade bestellte Getränke für uns. Misstrauisch beäugte ich die schmalen Gläser mit schäumendem Saft darin.

»Was soll das sein?« Ich führte das Glas an meine Lippen.

»Das ist Feenwein«, erklärte Cassian.

Ich zuckte zurück. »Wie bitte?«

»Er ist sehr gut. Man sollte nur nicht zu viel davon trinken, aber ein Glas zur Entspannung dürftest du vertragen.«

»Ich weiß nicht recht«, sagte ich und stellte das Glas zurück.

»Probier es doch erst mal.«

Gehorsam nahm ich es und trank einen Schluck. Tatsächlich schmeckte es himmlisch. In großen Schlucken trank ich, bis Cassian mir das Glas aus der Hand nahm.

»Es ist besser, den Wein in kleinen Schlucken zu genießen, sonst ist seine Wirkung zu stark.«

»Ich merke nichts, ich weiß nur, dass ich gern mehr davon hätte.«

»Das hat dieses Getränk so an sich, aber wie gesagt – es ist besser, du bleibst bei einem Glas.«

»Wenn du meinst.« Ich angelte nach dem kleinen Teller, auf dem etwas lag, was entfernt an Nüsse erinnerte, und begann

zu knabbern. Sie schmeckten salzig und schienen ungefähr-
lich zu sein. Cassian erhob jedenfalls keine Einwände.

»Also, Eliza, du musst uns alles über das Stück erzählen.
Worauf müssen wir achten? Welches sind deine Lieblingssze-
nen? Mit welchen fangen wir an zu proben? Wie stellst du dir
die Darsteller vor, und wie sehen die Kulissen aus?«

Mir schwirrte der Kopf von ihren Fragen und diesem Feenwein. Trotzdem versuchte ich, ihre Fragen so gut wie möglich zu beantworten.

»Das reicht«, sagte Cassian nach einer Weile. »Ich denke,
es ist besser, wenn ich Eliza jetzt zurückbringe. Ich muss noch
zu Larimar.«

Jade zog zwar eine Schnute, erhob aber keine Einwände. Sie
umarmte mich zum Abschied. »Das wird super«, flüsterte sie
mir ins Ohr und hüpfte mit meinem Textbuch unter dem Arm
davon.

»Jade«, rief ich noch. Aber entweder wollte oder konnte sie
mich nicht mehr hören.

Die Pforte erschien nicht gleich, als wir am Waldrand ankamen. Cassian hatte sich die ganze Zeit nicht dazu herabgelas-
sen, ein Wort mit mir zu wechseln, aber mir war nicht entgangen, dass er heute einen abgelegeneren Weg gewählt hatte, um
mich zurückzubringen.

»Gibt es noch etwas?«, fragte ich trotzig. Ich war verärgert,
obwohl ich nicht mal wirklich hätte sagen können, worüber.
Alles an ihm machte mich rasend.

»Ich zeige dir jetzt, wie man sich abschirmt. Ich habe es satt, dass ich laufend mit ansehen muss, dass du an diesen Menschenbengel denkst.«

»Ach ja? Du hast doch auch nur Augen für Opal«, schimpfte ich.

Ups. »Sorry.«

»Habe ich nicht.«

»Doch hast du.«

»Sie ist ja auch bezaubernd zu mir, und sie ist wunderschön.«

»Das kannst du doch gar nicht wissen, und bezaubernd ist sie höchstens zu dir, ansonsten ist sie ein Biest.« Wie konnte man nur so ein falsches Bild von jemandem haben, der so offensichtlich blöd war.

»Erstens kann ich mich noch ziemlich gut daran erinnern, wie gut Opal aussieht, und zweitens hast du keine Ahnung von ihr.«

»Ach, und du schon?«

»Ja.« Sein Mund verzog sich zu einem überheblichen Lächeln. »Fast könnte ich glauben, du bist eifersüchtig.«

»Pah. Auf die bestimmt nicht.«

»Sieht sie besser aus als du?«

»Darauf erwartest du jetzt bestimmt keine Antwort.«

»Eigentlich schon.«

»Sie ist ganz hübsch«, gab ich widerwillig zu. »Aber kommen wir zurück zu der Abschirmsache.« Diese Diskussion lief eindeutig in die falsche Richtung. Ich und eifersüchtig! Was bildete der Kerl sich ein?

»Im Grunde ist es, als ob du einen Vorhang vor deine Gedanken ziehst.«

Zweifelnd sah ich ihn an. »Wie soll das gehen?«

»Du musst nur daran glauben und versuchen, diesen Vorhang vor deinem inneren Auge zu sehen. Mit ein bisschen Übung klappt das ganz leicht. Bei uns lernen das die Kinder in der Schule. Irgendwann bleibt er von ganz allein zu, außer du möchtest, dass jemand deine Gedanken liest.«

Ich konnte mir zwar nicht vorstellen, dass das funktionieren sollte, aber versuchen konnte ich es ja mal. »Okay, es wird ja wohl nicht schaden.«

»Schließ deine Augen! Jetzt denkst du an etwas, von dem du nicht möchtest, dass andere es erfahren, und dann ziehst du langsam deinen Vorhang davor.«

Ich dachte an Frazer, wie er mit mir an einem Grabstein lehnte, und wir gemeinsam den Text lernten. Daran, wie wir gemeinsam lachten.

»Jetzt der Vorhang«, knurrte Cassian.

Ein Stoffschnipsel wehte am Rande meiner Gedanken in meinen Kopf. Ich schrak zusammen. Wo kam der auf einmal her? Mit spitzen Fingern griff ich danach. Bestimmt sah es zum Schießen komisch aus, wie ich in der Luft herumwedelte. Cassian verkniff sich zum Glück das Lachen, trotzdem machte er sich hundertprozentig lustig über mich. Dem würde ich es zeigen. Ich packte fester zu. Ganz langsam zog ich daran. Der Stoff verhakte sich, ich konnte es spüren. Ich zog und zerrte, mit dem Resultat, dass dieser eingebildete Stoff zerriss. Meine Gedanken lagen immer noch wie auf einem Präsentierteller vor Cassian. Ich öffnete die Augen. »Das klappt doch nie.«

»Es war nicht schlecht für den Anfang.«

»War das ein Lob?«

»Nein.«

»Dachte ich es mir doch.«

»Du solltest dich vor diesem Frazer in Acht nehmen.«

»Wieso? Er ist lustig und sieht sehr gut aus.«

»Er nutzt dich aus, und er ist hinter jedem Rock her.«

»Du kennst ihn doch gar nicht.«

»Ach, und du schon?«

»Das ist mir zu blöd. Man könnte fast meinen, du bist eifersüchtig.«

»Pah. Der kann mir doch nicht das Wasser reichen.« Cassian sprang auf und lief vor mir auf und ab. »Noch mal! Und denke diesmal vielleicht an etwas anderes. Etwas, das dich nicht so stark beschäftigt wie dieser Kerl.«

Ich überlegte. Meine Mutter fiel aus. Die beschäftigte mich mindestens genauso. An was konnte ich denken? Mir fiel einfach nichts ein. Die Englischklausur vielleicht? Oh Gott, dafür musste ich noch lernen. Das hatte ich total vergessen.

»So wird das nichts. Du bist ein offenes Buch für mich.«

»Entschuldige, aber alles, worüber ich nachdenke, beschäftigt mich. Das liegt schließlich in der Natur der Sache. Denke ich an meinen Vater, vermisse ich ihn. Meinem Bruder Fynn bin ich böse, weil er Grace mittlerweile mehr mag als mich. Um Granny habe ich Angst, weil sie schon alt ist, und meine Mutter, na ja, über die möchte ich lieber gar nicht nachdenken.«

»Klingt, als ob dein Leben furchtbar kompliziert wäre.«

»Du brauchst dich gar nicht über mich lustig machen. Es ist kompliziert.«

»Ich mache mich nicht über dich lustig«, erwiderte er. »Versuchen wir es anders.« Cassian ging vor mir in die Hocke. »Gib mir deine Hände.«

Verunsichert sah ich ihn an und legte meine Hände in seine. Warme Finger schlossen sich um meine, und ganz deutlich fühlte ich ein sanftes Kribbeln, das sich meine Arme hinaufzog. Cassians dunkle Augen sahen mich ernst an. Also natürlich nicht wirklich, aber es schien, als könne er direkt in meinen Kopf sehen. Ich betrachtete ihn genauer. Die Haut seiner Wangen war ganz glatt und schimmerte im Licht der untergehenden Sonne golden. Hätte er meine Hände nicht festgehalten, dann hätte ich dem Drang, ihn zu berühren, nicht widerstehen können. Wie er sich anfühlte? Seine Lippen zitterten, ganz leicht nur. Der Druck seiner Hände verstärkte sich bei dem Gedanken.

»Konzentrier dich«, forderte er. »Ansonsten musst du nichts tun. Überlass einfach alles mir.« Seine Stimme klang rau.

Ich konnte meinen Blick nicht von seinem abwenden. Wie war es möglich, dass diese Augen mit den goldenen Sprenkeln darin mich nicht sahen?

»Ich sehe dich, Eliza, mehr von dir, als dir lieb ist«, raunte er. »Erschrick jetzt nicht.«

Und dann, ich weiß nicht, wie er es anstellte, zog Cassian vorsichtig ein hauchdünnes, schillerndes Tuch aus einem Winkel meines Kopfes. Es war, als würde es sich von innen gegen meine Stirn legen.

»Spürst du es?«

»Ja«, antwortete ich und bewegte fast nur meine Lippen. Ich

befürchtete, dass das Tuch bei einer noch so kleinen Erschütterung zerriss.

»Ich lasse jetzt los, meinst du, du kannst es festhalten?«

»Keine Ahnung.«

»Du musst daran glauben. Schließ deine Augen, dann geht es besser.«

Das Tuch flatterte durch meinen Kopf, als ob ein Windstoß hindurchgefahren wäre. Krampfhaft versuchte ich, seine Position zu halten, doch es war, als würde es mir durch die Hände rutschen. Der Stoff war viel zu weich, als dass ich ihn halten könnte. Obwohl ich versuchte, mich ganz auf das Tuch zu konzentrieren, fühlte ich, wie Cassian nun auch meine Hände losließ. Ich wollte, dass er mich weiter festhielt, aber er zog sich immer mehr von mir zurück. In dem Moment, in dem meine Hände in meinen Schoß sanken, fiel auch das Tuch in meinem Kopf zu Boden.

Resigniert öffnete ich die Augen. »Ich schätze, du musst mich weiter festhalten.«

»Wenn es nötig ist, tue ich das«, antwortete er so leise, dass ich nur Sekunden danach glaubte, ich hätte mir die Worte nur eingebildet.

Ich legte mich ins Gras und sah den Wolken zu, die über uns hinwegflogen. Ich wusste, dass ich eigentlich zurückgehen sollte, aber ich wollte noch nicht.

Ich spürte, wie er sich neben mich legte. Gemeinsam schwiegen wir. Es war das erste Mal, dass wir nicht stritten, und es fühlte sich gut an.

»Kann ich dich etwas fragen?«, wollte ich von ihm wissen.

»Hhm.«

»Du warst nicht immer blind. Was ist passiert?«

»Elfen werden nicht mit Makeln geboren. In dem Krieg, den wir vor einem Jahr geführt haben, wurde ich verletzt, und unsere Heiler konnten mir nicht helfen.«

»Das tut mir leid.«

»Das muss es nicht. Im Grunde sehe ich heute viel mehr, und oft viel mehr, als mir lieb ist.«

»Wie meinst du das?«

»Ich bin blind, nicht unsichtbar, einige Leute scheinen den Unterschied nicht zu verstehen.«

»Und dieser Krieg hatte etwas mit dieser Emma-Raven-Elisien-Sache zu tun?«

»Hhm.«

»Du hast mir immer noch nicht erzählt, was genau geschehen ist.«

Cassian stand auf. »Ich muss zurück«, meinte er fast entschuldigend. »Larimar ruft mich. Wir reden ein anderes Mal.«

11. Kapitel

Sky stupste mich an. »Siehst du den Typen da? Das wäre ein perfekter Romeo.«

Ich drehte mich um und stutzte. In der Tür, die in unseren Theaterraum führte, stand ein Elf. Ganz deutlich sah ich die spitzen Ohren zwischen seinen blonden Haaren hervorlugen. Ich wunderte mich, dass das den tuschelnden Mädchen nicht auffiel, die ihn wie ein besonders leckeres Sahnestückchen anstarrten.

»Siehst du die Ohren?«, fragte ich Sky. »Das ist ein Elf.«

»Quatsch«, erwiderte sie. »Siehst du jetzt überall diese Typen? Du hast mir doch selbst erklärt, dass sie ohne die Kugel nicht in die Menschenwelt können. Wo soll er also herkommen, und was macht er ausgerechnet an unserer Schule?«

»Du hast ja recht, und im Grunde kann das auch nur eins bedeuten.«

»Und was?« Sky wandte sich wieder ihrer Lektüre zu.

»Das muss Rubin sein. Ist doch klar.«

Jetzt blickte der Junge auf und sah mir direkt in die Augen.

Er machte gerade einen Schritt auf mich zu, als eine junge Frau neben ihn trat. Auch bei ihr konnte ich die spitzen Ohren unter dem strubbligen, kurzen Haarschopf ohne Probleme ausmachen. Sie zog die Blicke der anwesenden Jungs nicht wegen ihrer spitzen Ohren auf sich, sondern wegen ihres bezaubernden Äußeren, außerdem war sie ziemlich knapp bekleidet. Frazer drängelte sich an der jungen Frau vorbei in den Raum. Seine bewundernden Blicke konnten dabei niemandem entgehen. Raven – ich vermutete einfach, dass sie es war – trug eine hautenge Hose und ein Top, das kurz unter ihrer Brust endete und jedem einen Blick auf ihren flachen Bauch ermöglichte. So eine Figur würde ich selbst dann nicht bekommen, wenn ich täglich trainierte. Es war ungerecht, dass diese Elfen so unverschämt gut aussahen.

Die beiden wechselten ein paar Worte. Dann warfen sie mir einen Blick zu und verschwanden. Ich würde Cassian sagen müssen, dass ich Rubin ganz allein gefunden hatte, oder besser, er mich. Nur – was taten die beiden an unserer Schule?

»Das war doch mal ein Prachtexemplar«, erklärte Frazer und gesellte sich zu uns.

Sky blitzte ihn wütend an. »Klar, dass dir das gefallen hat, Wildgoose.«

Frazer lachte und machte mit seinem Arm eine ausladende Bewegung. »Das hat jedem Jungen hier im Raum gefallen, Sky. Darauf kannst du wetten, und wenn du nicht so prüde wärst und auch mal so ein Top anziehen würdest, dann würden dir die Jungs zu Füßen liegen.«

Sky lief vor Wut puterrot an. »Darauf kannst du lange warten.« Sie nestelte an ihrem Pullover, den sie über ihrer weißen Schulbluse trug. »Verzieh dich bloß«, zischte sie. Frazer grinste und ging zur Bühne.

»Dieser oberflächliche Gockel. Weshalb gebe ich mich eigentlich mit ihm ab?«, fragte sie aufgebracht.

»Er wollte dich provozieren, Sky.« Ich lachte in mich hinein. »Und es ist ihm wunderbar gelungen.«

»Ich bin nicht prüde«, stellte sie fest und verschränkte die Arme vor der Brust.

»Natürlich bist du das nicht«, beruhigte ich sie. »Und Frazer weiß das auch.«

»Da lege ich keinen Wert drauf. Überhaupt ist es mir egal, was er von mir hält.«

»Klar.«

Miss Peters betrat die Bühne und klatschte in die Hände. »Lasst uns anfangen! Frazer, Grace, auf die Bühne. Wir proben die erste Szene. Sky hilft den beiden mit dem Text.«

Sky fungierte bei unseren Stücken als Souffleuse, und ich konnte gar nicht zählen, wie oft sie schon eine Aufführung gerettet hatte.

Mit verkniffenem Gesicht stiefelte Sky nach oben und würdigte Frazer keines Blickes. Er grinste nur, und mir kam der Gedanke, dass er Sky aus voller Berechnung reizte. Ich war gespannt, ob er es mit dieser Strategie schaffen würde, ihren Eispanzer zu durchbrechen. Wenn ich ehrlich war, glaubte ich es nicht. Sky hatte so ihre Prinzipien.

»Wir proben die Szene, in der Tristan aus Irland fliehen muss. Das ist eine gute Einstimmung.«

Der Meinung konnte ich mich nicht anschließen, weil diese Szene ziemlich aufwühlend war. Schließlich konnten die beiden nicht wissen, ob sie sich jemals wiedersehen würden.

Bevor ich Einspruch erheben konnte, hatte Grace sich schon in Positur geworfen. Missmutig sah ich sie an. Isolde war für mich ein zurückhaltendes Mädchen, und so auffordernd wie sie würde die echte Isolde Tristan niemals anstarren.

Isolde: »Der König weiß, dass ein Ire sich hier versteckt hält. Er sucht die Küste ab. Du musst gehen.«

Tristan: »Ich gehe nicht ohne dich.«

Isolde: »Sei vernünftig. Ich kann dich nicht begleiten. Aber du, du musst dein Leben retten. Ich könnte nicht ertragen, wenn er dich findet. Dein Leben wäre verwirkt. Er kennt kein Mitleid.«

Tristan: »Ich kann dich nicht zurücklassen. Bitte zwing mich nicht.«

Isolde: »Ich wollte immer wissen, ob es mehr gibt als dieses Leben, das ich führe. Du hast mir gezeigt, dass es so ist. Das werde ich dir nie vergessen. Aber eine Zukunft kann es für uns nicht geben. Nicht in dieser Welt.«

Tristan: »Sag mir wenigstens deinen Namen, damit ich in den dunklen Nächten, die vor mir liegen, von dir träumen kann.«

Isolde: »Mein Name bedeutet gar nichts, und jetzt geh, bevor sie hier sind.«

Die Szene war zu Ende und Miss Peters sah ihre beiden Darsteller missbilligend an. »Euer Text sitzt zwar, aber ich kann nicht behaupten, dass mir euer Spiel gefallen hat. Es war nicht intensiv genug. Die beiden sind wahnsinnig verliebt und müssen sich trennen. Für immer. Sie wissen, dass ihre Chancen sich jemals wiederzusehen, fast null sind. Das muss der Zuschauer spüren.«

Da musste ich ihr zustimmen. Den beiden fehlte der Zauber, der die Geschichte so besonders machte.

»Frazer sollte sich mehr Mühe geben«, zickte Grace los. »Tristan ist doch total verknallt in Isolde, und er will sie nicht verlassen. Aber Frazer steht da wie ein Stock und fasst mich nicht mal an. Und überhaupt, küssen die beiden sich nicht, bevor sie sich trennen?«

»In dem Film knutschen sie laufend«, warf Sky ein. »Aber bei uns gibt es lediglich in der letzten Szene einen Kuss. Du kommst aber noch auf deine Kosten, normalerweise kann Tristan die Finger nicht von Isolde lassen, und das steht auch im Skript. Wir fanden, das reicht, um die Spannung zu erhöhen.«

»Das ist doch blöd und total unrealistisch«, warf Grace ein.

Ich hatte gewusst, dass sie nur deswegen scharf auf die Rolle war. Wenn ich das Fynn erzählte. »Zu Isoldes Zeit haben die Mädchen sich nicht dem Erstbesten an den Hals geworfen. Da hat Hollywood mit Sicherheit übertrieben.«

Miss Peters nickte zustimmend.

»Und in der amerikanischen Verfilmung von *Stolz und Vorurteil* küssen sich Elisabeth Bennet und Mister Darcy gar nicht, und gerade das ist es, was die Zuschauer bei der Stange hält. Wir wollten das hier auch ausprobieren. Aber tut euch sonst keinen Zwang an«, setzte ich hinzu.

»Das ist kindisch. Wir sollten das ändern.« Grace warf Miss Peters einen auffordernden Blick zu.

Diese wiegte nachdenklich ihren Kopf. »Vielleicht hat Grace recht, und ein oder zwei Küsse zwischendurch wären gar keine schlechte Idee. Schließlich seid ihr keine Profis wie Keira Knightley und Matthew Macfadyen. Die beiden können das natürlich ganz anders spielen, da spürt jeder Zuschauer, worum es eigentlich geht.«

»Sag ich doch«, trumpfte Grace auf.

»Ich werde dir zeigen, dass es auch ohne Kuss geht.« Sky stand auf und stampfte wütend in die Mitte der Bühne.

Frazer sah sie erstaunt an, und auch ich sperrte vor Überraschung den Mund auf. Sky hatte immer behauptet, dass sie nicht spielen könne. Aber offensichtlich war ihr Bedürfnis, es Grace zu zeigen, größer als ihre Angst.

»Bist du sicher?«, hörte ich Frazer flüstern.

Ich war an den Rand der Bühne getreten, nachdem Grace empört davongerauscht war und sich auf einen Stuhl gesetzt hatte. Jetzt schoss sie wütende Blicke auf die beiden.

»Quatsch nicht, sondern lass uns anfangen.«

»Du hast es nicht anders gewollt.« Frazer lächelte ein Lächeln, bei dem ich noch vor zwei Wochen hinweggeschmolzen wäre, das mir jetzt aber nur ein Schmunzeln entlockte.

Sky zog ihn zu der Höhle, die wir auf der Bühne aufgebaut hatten. Darin versteckt sich Tristan, während er von ihr gepflegt wurde. Sie kniete sich nieder.

»Los setzt dich hin«, forderte sie Frazer auf, dann griff sie nach seiner Hand.

Isolde: »Der König weiß, dass ein Ire sich hier versteckt hält. Er sucht die Küste ab. Du musst gehen.«

Frazer rückte näher an Sky heran und schob eine Hand unter ihr Haar.

Tristan: »Ich gehe nicht ohne dich«, flüsterte er. »Ich werde dich nicht zurücklassen. Komm mit mir.«

Er veränderte den Text, was mir zwar nicht gefiel, aber zu seinem leidenschaftlichen Blick passte, mit dem er Sky bedachte.

Sky stand auf und zog Frazer mit sich. Sie stand ganz nah vor ihm und musste zu ihm aufschauen. Ihre Stimme zitterte, als sie sprach, und ich fragte mich, wie sie das machte. Sie schüttelte ihren Kopf.

Isolde: »Sei vernünftig. Ich kann dich nicht begleiten. Aber du, du musst dein Leben retten. Ich könnte nicht ertragen, wenn er dich findet. Dein Leben wäre verwirkt. Er kennt kein Mitleid.«

Frazer legte seine Stirn gegen ihre, und Sky schloss die Augen.

Tristan: »Ich kann dich nicht zurücklassen. Bitte zwing mich nicht. Wie soll ich leben ohne dich?«

Er tat es schon wieder. Der letzte Satz stand nicht im Textbuch. Aber er wirkte. Im Raum war es so still geworden, dass man eine Stecknadel hätte fallen hören. Mir schlug das Herz bis zum Hals. Ich fieberte förmlich mit, wie Isolde sich entscheiden würde. Sie konnte doch eigentlich mit ihm gehen. Sky wollte sich von ihm losmachen, doch Frazer zog sie noch fester an sich und senkte seinen Kopf. Es sah tatsächlich aus, als würde er sie gleich küssen.

Tristan: »Ich bitte dich ein letztes Mal.«

Isolde: »Ich wollte immer wissen, ob es mehr gibt als dieses Leben, das ich führe. Du hast mir gezeigt, dass es so ist. Das werde ich dir nie vergessen. Aber eine Zukunft kann es für uns nicht geben. Nicht in dieser Welt.«

Tristan: »Sag mir wenigstens deinen Namen, damit ich in den dunklen Nächten, die vor mir liegen, von dir träumen kann.«

Isolde: »Mein Name bedeutet gar nichts, und jetzt geh, bevor sie hier sind.«

Sky löste sich von ihm, trat einen Schritt zurück und lief von der Bühne. Frazer sah ihr hinterher, dann machte er ein paar Schritte zu dem Boot, das ihn von Isolde fortbringen sollte.

Miss Peters klatschte vor Begeisterung in die Hände, und die anderen im Raum stimmten ein. Alle außer Grace, die mit verkniffenem Gesicht in ihrer Ecke saß.

»Genau so habe ich mir das vorgestellt«, rief Miss Peters.

Sky kam zurück auf die Bühne. Verlegen sah sie zu uns hinunter. »Das war wunderbar, Sky. Ich wusste gar nicht, welche Talente in dir schlummern. Hast du das gesehen, Grace? Weißt du nun, was ich meine? Diese Szene muss ganz intensiv gespielt werden. Hier geht es um eine erste Liebe, die zu zerbrechen droht.«

Grace nickte. »Soll Sky doch die Isolde spielen, wenn sie es so viel besser kann«, erwiderte sie eingeschnappt.

»Würdest du das denn wollen, Sky?«, fragte Miss Peters.

Sky schüttelte den Kopf. »Auf gar keinen Fall. Ich wollte Grace nur zeigen, wie Eliza und ich uns das Stück vorgestellt haben. Grace kann die Rolle behalten. Ich will sie nicht.«

Mein Blick ging zu Frazer, der sie ansah wie ein geprügelter Hund. Beinahe tat er mir leid.

»Okay. Ich kann dich nicht zwingen, aber du und Frazer, ihr wärt ein tolles Paar.«

»Das finde ich auch«, stimmte ich ihr zu und erntete einen vernichtenden Blick von Sky und einen dankbaren von Frazer.

Entschuldigend hob ich die Hände. »Ich meine ja bloß.« In diesem Moment ertönte die Schulglocke und beendete die Stunde. Sky sprang von der Bühne, schnappte ihre Tasche und rannte hinaus.

Grace trat neben mich. »Warst du nicht eigentlich in Frazer verknallt?«

Ich antwortete ihr nicht, was sie nicht davon abhielt, weiter ihr Gift zu versprühen. »Ich glaube, von deiner besten Freundin kannst du dich verabschieden. Sie wird ihn dir vor der Nase wegschnappen.«

»Was, wenn es mir egal wäre?«, fragte ich und wunderte mich, dass sogar stimmte, was ich sagte.

Grace lachte. »Mich kannst du nicht für dumm verkaufen, Eliza. Du hängst doch seit mindestens einem Jahr an seinen Lippen, und da soll dich das hier kaltlassen? Sie ist scharf auf ihn und er auf sie. Endlich kann Frazer sich mal ein Mädchen angeln, das ihm nicht sofort um den Hals fällt. Dass Sky sich so ziert, wird ihn bloß noch anstacheln, und Sky weiß das.« Damit rauschte sie hinaus, und ich musste ihr zugestehen, dass sie recht hatte. Was Sky und Frazer auf der Bühne getan hatten, war mehr als ein Spiel gewesen. Da war etwas im Gange. Die Frage war nur, war sich Sky dessen überhaupt bewusst? War sie deshalb immer so abweisend zu Frazer, weil sie eben nicht auf einen Jungen wie ihn stehen wollte? Oder wusste sie, dass sie ihn mehr mochte, als sie eigentlich sollte, weil ich doch in ihn verknallt war? Ich musste mit ihr reden.

»Sky, sprich mit mir«, tippte ich in mein Handy. Nach der Theaterstunde war Sky in keinem Kurs mehr aufgetaucht. Offensichtlich hatte sie die Schule geschwänzt, und ich wusste nicht, wann das schon mal vorgekommen wäre. »Hab dich nicht so. Das war toll, was du da auf der Bühne mit Frazer gespielt hast. Grace war so sauer.« Eigentlich wollte ich noch viel mehr schreiben, aber ich wusste nicht, wie ich meine Frage formulieren sollte. Bist du in Frazer verliebt? Das ging irgendwie nicht. Vielleicht antwortete sie mir ja. Ich drückte auf Senden und ging in die Küche, um Mutter zu helfen.

»Da bist du ja endlich«, begrüßte sie mich. »Ich warte schon seit einer halben Stunde. Wasche bitte die Teller ab, sie sind fast alle. Heute ist der Teufel los.«

Granny saß am Küchentisch und las Zeitung. »Das Kind muss sich nach der Schule ein bisschen ausruhen dürfen«, rügte sie.

»Ich durfte mich auch nicht ausruhen, sondern musste ständig Unkraut zupfen, wenn ich aus der Schule kam«, gab meine Mutter zurück.

»Arbeit an der frischen Luft ist ja auch gesund. Es hat dir gutgetan. Du warst immer viel zu blass, weil deine Nase immer in Büchern steckte.«

»Ich habe es gehasst, in der Erde zu wühlen.«

»Dann weißt du ja, wie ich mich fühle«, warf ich ein.

Mutter schüttelte den Kopf. »Dass ihr euch immer gegen mich verschwören müsst.« Sie griff sich eine Kaffeekanne und ging hinaus.

Seufzend wandte ich mich dem Tellerberg zu und ließ heißes Wasser in das Spülbecken. »Unvorstellbar, dass Mutter mal jung war.«

»Natürlich war sie das und sie war genauso stur, wie du es bist«, tönte Grannys Stimme hinter der Zeitung hervor.

»Ich bin nicht stur, ich will nur mehr Zeit für mich.«

»Zeit hast du noch den Rest deines Lebens, wenn ich das mal sagen darf.«

»Das sagst du nur, um mich zu trösten. Eins sage ich dir, nach der Schule bin ich weg. Ich gehe nach Edinburgh an die Uni. Keine zehn Pferde werden mich dazu bringen, hier in St Andrews zu bleiben.«

»Ich sage doch, wie deine Mutter. Sie konnte es auch nicht erwarten, und als dein Vater auftauchte, gab es kein Halten mehr. Sie fand das Dorf und alles hier furchtbar langweilig.«

»Weshalb ist sie dann zurückgekommen?«

»Weil sie wusste, dass Kinder einen Ort brauchen, an dem sie Wurzeln schlagen können, aber das verstehst du erst, wenn du eigene Kinder hast.«

»Ich hätte lieber Flügel als Wurzeln.«

Granny stand auf und griff nach einem Tuch, um das Geschirr abzutrocknen. »Die wachsen ganz von allein, mein Schatz. Dafür brauchst du weder eine Mutter noch einen Vater, nur eine gehörige Portion Mut.«

»Aber wenn sie mich nicht fliegen lässt, nützt mir Mut gar nichts.«

»Oh, sie lässt dich fliegen. Du merkst es nur nicht. Weil du so mit dir selbst beschäftigt bist, doch das ist ganz normal in deinem Alter. Man schaut nicht nach links und nicht nach rechts und will ständig mit dem Kopf durch die Wand. Das ist ungeheuer kraftraubend, aber das vergeht wieder, und eines Tages wächst du auf und begreifst, was du an den Menschen hast, die dich lieben.«

»Wenn du meinst. Was ich an dir habe, weiß ich aber schon jetzt.« Ich gab ihr einen Kuss auf die Wange und bemerkte erst jetzt, dass meine Mutter im Türrahmen lehnte.

»Das mit den Wurzeln hast du mir früher auch erzählt, verstanden habe ich es allerdings erst, als Eliza und Fynn da waren«, sagte sie zu Granny. »Es tut mir leid, dass ich dich so in Anspruch nehme, Eliza. Aber manchmal weiß ich nicht, wo mir der Kopf steht, und dann vergesse ich, wie es sich anfühlt, wenn man jung ist.«

»Schon gut«, lenkte ich ein. »Das bisschen Abwasch ist ja kein Drama. Das mache ich schon.«

»Ich mache es wieder gut, versprochen.«

»Ich erinnere dich dran«, lächelte ich sie an.

»War doch gar nicht schlimm, oder?«, fragte Granny, als Mutter die Küche wieder verlassen hatte.

Ich schüttelte den Kopf und wusch den letzten Teller. »Ich muss noch mal zu den Elfen«, sagte ich. »Heute in der Schule, da habe ich Rubin und Raven gesehen. Ich glaube jedenfalls, dass sie es waren.«

»Was haben sie da gemacht?«, fragte Großmutter erstaunt.

»Genau das muss ich herausfinden.«

»Dann geh. Ich mache den Rest.«

12. Kapitel

»Larimar will dich sehen«, verkündete Cassian, kaum dass ich durch das Tor getreten war. Er lehnte, die Arme vor der Brust verschränkt, an einem Baum und hatte einen abweisenden Gesichtsausdruck.

Wieder einmal. Ich hatte ein flaues Gefühl im Magen. Seine Berührungen, als er versucht hatte, mir diese Abschirmsache beizubringen, spürte ich jetzt noch auf der Haut. Ihn hatte die Sache offenbar nicht so mitgenommen. Wäre auch zu schön gewesen. Ich seufzte. »Was will sie?«

»Ich nehme an, sie will dir endlich sagen, wo Rubin ist.«

»Das habe ich zwar schon allein herausgefunden, aber umso besser. Dann habe ich das ja bald hinter mir.«

»Du kannst es wohl gar nicht abwarten.«

»Tu doch nicht so, als ob du gesteigerten Wert auf meine dauernde Gesellschaft legst.«

»Ich habe mich daran gewöhnt.«

»Das ist das Netteste, was ich bis jetzt von dir gehört habe.«

»Das stimmt nicht.«

»Doch. Können wir erst zu den Proben, oder geht Larimar vor?«

Cassian sah mich an, als ob mir Eselsohren gewachsen wären. »Natürlich gehen wir erst zu Larimar. Sie ist sowieso schon wütend, dass du gestern nicht gekommen bist.«

»Ich hatte etwas Wichtiges zu tun.« Eigentlich war ich hauptsächlich durcheinander gewesen.

»Frazer?«

»Genau. Wir haben geprobt. Leider ist er nicht ganz so talentiert wie du. Jedenfalls nicht mit mir als Partnerin«, setzte ich hinzu.

»Danke«, erwiderte Cassian unbescheiden. »Das ist auch schlecht möglich.«

»Dafür ist er lustiger.«

»Albern trifft es wohl eher, wenn ich deine Erinnerungen richtig interpretiere.«

»Er ist nicht albern«, widersprach ich. »Er bringt mich zum Lachen.«

»Und das ist dir wichtig.«

»Ja.«

Cassian schwieg.

»Wundert es dich nicht, dass ich weiß, wo Rubin steckt?«

»Was soll das heißen, du weißt es?« Cassian blieb stehen.

»Habe ich doch gerade gesagt. Hörst du mir nicht zu? Er war heute bei mir an der Schule mit einer Elfin. Ich vermute, dass das Raven war.«

»Wahrscheinlich noch ein Grund, weshalb Larimar dich ausgewählt hat.«

»Vermutlich. Ich glaube, sie weiß, dass ich weiß, wer er ist. Sie hat mich so komisch angeschaut.«

»Das kommt davon, weil du dich nicht abschirmst.« Cassian klang vorwurfsvoll.

»Du hättest es mir früher beibringen und mehr mit mir üben müssen.«

»Du hast recht«, lenkte er ein und schwieg.

Nach einer Weile sah ich zu ihm auf. Wir waren fast am Tempel angekommen. Ich sah genau, dass es hinter seiner Stirn arbeitete.

»Wie wichtig?«, fragte er unvermittelt.

»Was meinst du?«

»Wie wichtig ist es dir, dass er dich zum Lachen bringt?«

»Häh?« Das konnte nicht sein Ernst sein.

»Sagen wir auf einer Skala von eins bis zehn.«

»Acht«, kam es von mir wie aus der Pistole geschossen. »Ich glaube nicht, dass ich einen Jungen mögen würde, der keinen Humor hat und mich nie zum Lachen bringt.«

»Gut zu wissen.« Dann schwieg er wieder.

Die Wächterelfen schienen uns erwartet zu haben, denn als sie Cassian und mich sahen, öffneten sie ohne große Umstände das Tor.

Wir liefen durch die kalten, weißen Gänge des Tempels. »Hast du dir wenigstens gemerkt, was ich dir übers Abschirmen erzählt habe?«

»Klar. War ja erst vorgestern.«

»Versuche es, wenn du vor Larimar stehst.«

»Warum? Es klappt doch sowieso nicht ohne dich.«

»Versuch es einfach. Bitte.«

Er öffnete die Tür, die zu dem Audienzsaal führte, und ließ mich eintreten.

»Kommst du nicht mit?«, fragte ich ihn.

Cassian schüttelte stumm den Kopf. Sein Stock klackerte auf dem weißen Stein. Ich hätte schwören können, dass er mindestens so nervös war wie ich. »Sie will mit dir allein sprechen.«

Die Tür fiel ins Schloss, und ich wandte mich Larimars Thron zu. Sagte man das überhaupt zu dem Stuhl einer Priesterin? Ich hatte keine Ahnung.

Die Schneekönigin ließ mich warten. Ganz sicher war das ihre Strategie, um mich noch nervöser zu machen, und es gelang ihr spielend.

Das Klackern ihrer Schuhe ließ mich herumfahren. Gleichzeitig versuchte ich, mich an Cassians Worte zu erinnern. Doch leider war in meinen Kopf nicht mal der Zipfel eines Vorhanges zu sehen, den ich hätte zuziehen können.

Larimar lächelte dann auch nur süffisant. »Gib dir keine Mühe, Eliza. Vor mir kannst du nichts verbergen.«

Eine Erwiderung erwartete sie offenbar nicht.

»Cassian hat dich in deine Aufgabe eingeweiht?«

»Wie man es nimmt.«

»Es war nicht besonders klug, zu den Ericksons zu gehen. Aber das weißt du mittlerweile sicher selbst. Nicht auszudenken, wenn dir etwas zugestoßen wäre!« Sie lächelte mich an. »Außerdem wart ihr für meinen Geschmack viel zu oft im Theater. Aber Cassian hat mir versichert, dass alles nur dazu diente, dir klarzumachen, wie wichtig die Erfüllung deiner Aufgabe für uns ist.«

»Wenn er das sagt.«

»Ich heiße es nicht gut, dass im Theater ein Stück aus deiner Welt geprobt wird. Ich möchte nicht, dass es deswegen zu Aufruhr kommt. Du weißt am besten, dass die Elfen zurzeit nicht gut auf Menschen zu sprechen sind. Auch wenn das vor allem auf Elfen der sechsten und siebten Familien zutrifft. Ich gebe wirklich mein Bestes, aber offenbar ist das nicht genug.« Jetzt war ihr Lächeln traurig. »Wir haben eigene wunderbare Stücke. Aber gut, wenn es die Spieler glücklich macht, sollen sie ihren Willen haben. Nichts liegt mir mehr am Herzen.«

Wie großzügig. Mist. Ich hielt nach einem Stoffzipfel in meinem Kopf Ausschau.

»Ja, das ist es durchaus. Ich könnte es verbieten. Aber ich möchte, dass alle Elfen in meinem Reich glücklich sind. Und den oberen Familien wird es gefallen, da bin ich sicher.«

Ihr Reich?

Zorn blitzte in ihren Augen auf. »Ja, mein Reich. Es wird Zeit, dass ich an Elisiens Stelle trete und wieder für Ordnung in Leylin sorge. Auch wenn dich das befremdet, Eliza. Ich weiß, dass eure Welt anders funktioniert, doch wir Elfen bevorzugen die Ordnung, nach der sich unser Leben seit Tausenden von Jahren richtet.«

Mein Gedanke hatte sie in ziemliche Wut versetzt. Doch schnell entspannten sich Larimars Gesichtszüge wieder, und sie lächelte. »Wir sollten uns setzen.«

Sie führte mich zu einem kleinen Tisch mit zwei Stühlen.

»Um auf Rubin zurückzukommen.« Sie wischte unsichtbare Staubkörner vom Tisch. »Es gibt da etwas, das du wissen solltest. Die anderen Familien weigern sich, ihre Aureolen für eine Krönung zur Verfügung zu stellen, solange nicht geklärt ist, wer am Verschwinden der Kugel beteiligt war. Sie haben Angst. Aber wenn wir nicht bald eine neue Königin krönen, regiert das Chaos. Deine Begegnung mit Noam war nur ein kleiner Vorgeschmack.« Sie machte eine Pause, und ich versuchte mich zu erinnern, was das für andere Dinge gewesen waren. Leider funktionierte mein Gedächtnis in ihrer Gegenwart nicht besonders gut. Mein Gehirn schien sich in meinem Magen zu einer großen Kugel verdichtet zu haben, die größer wurde, je länger dieses Zusammentreffen dauerte. Obwohl sie seit dem nächtlichen Desaster offenbar versuchte, freundlicher zu mir zu sein, traute ich dem Frieden nicht.

»Die magischen Aureolen sind unser wertvollster Besitz. Ich weiß nicht, was in Rubin gefahren ist. Ich habe ihm vertraut wie sonst niemandem. Er ist mein Sohn. Ich weiß nicht, wie er mir das antun konnte.« Sie zog ein schneeweißes Tuch aus einer unsichtbaren Tasche und tupfte über ihre trockenen Augen.

»Ich habe ihn gesehen«, erklärte ich in die Stille. »Er war in meiner Schule. Er muss es gewesen sein, und diese Raven war bei ihm, glaube ich.«

»Sie war es ganz bestimmt. Ich wusste, dass er bei ihr ist. Wohin sollte er auch sonst.«

»Was soll ich denn jetzt genau tun? Er wird mir diese Aureole nicht freiwillig geben. Er hatte schließlich einen Grund, sie zu stehlen.«

»Er war wütend auf mich«, bekannte Larimar. »Wir haben gestritten.«

Oh, mit dem Thema kannte ich mich aus.

»Es ging dabei nicht ums Abwaschen«, fuhr Larimar mich an.

»Worum dann?«, fragte ich zurück und biss mir gleichzeitig auf die Zunge. Im Grunde ging mich das nichts an.

»Das tut nichts zur Sache. Egal, was Rubin dir sagt, du musst mir versprechen, dass du niemandem davon erzählst.« Sie sah mir tief in die Augen.

»Weshalb?«, entschlüpfte es mir.

»Ich denke, dass du am besten verstehst, wie wichtig es ist, dass es nicht zu Unruhen kommt. Du möchtest doch sicher nicht, dass Sophie und Dr. Erickson etwas zustößt, oder?«

Sie sprach so leise, dass ich sie kaum verstand. Aber den drohenden Tonfall hätte ich vermutlich auch herausgehört, wenn sie nur die Lippen bewegt hätte.

»Sie sind sehr freundlich, ich kenne sie jedoch im Grunde kaum. Sie können doch jederzeit gehen, wenn es hier gefährlich für sie wird.« Wollte sie mich unter Druck setzen? Ich setzte mein Pokerface auf, das an sie leider verschwendet war.

Larimar lächelte süffisant. »Du hast natürlich recht, trotzdem setze ich auf deine Solidarität mit ihnen. Nur darum habe ich erlaubt, dass Cassian sie mit dir besucht. Du musst wissen, dass Sophie Leylin nicht verlassen kann. Sie ist darauf angewiesen, dass unsere Heiler sie versorgen. Ohne unsere Medizin überlebt sie nur wenige Tage.« Larimar machte eine kunstvolle Pause. »Du möchtest doch sicher nicht für ihren Tod verantwortlich sein?« Sie klimperte mit ihren Augen, die so dunkel waren wie pechschwarze Nacht.

Ich brachte kein Wort hervor.

Larimar stieß ein perlendes Lachen aus. »Ich wusste doch, dass du den Ernst der Lage verstehst. Du bist so ein kluges Kind.« Sie klatschte in die Hände und stand auf. »Ich werde dein Wissen in deinem Kopf verschleiern. Raven und Rubin sollten nicht zu dir durchdringen. Leider bist du ungewöhnlich untalentiert, was das Abschirmen betrifft.«

»Und was ist mit Cassian?«

Sie lachte. »Ich denke, für ihn ist es ganz amüsant, deine Gedanken zu lesen, und wir wollen ihm doch nicht den Spaß verderben.«

Hatte ich wirklich kurz gedacht, dass sie auch umgänglich sein konnte? Sie schloss die Augen und fuhr sich mit ihren langen, weißen Fingern über die Schläfe.

Eine Sekunde später öffnete sich die Tür, und Cassian trat ein. »Tante.« Er neigte seinen Kopf vor ihr.

»Eliza und ich haben uns wunderbar unterhalten. Ich bin sehr stolz auf dich, Cassian. Du hast sie gut auf ihre Aufgabe vorbereitet. Sie hat den Ernst der Lage vollkommen verstanden.«

»Danke.« Cassian wandte sich mir beinahe unmerklich zu. Eigentlich war es unmöglich, doch ich hätte schwören können, dass er mir geradewegs in die Augen sah.

»Aber nun habe ich beschlossen, mich um den Rest der Angelegenheit selbst zu kümmern. Ich habe dich schon viel zu lange in Beschlag genommen. Alriel hat mich schon gerügt, dass ich ihm seinen besten Kundschafter geraubt habe. Ich werde Eliza zu Rubin begleiten.«

Alriel? Den Namen hatte ich noch nie zuvor gehört.

»Er ist der Hauptmann unserer Wache. Hat Cassian dir nicht erzählt, dass er einer unserer besten Kämpfer ist?«

Hätte ich noch am Tisch gesessen, hätte ich jetzt meine Stirn auf die Tischplatte geknallt. Wie hatte ich annehmen können, dass er nichts Besseres zu tun hatte, als Theater zu spielen oder mich zu beaufsichtigen? Ich versuchte, in seinem Gesicht zu lesen, aber Cassian verzog keinen Muskel.

»Bedeutet das, ich kann gehen und mich bei Alriel zurückmelden?«

»Genau.« Larimar stieß wieder ihr falsches Lachen aus. »Da kann es einer wohl gar nicht erwarten, von hier fortzukommen. Oh, Cassian, es tut mir so leid. Ich dachte, du und Eliza, ihr würdet euch aneinander gewöhnen. Alriel soll dich für das Theater weiterhin freistellen. Richte ihm das aus.«

»Ich habe deinem Wunsch gern Folge geleistet.« Mit diesen Worten drehte er sich um und ging zur Tür, ohne mich noch eines Blickes zu würdigen. Ich konnte es nicht glauben. Idiot, dachte ich so laut, dass er es nicht überhören konnte. War es so schrecklich gewesen, diese kurze Zeit mit mir zu verbringen? Wahrscheinlich rannte er jetzt schnurstracks zu Opal.

»Er und Opal passen tatsächlich perfekt zueinander. Eine Verbindung mit ihr wird den Makel seiner Herkunft wiedergutmachen.«

»Was ist jetzt mit Rubin?«, wechselte ich das Thema. Ich würde mich nicht von ihr in die Ecke drängen lassen.

»Raven lebt seit ihrer Verbannung in St Andrews. Ich bin sicher, dass dort auch irgendwo die Kugel versteckt ist. Wo ließe sich eine Aureole besser verbergen als an einem heiligen Ort?«

Das stimmte wahrscheinlich. Obwohl mir nicht klar war, was unsere Heiligen mit den Elfen zu tun hatten. Jahrhundertelang waren Pilger nach St Andrews gekommen, um die Reliquien des Heiligen Andreas, des Schutzpatrons Schottlands, zu bewundern. Im Mittelalter hatte St Andrews angeblich größere Bedeutung besessen als Rom. Mein Vater war zu Ausgrabungen dorthin gekommen und hatte am Strand meine Mutter kennengelernt. Sie erzählte heute noch oft und gern, dass er sie, furchtbar schmutzig und ganz in Gedanken versunken, umgerannt hatte. Nach seiner gestammelten Entschuldigung war es um sie geschehen gewesen. Kein Jahr später waren Fynn und ich zur Welt gekommen.

Kein Wunder, dass Larimar mich ausgesucht hatte. In meiner Schule gab es jedenfalls kein zweites Mädchen, das das Pech hatte, Eliza zu heißen.

»Du musst herausfinden, wo Rubin die Kugel versteckt hat, und zwar ohne dass er Verdacht schöpft.«

Ich nickte nur, da ich keine Ahnung hatte, wie ich das anstellen sollte. Meine kriminalistischen Fähigkeiten schätzte ich als sehr begrenzt ein.

Larimar betrachtete ihre langen, schlanken Finger. »Ich gebe dir eine Woche Zeit. Das ist mehr als genug.«

Schockiert sah ich sie an und wollte widersprechen, als sie fortfuhr: »Zur Belohnung darfst du das Theaterstück mit Jade und Cassian bis zum Schluss proben. Wenn du allerdings versagst, dann … Tja, dann werden wir zukünftig Jade wohl stärker auf die Finger schauen. Sie hätte mich selbstverständlich fragen müssen, ob es erlaubt ist, ein Stück der Menschen einzustudieren. Aber Jade war schon immer ein Wirbelwind und schwer unter Kontrolle zu halten. Wenn Cassian mich nicht informiert hätte …« Sie schüttelte missbilligend den Kopf. »Elisien hat ihr zu viele Freiheiten gelassen. Ich habe es immer bedauert, dass ihre Mutter nicht mich zu ihrem Vormund bestimmt hat. Immerhin habe ich bei Cassian gute Arbeit geleistet. Er ist mein treuester Untertan und mir sehr ergeben. Es wird Jade unglücklich machen, wenn ich die ganze Sache verbiete, und das wollen wir doch nicht, oder?«

Ich schüttelte den Kopf.

»Wie gut, dass wir uns darüber so schnell einig werden konnten. Ich kann nur wiederholen: Du warst eine gute Wahl. Du kannst jetzt zum Theater gehen. Sicher erwartet Jade dich schon sehnsüchtig.«

Es war das zweite Mal, dass ich allein durch Leylin lief. Je länger ich den Blicken und dem Getuschel der Elfen ausgesetzt war, umso überzeugter war ich, dass Larimar dies genau geplant hatte. Die kurze Strecke glich einem Spießrutenlauf.

»Endlich, Eliza. Wo bleibst du? Cassian ist auch noch nicht da.« Jade kam mir entgegengelaufen. »Wir wollen dir unbedingt zeigen, was wir schon geprobt haben.« Sie fuhr sich durch ihre Haare, die schon zu allen Seiten abstanden.

»Wir brauchen sicher mehr Textbücher«, wandte ich ein. Vielleicht war es besser, gar nicht erst zu beginnen. Larimar benutzte mich, und das gefiel mir gar nicht. Im Grunde benutzte sie mich nicht nur, sondern sie erpresste mich, und Cassian war ihr dabei auch noch behilflich. Was hatte er mir schon erzählt, was die beiden mir nicht am ersten Tag hätten verraten können? Nein, sie hatten gewollt, dass ich Sophie kennenlernte, damit sie mich mit ihr erpressen konnten. Jetzt blieb mir gar nichts anderes übrig, als diese blöde Kugel zurückzuholen. Jade konnte es vielleicht verschmerzen, wenn Larimar die Proben verbot. Allerdings ließ sie sich ganz bestimmt nur sehr schwer etwas untersagen. Sie wäre todunglücklich.

»Ich habe es längst abschreiben lassen«, gab Jade zu und versuchte, zerknirscht auszusehen, was ihr nicht gelang.

»Aber ich habe nicht gesagt, dass ich es erlaube.«

»Du wärst nicht drum herumgekommen. Jade kann stur sein wie ein Esel, wenn sie sich etwas in den Kopf gesetzt hat«, erklärte Cassian, der plötzlich hinter mir stand, und zwar so nah, dass ich seinen Duft hätte bemerken müssen, wenn ich nicht so durcheinander gewesen wäre.

»Ganz der Bruder. Weshalb bin ich nicht überrascht«, giftete ich.

Jade hakte mich unter und zog mich zur Bühne. »Es geht los, Leute!«, verkündete sie strahlend.

»Ihr habt es alle gelesen?«, fragte ich staunend.

Die Elfen vor mir nickten und sahen mich erwartungsvoll an.

»Gut, dann können wir ja die Rollen verteilen.«

»Das haben wir auch schon gemacht«, erklärte Jade.

»Wer spielt den Tristan?«

»Cassian, wer sonst.«

Ja, wer sonst? Sein Vorgesetzter hatte nicht lange gebraucht, um Larimars Wunsch nachzukommen. Ihr Schoßhündchen war so immer zur Stelle, um mich zu überwachen.

»Und wer ist die Isolde?«, fragte ich, obwohl ich es längst ahnte.

»Ich.« Opal hängte sich an Cassians Arm.

Auch das noch. Mir blieb nichts erspart, ich hätte eigentlich gern mehr Mitspracherecht gehabt.

»Das Stück ist wirklich ganz niedlich«, bemerkte Opal, der meine finsteren Gedanken selbstverständlich nicht entgangen waren. »Hat Larimar erlaubt, dass wir es aufführen? Ich könnte mir vorstellen, dass sie nicht begeistert von dem Menschenzeug ist.«

»Es ist wunderbar, und was Larimar darüber denkt, ist mir total egal«, fuhr Jade sie an.

Kurz überlegte ich, Jade zu sagen, dass Larimar ihre Zustimmung nur so lange geben würde, wie ich nach ihrer Pfeife tanzte, aber ich entschied mich dagegen. Cassian schien dieser Gedanke nicht zu entgehen, denn er zog hinter mir scharf den Atem ein. Mich konnte er damit nicht hinters Licht führen, ich würde alles verwetten, was ich besaß, dass die beiden sich ganz genau überlegt hatten, wie sie mich unter Druck setzen konnten.

»Ich spiele die Bragnae.« Jade strahlte mich an. »Nivan spielt Marke, und Laladi übernimmt die Rolle von Morold«, stellte sie mir zwei weitere Spieler vor.

Laladi sah für einen Elfen tatsächlich reichlich unattraktiv aus und passte hervorragend in seine Rolle. Schade, dass ich mit den Elfen den Film nicht anschauen konnte, das wäre eine tolle Vorbereitung gewesen. Vielleicht könnte ich das nächste Mal meinen Laptop und die DVD mitbringen. Ob der Akku des alten Gerätes so lange durchhielt, stand allerdings in den Sternen.

»Die beiden sind Melot und Donnchadh. Der Rest hat keine festen Rollen. Sie sind der Hofstaat«, unterbrach Jade den Gedanken.

Ich nickte. »Das ist wirklich gut.«

»Dann können wir anfangen?« Erwartungsvoll sah sie mich an. »Wir haben heute Vormittag schon ein bisschen geprobt.«

Die Elfen schienen wirklich nichts Besseres zu tun zu haben. Fast taten sie mir ein bisschen leid.

Jade grinste. »Haben wir auch nicht. Jedenfalls die meisten von uns.« Sie sah ihren Bruder an, der nicht reagierte. »Dem Theater gehört unsere ganze Leidenschaft.«

»Na, dann legen wir mal los.«

Gemeinsam mit den Elfen setzte ich mich an den Rand der Bühne. Nur Cassian und Opal blieben in der Mitte stehen. Erst jetzt fiel mir auf, dass Opal ein für ihre Verhältnisse schlichtes Kleid trug, das aber meiner Vorstellung, was eine irische Prinzessin getragen haben könnte, recht nahekam. Tristan, also Cassian, war jetzt bekleidet mit einer engen, grauen Hose und einem weißen, weiten Hemd, das seine breiten Schultern und die schmale Taille sehr vorteilhaft zur Geltung brachte. Sein Haar fiel auf seine Schultern – er war das Abbild eines englischen Prinzen (wenn da nicht die spitzen Ohren gewesen wären). Er legte seine Haare über die Ohren, und ich musste gegen meinen Willen böse lächeln.

Opal begann zu sprechen.

Isolde: »Weshalb hasst du mich? Weshalb liebst du mich nicht mehr? Was hab ich getan?«

Es war die Szene, in der Tristan Isolde zu König Marke bringen muss, nachdem er sie für ihn gewonnen hat. Ihren Einsatz konnte sie zwar nicht verpassen, aber für meinen Geschmack sah Opal Cassian zu tief in die Augen, auch wenn er das nicht sehen konnte.

Tristan: »Ich dich hassen? Wie könnte ich? Haben nicht deine Hände meine Wunden geheilt? Hat nicht dein Glaube mich zurückgeholt ins Leben? Hat nicht dein Herz das meine berührt?«

Er griff nach Opals Händen und trat näher an sie heran. Das stand nicht im Buch, obwohl es seine Wirkung nicht verfehlte. Die Elfen neben mir jubelten.

»Das musst du mit mehr Trauer vortragen«, unterbrach ich die beiden und stellte erleichtert fest, dass Cassian wieder von Opal abrückte. »Du bist dabei, sie an den Mann zu verlieren, den du wie einen Vater liebst.«

Ein zweites Mal sprach Cassian die Worte. Es war perfekt. Im Grunde brauchten die Elfen mich gar nicht. Sicher hatten sie es nur nett gemeint.

Mit Feuereifer übten sie weiter. In der Geschwindigkeit

würden wir das Stück in spätestens zwei Wochen fertig haben. In meiner Welt brauchten wir dafür ein ganzes Schuljahr – allerdings hatten wir auch weder die Zeit noch den Elan, den die Elfen an den Tag legten.

Nach zwei Stunden schwirrte mir der Kopf. Wir hatten mehrere Szenen immer und immer wieder geprobt, weil wir herausfinden wollten, wie die Szenen am besten wirkten. Cassian war ein wunderbarer Tristan. Frazer konnte sich von ihm eine Scheibe abschneiden, obwohl er mit Sky zusammen wirklich gut gewesen war. Zwar waren die Proben mit ihm deutlich lustiger, aber wenn Cassian auf der Bühne stand, umgab ihn diese Aura von Trauer und Leid, die Tristan verströmte, überdeutlich. Er brauchte den Film nicht zu sehen, er wusste genau, was er tun musste. Ich konnte meinen Blick nicht von ihm abwenden. War sein Spiel so intensiv, weil er nicht sah, was um ihn herum vorging? Nicht nur mich nahm sein Anblick gefangen, alle Elfinnen himmelten ihn an. Wahrscheinlich war es ganz gut, dass er ihre Blicke nicht sah – sonst wäre er noch eingebildeter.

Er wandte mir seinen Kopf zu.

»Pause!«, rief ich laut und murmelte »Mist!« vor mich hin.

»Warum, Eliza? Es macht doch gerade so viel Spaß«, insistierte Jade.

Ich schob den Stapel Papiere vor mir zusammen. »Ich muss langsam zurück. Ich bin noch verabredet.«

»Aber die Zeit vergeht in deiner Welt doch gar nicht, während du hier bist«, wies sie mich auf eine Tatsache hin, die ich nicht leugnen konnte.

»Ich habe aber nicht eure Ausdauer«, redete ich mich heraus. »Nachher bin ich hundemüde, und mir fallen die Augen zu, das will ich nicht.«

Cassian baute sich neben seiner Schwester auf. »Mit wem bist du verabredet?«, fragte er in inquisitorischem Tonfall.

»Das geht dich nichts an. In meiner Welt kann ich zum Glück tun und lassen, was ich möchte.«

»Ich weiß es sowieso.«

»Weshalb fragst du dann?«

Er zuckte mit den Schultern und griff nach meinem Arm. »Wir machen morgen weiter«, bestimmte er und schob mich vor sich her.

»Gibt es niemand anderen, der mich zurückbringen kann? Ich glaube nicht, dass das jetzt noch deine Aufgabe ist.«

»Ich kann am besten auf dich aufpassen. Schließlich möchte ich niemand anderem zumuten, dass du ihm davonläufst.« Unvermittelt legte er mir einen Arm um die Schulter.

Ich erstarrte und wusste, dass es klüger war, auf Abstand zu gehen. Aber es fühlte sich zu gut an.

»Eigentlich bin ich sauer auf dich«, erklärte ich stattdessen.

»Warum?«

»Ich hatte den Eindruck, dass du nach Larimars Aufforderung nicht schnell genug fortkommen konntest«, schob ich vor.

»Es ist immer besser, Larimars Wünschen umgehend Folge zu leisten, und ich war ja nicht lange fort, oder?«

»Lange genug, dass ich allein durch Leylin spazieren musste.«

Cassians Arm um meine Schulter spannte sich. »Sie hat dir keine Wache mitgegeben?«

Ich schüttelte den Kopf. »Nein, und irgendwie glaube ich, dass das kein Versehen war.«

»Ich werde mit ihr reden«, versprach Cassian. »Sie hat viel um die Ohren.«

Musste er sie immer entschuldigen? Mein Schutz sollte doch wohl oberste Priorität für sie haben.

»Kein Elf würde dich am helllichten Tag belästigen.«

»Das will ich hoffen. Noch mal so ein Erlebnis und ihr seht mich nie wieder.«

»Keine falschen Versprechungen.«

Ich sah zu seinem Gesicht. Seine Mundwinkel hatten sich tatsächlich zu einem Lächeln verzogen. »Ist das deine Vorstellung von schrägem Humor?«

»Was ist Humor?«

»Nichts, was ihr Elfen kennen müsstet«, seufzte ich.

13. Kapitel

»Granny, ich bin verwirrt.« Ich fand meine Großmutter an ihrem Lieblingsplatz in einer Ecke unseres Gartens. Vor der roten Backsteinmauer, die unser Grundstück begrenzte, stand zwischen Buchsbaumkugeln, Rosmarin und weißen Rosen ein kleiner Tisch aus braunem Eisen mit zwei passenden Stühlen. Immer wenn Granny mit ihrer Arbeit im Garten fertig war, zog sie sich hierher zurück. Vor ihr lagen die Karten.

»Setz dich her und erzähle«, sagte sie, ohne den Blick zu heben. Eine Karte nach der anderen drehte sie um und flüsterte etwas vor sich her. Ich kannte das seit meiner frühesten Kindheit. Manchmal hatte ich den Eindruck, es gab so viele unterschiedliche Legungen wie Sterne am Himmel. Gerade legte sie das keltische Kreuz. Mir war nach wie vor schleierhaft, wie sie aus den immer gleichen Karten auf jede Frage eine andere Antwort herauslesen konnte. Aber hinter dieses Geheimnis zu kommen hatte ich längst aufgegeben.

Granny raffte die Karten zusammen und wandte sich mir zu. »Was ist passiert?«

»Ich werde aus der ganzen Sache nicht schlau«, gestand ich. »Ich weiß nicht, wem ich trauen kann und wem nicht. Larimars Verhalten ist so wechselhaft wie das Wetter, und Cassian – na ja, er ist eben Cassian.«

»Wir werden die Karten fragen«, bestimmte sie und gab mir den Stapel, damit ich mischen konnte.

»Konzentriere dich«, erinnerte sie mich. »Frage dich, wie du zu deinem Ziel kommst.«

Wenn ich erst mal wüsste, welches Ziel. Aber na gut. Wie kann ich das Richtige tun? Wie finde ich heraus, wer von den Elfen es ehrlich mit mir meint? Ich mischte sorgfältig, denn ich wusste aus Erfahrung, wie wichtig es war, jede Karte zu berühren. Dann reichte ich meiner Großmutter den Stapel zurück, und sie legte die oberste Karte in die Mitte des Tisches. »Das ist deine Ausgangssituation«, erklärte sie. »Die zweite Karte gibt Aufschluss darüber, welche unbewussten Kräfte in dir wirken.« Diese Karte fand ihren Platz links über der ersten Karte. »Ob es hemmende oder verstärkende Einflüsse von außen gibt, verrät uns die dritte Karte. Die vierte Karte sagt dir, woran deine Pläne scheitern könnten, und die fünfte, wie du erfolgreich sein kannst.« Alle fünf Karten lagen nach der Prozedur wie ein großes X vor uns.

Granny betrachtete sie aufmerksam. »Als erste Karte siehst du die Herrscherin – sie bedeutet Verantwortung, Fruchtbarkeit und Natur. Du hast einen inneren Reichtum in dir, den du benötigst, um die Aufgabe, der du dich stellst, erfüllen zu können.«

Da war ich mir nicht so sicher.

»Die zweite Karte ist die Welt, und sie versinnbildlicht deine eigene innere Einstellung. Diese Einstellung ist dir vielleicht selbst noch nicht bewusst. Du wirst dich entfalten und Erfüllung finden. Sie bedeutet, dass du tief in dir weißt, dass du dieser Aufgabe gewachsen bist.«

Wenn mich das beruhigen sollte, klappte es nicht so ganz, aber schaden konnte es bestimmt nicht. Ich atmete auf. Auch wenn Sky nicht an Grannys Karten glaubte, mir verliehen sie immer ein bisschen Halt.

»Was dich hemmt, sind deine Gefühle und deine Verletzlichkeit. Die Karte 2 der Stäbe steht für deine Sehnsucht nach Gefühlen. Lass dich davon nicht in die Irre leiten. Deine Sehnsucht nach Liebe darf dir nicht den Blick auf das Wesentliche verstellen. Benutze deinen Verstand.«

Das war deutlich. Die Gefühle, die ich für Cassian zu entwickeln begann, waren falsch. Ich durfte mich davon nicht durcheinanderbringen lassen.

»Der Teufel ist Karte vier.«

Vor dieser Karte hatte ich mich immer gegruselt, obwohl sie so viel bedeuten konnte.

»Diese Karte warnt dich, und es ist eine wirklich gute Karte«, erklärte Granny. »Hüte dich vor zu viel Angst, Misstrauen und Eifersucht. Lass dich von diesen Gefühlen nicht gefangen nehmen, sonst wirst du in ihnen stecken bleiben und dein Ziel nicht erreichen. Du musst lernen, auch zu vertrauen. Allein kannst du deine Aufgabe nicht erfüllen.«

»Und jetzt die fünfte Karte. 7 der Münzen – sie steht für Geduld und Innenschau. Vertrau auf dich selbst. Lass dich nicht drängen. Nimm dir die Zeit, die du brauchst. Beobachte aufmerksam, was um dich herum geschieht, und triff dann deine Entscheidung.«

Sie zählte die kleinen römischen Zahlen zusammen, die am oberen Rand der Karten standen. »Deine numerologische Rechnung ist größer als 21. Es gibt also einen abschließenden besonders wichtigen Rat des Tarots.«

Granny rechnete kurz. »Die Quintessenz ist die Drei – die Herrscherin. Das bedeutet, du bist auf einem Weg, der Früchte tragen wird. Setze dich mit dem Problem auseinander, und bring die Dinge zu Ende.«

Ich löste meinen Blick von den Karten. »Also meinst du, alles wird gut?«

Granny nickte. »Die Karten haben immer recht, mein Schatz.« Sie strich mir über die Wange. »Kontrolliere deine Gefühle und vertraue deiner eigenen Kraft, dann kannst du nicht scheitern.«

»Und was ist mit Cassian? Kann ich ihm trauen?«

Granny wiegte ihren Kopf. »Was sagt dein Herz?«

»Wenn ich das so genau wüsste.«

»Das bekommst du schon noch heraus. Sei auf der Hut, und lass dich von niemandem unter Druck setzen.«

»Danke, Granny. Jetzt geht es mir schon viel besser.«

»Dann kannst du mir jetzt helfen, das Laub, das ich zusammengeharkt habe, in den Komposter zu schaffen. Das ständige Bücken ist nichts mehr für meine alten Knochen. Ich weiß nicht, wie lange ich es noch schaffe, den Garten in Schuss zu halten.«

Ich lachte. »Als wenn du es auch nur einen Tag aushalten würdest, ohne in den Garten zu gehen und zu schneiden, zupfen, graben oder zu pflanzen.«

Dad behauptete immer, Granny würde eines Tages im Garten tot umfallen und sich sofort in eine Rose verwandeln. Granny selbst wollte lieber ein Apfelbaum werden. Sie liebte ihren Garten mehr als alles andere, und die Pflanzen dankten ihr ihre Liebe mit einem Übermaß an Blüten und Früchten.

»Hast du heute Nachmittag Zeit?«, fragte Frazer und drängelte sich zu mir und Sky in die Schlange von Schülern, die darauf warteten, dass die Cafeteria öffnete.

»Das kommt darauf an, wofür.«

»Ich dachte, wir könnten gemeinsam proben. Es hat das letzte Mal wirklich Spaß gemacht.« Er sah bei den Worten nicht mich an, sondern Sky.

Ich grinste und griff mir ein Truthahnsandwich.

»Ich habe heute Klavier«, antwortete Sky.

»Schade. Bis wann?« Er ließ nicht locker.

»Bis fünf Uhr.«

»Prima, dann hole ich dich da ab und wir fahren gemeinsam zu Eliza.«

Sky schüttelte den Kopf. »Das geht nicht, dann muss ich lernen.«

»Lernen?« Frazer sah sie an, als hätte sie ihm ein lateinisches Fremdwort an den Kopf geknallt.

»Wir schreiben morgen einen Test in Mathe«, erinnerte sie ihn.

»Stimmt. Kann ich mit dir zusammen üben?«

Die Schlange schob sich weiter, und Frazer quetschte sich zwischen Sky und mich.

»Nein. Ich gebe keine Nachhilfe. Frag Fynn.«

»Mit dem habe ich es schon versucht. Aber bei ihm kapiere ich nichts.«

»Dann hast du bei mir erst recht keine Chance. Ich bin nicht sehr geduldig.«

»Ich würde mir bei dir mehr Mühe geben als bei Fynn.«

»Mühe bei was?«, entschlüpfte es mir.

Frazer drehte sich zu mir um und grinste. »Trigonometrie natürlich. Das kapiert doch kein Mensch.«

Sky bezahlte und hielt nach einem Tisch Ausschau. Ich war sicher, dass sie mit Absicht einen wählte, an dem nur noch zwei Plätze frei waren. Einer für mich und einer für sie. Frazer verstand die Abfuhr und verschwand zu seinen Kumpels.

»Er bemüht sich doch. Kannst du nicht ein bisschen entgegenkommender sein?«

»Nein.«

»Jetzt sei nicht so!«

»Wieso sollte ich? Du stehst doch auf ihn, dann muss es dir doch gerade recht sein, wenn ich auf seine Flirterei nicht anspringe.«

»Ja, schon …«, murmelte ich.

»Was?«

»Ach, vergiss es. Ich finde, er macht das ziemlich gut mit

Tristan. Ihr wärt ein perfektes Paar in dem Stück«, setzte ich eilig hinzu. »Ich wünschte, du wärst nicht so zickig.«

»Ich bin zickig?«

»Bist du.«

Sky schnappte sich ihre Sachen, schob ihren Stuhl quietschend zurück und verschwand, ohne ihre leere Colaflasche und ihr Sandwichpapier wegzuräumen.

Na toll. Ich packte den Müll auf mein Tablett. Das sollte einer verstehen.

»Was ist das eigentlich mit dir und Sky?« Frazer war vor einer Stunde plötzlich bei mir aufgetaucht und hielt jetzt den Korb, in den ich Brombeere um Brombeere legte, die ich auf Mutters Anweisung hin pflücken musste. Morgen wollte sie Brombeermarmelade kochen.

»Ich weiß nicht, wovon du redest. Was soll da sein?«, erwiderte Frazer schmatzend.

Ich gab ihm einen Klaps auf seine Finger, die schon wieder nach einer der saftigen schwarzen Beeren angelten. »So werden wir nie fertig.«

»Die sind aber so lecker.«

»Das sieht man dir an. Deine Lippen sind dunkelrot. Du siehst aus, als hättest du dich geschminkt.« Ich kicherte.

»Steht es mir?«

»Und wie. Aber lenk nicht ab.«

»Ich weiß wirklich nicht, was sie gegen mich hat. Ich mag sie«, eröffnete er mir.

Ich sann über diese drei Worte nach. Eigentlich hätten sie

mir einen Stich versetzen müssen, aber da war gar nichts. So lange hatte ich Frazer angehimmelt und hätte sonst etwas dafür getan, dass er mich bemerkte. Nun stand er geduldig neben mir und half mir bei einer der langweiligsten Tätigkeiten der Welt, und das Einzige, was ich empfand, war eine Vertrautheit, die ich sonst höchstens bei Fynn spürte. Irgendwie hatte sich die Sache anders entwickelt, als ich angenommen hatte. Ich sollte auf meine Gefühle vertrauen, hatten die Karten mir aufgetragen.

»Du bist in sie verliebt, stimmt's?«

»Ich mag sie«, wiederholte er. »Sehr.« Jetzt grinste Frazer verlegen. »Sie ist ganz anders als die meisten Mädchen, die ich kenne.«

»Sie himmelt dich nicht an, das ist es doch, was sie für dich interessant macht. Gib es zu!«

»Vielleicht. Ich weiß nicht. Sie hat mich nie beachtet. Nicht so wie du.«

Ich spürte, dass die Röte meinen Hals hinaufkroch. »Du warst kaum zu übersehen«, erklärte ich verlegen.

»Danke schön, und genauso geht es mir mit Sky.«

Das war zwar kein Kompliment für mich, aber ich beschloss, großzügig darüber hinwegzusehen.

»Komisch, dass man die, die leicht zu haben sind, nicht will, und die, die man will, unerreichbar sind«, überlegte ich laut.

»Meinst du, sie ist unerreichbar für mich?«

Ich zuckte mit den Schultern. »Auf jeden Fall ist sie ein harter Brocken. Bis zu unserer Probe auf dem Friedhof hätte ich gesagt, du hast keine Chance.«

»Und jetzt?«

»Ich würde sagen: fifty-fifty. Sie wehrt sich.«

»Du machst mir Hoffnung.«

»Wenn du noch einen Rat von mir möchtest, würde ich sagen, du hörst auf, mit jedem Mädchen rumzuknutschen, das nicht bei drei auf den Bäumen ist.«

»Das habt ihr mitbekommen?«

»Wir hätten blind sein müssen, um es nicht zu bemerken«, erwiderte ich und dachte an Cassian. Ich vermisste ihn, trotz allem.

Frazer wirkte zerknirscht, wenn auch nur ein bisschen. »Ich geb' mir Mühe.«

»Ist ja nur ein Tipp, du musst wissen, was du tust.«

»Und was macht *dein* Liebesleben?«

»Och«, antwortete ich. »Nichts Besonderes. Mein Prinz ziert sich.«

»Darf ich wissen, wer es ist?«

Ich schüttelte den Kopf. »Du kennst ihn nicht.« Das war nicht mal gelogen.

14. Kapitel

»Wie kannst du dir das alles sofort merken? Das ist irgendwie ungerecht. Wir brauchen immer ewig, bis der Text sitzt.«

Cassian zuckte mit den Schultern. Wie üblich wirkte diese Geste überheblich, aber wenigstens verkniff er sich eine Bemerkung über die unterentwickelten intellektuellen Fähigkeiten der Menschen.

»Okay, machen wir weiter«, murmelte ich. Wir hatten nicht besonders viel Zeit.

Cassian war heute nicht zu den Proben erschienen, was dazu geführt hatte, dass Jade einen Wutanfall bekommen hatte. Er hatte mich auch nicht am Tor erwartet, sondern ein mir fremder Elfenkrieger hatte mich zum Theater gebracht und nach genau einer Stunde aufgefordert, wieder zurückzugehen. Waren das die Vorboten, dass Larimar ihre Drohung wahrmachen und das Stück verbieten würde, wenn ich mich nicht fügte?

Als wir zum Tor zurückkamen, hatte Cassian im Gras gesessen und den Krieger fortgeschickt. Ich hätte meine Erleichterung darüber, ihn zu sehen, gern mehr vor ihm verborgen, aber ich glaubte nicht, dass mir das gelungen war. Überhaupt hätte ich mich am liebsten gar nicht gefreut, weil ich nicht sicher war, ob ich ihm trauen konnte. Aber mein verräterisches Herz war anderer Meinung.

»Ich habe es nicht zu den Proben geschafft«, entschuldigte er sich halbherzig. »Da dachte ich, dass du vielleicht jetzt noch etwas Zeit erübrigen kannst.«

»Du hättest auch Opal bitten können.«

»Möchtest du das wirklich?«

»Nein«, antwortete ich verlegen. »Ist schließlich mein Stück«, beeilte ich mich hinzuzusetzen.

»Dachte ich es mir doch.«

Ich setzte mich neben ihn ins Gras und schlug das Textbuch an der Stelle auf, die wir heute geprobt hatten. Zuerst las ich seinen Text vor, danach sprach er mir nach, und im nächsten Schritt übernahm ich die Rolle der Isolde.

Isolde: »Was wird aus uns?«

Tristan (tritt näher an sie heran): »Eure Heirat beendet hundert Jahre Blutvergießen. Marke war mir Vater, Bruder, Freund. Ich kann ihn nicht so enttäuschen. Ihm bricht das Herz, wenn er von uns erfährt.«

Isolde: »Und was ist mit meinem? Nur winzige Splitter sind noch übrig, seit du mich verschmähst.« (weint und schaut ihn an). »Wie erträgst du, dass er mich berührt?«

Tristan (legt ihr seine Hand auf die Wange): »Jedes Mal, wenn er dich nur ansieht, werde ich kränker und kränker.«

Tatsächlich legte Cassian nun vorsichtig tastend seine Hand an meine Wange. Ich erstarrte unter der Berührung. Sein Daumen strich über meinen Wangenknochen.

»Deine Haut ist ganz weich«, bemerkte er erstaunt.

»Ist das ein Kompliment?«

»Wahrscheinlich. Die Haut von Elfenmädchen ist oft ziemlich pudrig.«

»Sie schmieren sich auch eine Menge Zeug drauf.« Ich dachte an Opals perfekt geschminktes Gesicht. Dabei konnte Cassian es nicht einmal sehen. So viel zu vergeblicher Liebesmüh. »Wie viele hast du schon berührt?«, fragte ich und hätte mir im selben Moment am liebsten die Zunge abgebissen.

»Eine Menge«, antwortete er unerfreulich ehrlich. »Warum schminkst du dich nicht?«

»Warum interessiert dich das?«

»Für Elfenmädchen gibt es nichts Wichtigeres, als sich herauszuputzen.«

»Ich schätze, dass ich meistens anderes zu tun habe.«

Seine Finger wanderten zu meinem Hals. Es kitzelte, und meine Wange fühlte sich kalt an ohne seine Wärme.

»Darf ich vielleicht?«, fragte er dann fast schüchtern.

»Was?«

»Ich wüsste gern, wie du aussiehst.«

»Hhm.« Ich hatte in Filmen oft genug gesehen, wie Blinde sich ein Bild von ihrem Gegenüber machten. Ich hatte das immer ziemlich intim gefunden. »Lieber nicht, wenn es dir nichts ausmacht«, antwortete ich und hätte mich im selben Moment dafür ohrfeigen können.

Cassian rückte beleidigt ein Stück von mir fort. »Machen wir weiter.«

Ich brauchte einen Moment, um die Textstelle wiederzufinden. Mir war heiß und kalt zugleich. Weshalb hatte ich es nicht erlaubt? Ich räusperte mich.

Isolde: »Gewährst du mir einen letzten Kuss? Danach werde ich unsere Liebe in meinem Herzen verschließen und Marke eine ergebene Gemahlin sein. Verweigere mir diese Erinnerung nicht. Ich bitte dich nur ein Mal.«

Tristan beugt sich zu ihr: »Ein letztes Mal.« (flüstert er und küsst sie)

Zu dieser Szene hatte ich mich erst nach Grace' Protesten überreden lassen und sie neu eingefügt. Eine unüberlegte Entscheidung, wie sich jetzt herausstellte.

»Zeigst du mir, wie das mit dem Küssen funktioniert?«

Entsetzt starrte ich Cassian an, wieder einmal froh, dass er nichts sah.

»Das geht nicht«, stammelte ich.

»Wieso nicht? Wir wollen es doch so spielen, wie du es geschrieben hast, und Elfen küssen nicht.«

»Na, das ist wohl euer Problem. Wie zeigt ihr euch denn, dass ihr euch liebt?«

»Küssen ist ein Liebesbeweis?«

»Irgendwie schon.«

»Man küsst nur den, den man liebt?«, fragte er noch mal nach.

»Normalerweise schon. Okay, nicht unbedingt«, setzte ich hinzu.

»Und du probst das Stück auch mit diesem Frazer?«

»Ja«, antwortete ich langsam.

»Auch die Küsse?«, schoss die Frage aus ihm heraus.

»Das geht dich nichts an«, wand ich mich.

»Liebst du ihn?«

Ich musste nur ganz kurz über die Antwort nachdenken. »Nein«, sagte ich und wunderte mich kein bisschen, dass es sich richtig anfühlte. Es hatte längst aufgehört, dieses Kribbeln im Bauch, sobald ich Frazer sah.

»Aber ihn würdest du küssen?«

»Es gehört schließlich zum Stück. Aber ich spiele nicht die Isolde, das macht Grace.«

»Aha.«

»Wie aha?«

»Du hast gelogen.«

»Ich habe nicht gelogen.«

»Du hast gesagt, Küssen ist ein Liebesbeweis. Aber in dem Theaterstück würdest du einen Jungen küssen, den du nicht liebst.«

»Es wäre nur ein winziger Kuss. Nur zur Probe. Die richtige Rolle spielt Grace, und die wird die Situation sicher ausnutzen.«

»Dann zeig es mir.«

»Nein.«

»Nein? Warum nicht?«

»Ich weiß selbst nicht, wie das geht.«

»Das ist Blödsinn, und das weißt du.«

»Das ist kein Blödsinn. Ich habe noch nie richtig geküsst.«

»Hhm. Dann sollte das dein erstes Mal werden?«

»Irgendwie schon.«

»Dafür hast du dir die Mühe mit dem Stück gemacht? Ziemlicher Aufwand, wenn du mich fragst.«

»Nicht nur deshalb«, wand ich mich unter seinen bohrenden Fragen. »Der Kuss soll nur eine Zugabe sein.«

»Lassen wir das. Ich werde Opal fragen.«

»Wieso Opal? Weiß sie denn, wie man küsst?«

»Sie hat einige Menschenbücher von Sophie gelesen. Die drehten sich alle um Liebe. Sie weiß sicher Bescheid. Klingt, als würde das Küssen öfter in euren Büchern vorkommen.«

»Darauf kannst du wetten.«

»Also, wenn du es mir nicht zeigen willst, bleibt mir wohl nichts anderes übrig.« Cassian lächelte mich schief an, und ich hatte Schwierigkeiten, meinen Blick von seinen Lippen zu nehmen. Sicher waren sie weich und fest zugleich.

Ich schluckte. »Tu, was du nicht lassen kannst.«

»Du kannst es dir ja noch mal überlegen«, setzte er großzügig hinzu.

»Darauf kannst du lange warten.«

»Wir Elfen sind sehr geduldig. Schließlich haben wir Zeit.«

»Ich sollte aufbrechen.«

»Noch nicht.«

»Wieso?«

»Larimar wird gleich noch kommen, um gemeinsam mit dir nach St Andrews zu gehen. Sie hat mich geschickt, dir das auszurichten.«

»Ihr ergebenster Diener also«, sagte ich beleidigt, weil ich mir eingebildet hatte, dass er am Tor auf mich gewartet hatte. Mühsam verkniff ich mir Tränen der Wut, die in mir aufstiegen, und sprang auf.

Cassian trat näher an mich heran.

»Du musst keine Angst vor ihr haben.«

»Habe ich nicht«, erwiderte ich trotzig.

»Du bist bereit.«

»Da bin ich nicht sicher. Ich habe keine Ahnung, was mich erwartet.«

»Larimar wird immer in deiner Nähe sein.«

»Das ist es ja, was mich beunruhigt. Meinst du nicht, dass Rubin und Raven sie erkennen? Sie wissen doch sicher, dass sie sich in eine Taube verwandeln kann.«

»So nah wird sie sich nicht wagen.«

»Hoffentlich erkenne ich ihn wieder. Mein Gesichtsgedächtnis ist nicht sonderlich ausgeprägt.«

»Er ist ein Elf. Halte einfach nach dem bestaussehendsten Kerl Ausschau.«

»Bestimmt verkleidet er sich. Ich glaube, er hat bei unserer Begegnung gemerkt, dass ich weiß, wer er ist.«

»Er wird immer noch besser aussehen als ein Mensch. Das tun wir immer.«

Ich stupste mit einem Finger an seine Brust. »Frazer sieht besser aus als du.«

Cassian griff nach meiner Hand. »Gib zu, dass das eine Lüge ist.«

»Ist es nicht.«

»Opal wäre nicht begeistert, wenn sie euch Turteltäubchen so sehen würde«, durchschnitt Larimars Stimme unser Geplänkel.

Wie bei etwas Verbotenem ertappt, fuhren wir auseinander, und Cassian ließ meine Hand fallen.

»Tse, tse, tse.« Larimar schüttelte ihr langes, offenes Haar. Die stattlichen Krieger, die zu ihren beiden Seiten standen, sahen mich feindselig an. Jedenfalls bildete ich mir das ein.

»Hat Alriel keine Aufgabe für dich, Cassian? Du solltest Eliza nur ausrichten, dass sie hier auf mich warten sollte.«

»Ich dachte, du würdest mich vielleicht brauchen«, erwiderte er.

»Dann hätte ich es dir gesagt.« Ihre Stimme war ganz sanft. »Du darfst gehen.«

Cassian neigte leicht seinen Kopf und ging davon. Auch wenn er mich nicht sehen konnte, eine winzige Geste des Abschieds hätte ich wohl verdient.

Ich verschränkte meine Arme vor der Brust und sah Larimar an.

»Nun zu dir, Eliza. Wir wollen diese kleine Angelegenheit ganz schnell vergessen, nicht wahr?«

Ich nickte.

»Cassian ist zu Höherem berufen.«

Das hieß übersetzt wahrscheinlich, er hatte etwas Besseres verdient.

»Genau.« Larimar musterte mich. »Du bist gar nicht so schwer von Begriff, wie es auf den ersten Blick scheint.«

»Danke schön.«

»Keine Ursache. Das Tor wird sich direkt in St Andrews öffnen, nicht weit von der Uferpromenade und dem Haus, in dem Rubin lebt. Du musst mit ihm Kontakt aufnehmen und ihn dazu bringen, dass er die Kugel zurückgibt. Du musst ihn und Raven davon überzeugen, dass es nicht nur für die Elfen von Wichtigkeit ist, die Kugel zurückzubekommen, sondern auch für Sophie. Rubin mag sie und Raven sowieso. Sie werden schnell begreifen, was du meinst.«

»Ich soll da einfach klingeln und sagen: Hallo, schönen Gruß von Larimar. Sie will ihre Kugel wiederhaben?«

»Das dürfte dir wohl nicht schwerfallen, oder?«

»Klingt jedenfalls nicht danach.«

»Er wird sie dir vermutlich nicht gleich geben. Aber wie gesagt, du hast eine Woche Zeit, um ihn zu überzeugen. Wichtig ist, dass du mich auf dem Laufenden hältst. Ich will wissen, was er sagt.«

Sie legte mir ihre Hand an die Schläfe, und ich spürte, wie weißer Nebel durch meinen Kopf wallte. Erschrocken sah ich sie an. »Wir wollen doch nicht, dass Raven deine Gedanken lesen kann, oder? So kannst du dein Vorgehen ganz von der Situation abhängig machen.«

»Aber Rubin schon?«, fragte ich verwundert.

»Rubin kann keine Gedanken lesen«, antwortete sie knapp. Sprachlos sah ich sie an.

Sie ließ mir keine Zeit, länger darüber nachzudenken. Das Tor erschien, und ich ging hindurch, das Flattern ihrer Flügel am linken Ohr.

Wie versprochen, stand ich direkt an der Uferpromenade.

Wenn es einem der Touristen, die hier oben entlangschlenderten, aufgefallen war, dass ich aus dem Nichts aufgetaucht war, dann ließ er sich nichts anmerken. Nur ein kleiner Junge, ganz in meiner Nähe, starrte mich erstaunt an. Ich legte einen Finger auf die Lippen und zwinkerte ihm zu. Er grinste und nickte eifrig.

Das Meer toste gegen den Felsen, auf dem die Ruinen der Burg thronten. Trotz des bedeckten Himmels strömten die Menschen zu der Sehenswürdigkeit. Ich überquerte die Straße und folgte Larimar. In Taubengestalt flog sie durch die schmalen Gassen zu dem Haus, in dem Raven und Rubin offenbar wohnten. Mein Kopf war voller Watte, und ich hatte keine Ahnung, was ich sagen sollte. Es musste schließlich einen Grund geben, warum Rubin diesen magischen Gegenstand mitgenommen hatte. Wenn ich ihn kennen würde, wüsste ich vielleicht, was zu tun war. Andererseits – was ging es mich an? Ich hatte eine klare Aufgabe, und die bestand darin, dafür zu sorgen, dass Sophie bei den Elfen bleiben konnte.

Wir langten vor einem niedrigen, zweistöckigen Haus an, und Larimar ließ sich auf dem Dach des gegenüberliegenden Gebäudes nieder. Sie nickte mir auffordernd zu. Ich hob meine Hand, um anzuklopfen, als die Tür von innen aufgerissen wurde und ein blonder Schatten an mir vorbeistürmte. Ich erkannte ihn sofort wieder.

»Rubin. Warte doch.« Die junge Frau, die ihn in der Schule begleitet hatte, war aus der Tür getreten und rief ihm hinterher, doch Rubin drehte sich nicht einmal um.

»Mist«, murmelte sie, bevor sie mich bemerkte.

»Hallo«, sagte sie dann. »Ich kenne dich doch. Du warst neulich in der Schule. Rubin wollte unbedingt einen Blick in die Theaterklasse werfen. Wolltest du zu uns?«

Ich nickte. Das musste also tatsächlich Raven sein, auch wenn ich ihre spitzen Ohren unter ihrem Haar nur vermuten konnte. Konnte es tatsächlich sein, dass Menschen diese Ohren nicht bemerkten? Komische Vorstellung. Wie machten die Elfen das?

Sie verschränkte ihre Arme vor der Brust und lehnte sich an den Türrahmen. »Rubin hast du verpasst.«

»Er scheint ziemlich wütend zu sein.« Vielleicht war es gar nicht schlecht, wenn sie in dem Glauben war, dass ich Rubin bereits kannte. Vielleicht stand die Schneekugel hier irgendwo rum, und ich konnte sie mitnehmen. Immerhin gehörte sie nicht Rubin, er hatte sie geklaut. Dann konnte ich sie genauso gut zurückklauen, oder? »Kann ich drinnen auf ihn warten, oder denkst du, dass er so schnell nicht zurückkommt?«

»Er beruhigt sich sicher gleich wieder. Er ist etwas aufbrausend, musst du wissen.«

»Okay. Danke für den Tipp.« Ich folgte Raven in die Küche.

»Setz dich. Ich mache uns einen Tee, und du erzählst mir, wo du Rubin kennengelernt hast. Lange ist er schließlich noch nicht hier.«

Jetzt musste ich improvisieren und hoffen, dass es nicht auf-flog. »Ich habe euch neulich in der Schule gesehen, und dann habe ich ihn gestern am Strand getroffen. Er hat mir erzählt, wo er wohnt, und da dachte ich, ich frage ihn, ob er heute noch mal mit mir hingehen möchte.«

Raven drehte sich zu mir um und musterte mich mit hochgezogenen Brauen. »Ein Strandspaziergang? Bei dem Wetter? Dich muss es ja ganz schön erwischt haben.«

»Ja, na ja. Er ist ja auch echt süß«, stammelte ich und kam mir bescheuert vor. Ich sollte lieber mit offenen Karten spielen – andererseits, wenn sie für das Verschwinden der Elfenkönigin verantwortlich war, sollte ich vor ihr auf der Hut sein. Mein Blick wanderte durch den Raum. Von einer Schneekugel war weit und breit nichts zu sehen. »Ich wollte Muscheln sammeln.«

Ravens Augenbrauen gingen noch höher, wenn das möglich war.

»Für eine Suppe. Bei dem Wetter findet man die meisten«, setzte ich erklärend hinzu, und das war ausnahmsweise nicht gelogen. Letzte Nacht hatte es ziemlich gestürmt. Jedes Kind, das am Meer lebte, wusste, dass das die beste Zeit war, um Muscheln zu finden. Elfen war diese Logik offenbar fremd.

»Na, mir kann es ja egal sein.« Raven goss das kochende Wasser in zwei Tassen und kam zum Tisch zurück. »Wie heißt du eigentlich?«

»Eliza, und ich gehe auf die St Leonards«, setzte ich hinzu, obwohl Raven sich das nach meiner vorherigen Erklärung eigentlich denken konnte. »Und du? Wie heißt du? Bist du Rubins Schwester?«

Sie schüttelte den Kopf. »Ich bin Raven, und nein, ich bin nicht seine Schwester, eher so etwas wie eine Cousine. Rubin ist bei uns zu Besuch. Ich wohne hier mit meinem Freund Peter. Wir studieren zusammen Geschichte.«

Peter war definitiv kein Elfenname. Ob der Typ wusste, dass er mit zwei Elfen zusammenlebte? »Und Rubin, muss er nicht zur Schule?«

»Hat er dir das nicht erzählt?«

»Was?«

Raven nippte an ihrem Tee. »Er ist eine Weile vom Unterricht befreit. Wir haben uns deine Schule nur schon mal angeschaut«, bemerkte sie ausweichend.

»Könnte ich mal eure Toilette benutzen?« Im Fernsehen schlichen sich die Leute bei der Gelegenheit immer in das Zimmer des Verdächtigen, vielleicht gelang mir das auch. Danach würde ich verschwinden, bevor Rubin auftauchte und meine Vorstellung aufflog. Weshalb hatte ich nur behauptet, dass ich ihn kannte! Jetzt würde es noch schwieriger werden, mir eine sinnvolle Geschichte auszudenken.

Ich drehte den Wasserhahn auf und wusch mir die Hände. Dann betätigte ich die Spülung und lauschte an der Tür. Ich hörte keine Schritte und hoffte, dass Raven in der Küche geblieben war. Wer weiß, was sie mit mir anstellen konnte, wenn sie mich erwischte. Ich hätte Cassian fragen sollen.

Mit klopfenden Herzen trat ich hinaus. Auf der rechten Seite befand sich die Küche. An der Wand entlang führte eine Treppe ins Obergeschoss. Neben dem Bad gab es noch eine Tür, die verschlossen war. Auf Zehenspitzen schlich ich dorthin und drückte die Klinke hinunter. Leider verbarg sich dahinter nur ein Wohnzimmer. Ich sah mich um, aber auch hier war keine Schneekugel zu sehen. Vorsichtig ging ich zur

Treppe. Sollte ich es wagen und hinaufgehen? Wenn Raven mich erwischte, gab es keine Ausrede. Ich konnte schlecht sagen, dass ich den Rückweg zur Küche nicht gefunden hätte.

Ich setzte einen Fuß auf die unterste Treppenstufe. In diesem Moment öffnete sich die Eingangstür, und ich erstarrte. Einen Fluchtweg gab es nicht. Zu meiner Erleichterung schob sich statt Rubins blondem Haarschopf ein brauner durch die Tür. Raven kam aus der Küche und trocknete sich die Hände ab.

»Peter. Du bist schon zurück? Wie war es? Wie geht es Bree und Ethan?« Sie umarmte den jungen Mann, und ich hatte Zeit, von der Treppe abzurutschen und mich wieder neben der Badtür zu postieren. Ich hoffte, dass keinem der beiden aufgefallen war, dass ich schon auf den Stufen gestanden hatte.

Dieser Peter gab Raven einen Kuss, bevor er mich bemerkte. »Wir haben Besuch?«

»Das ist Eliza. Eine Freundin von Rubin.«

»Er lässt sich aber nicht viel Zeit.« Lächelnd kam Peter auf mich zu und gab mir die Hand. »Ich bin Peter.«

»Hallo«, erwiderte ich verlegen. »Ich geh dann mal und komme an einem anderen Tag wieder.«

»Wir sagen Rubin, dass du hier warst.«

»Bitte nicht«, bat ich. »Vielleicht war das eine blöde Idee.« Ich rieb mir nervös die Hände.

»Wie du willst.«

»Ich bin sicher, ich treffe ihn noch mal in der Stadt. Bleibt er länger?«

»Ein paar Wochen bestimmt«, antwortete Raven.

»Ich möchte nicht, dass er mich für aufdringlich hält«, erklärte ich.

»Ich habe schon verstanden«, sagte Raven und lächelte. Eigentlich erschien sie mir ganz nett, gar nicht wie jemand, der Umstürze anzettelte. Vielleicht hatte Larimar sich geirrt. Vielleicht war ich aber auch nur zu gutgläubig. »Wir schweigen wie ein Grab. Stimmt's, Peter?«

»Tun wir das nicht immer?«

»Danke.« Ich zog die Tür hinter mir zu und lehnte mich aufatmend dagegen. Meine Beine fühlten sich an wie Pudding. Hatte ich schon mal so viel auf einmal gelogen? Und dann hatte es sich nicht mal gelohnt. Ich hatte nicht das kleinste bisschen erfahren. Spion würde keine berufliche Alternative für mich sein.

15. Kapitel

Was sollte ich jetzt tun? Mein erster Versuch, etwas herauszubekommen, war kläglich gescheitert. Larimar gurrte von der anderen Seite des Daches. Als ich den Kopf schüttelte, plusterte sie sich auf und flog davon.

Ich machte mich auf den Weg zu Sky. Sie wohnte nicht weit von unserer Schule entfernt in einer der engen Straßen, die St Andrews ihren Charme verliehen. Ihr schmales Haus war weiß verputzt und schmiegte sich zwischen zwei ganz ähnliche Eingänge. Hinter den winzigen Fenstern blühten Orchideen in den unterschiedlichsten Farben.

Ich klingelte, und Skys Vater öffnete mir. Er sah mich durch seine dicken Brillengläser verwundert an. Hinter seinem Ohr klemmte ein Bleistift, von dem ich vermutete, dass er damit auch schlafen ging, weil ich ihn noch nie ohne gesehen hatte.

»Hallo Mr Clancy«, begrüßte ich ihn. »Ist Sky da?«

»Ähm, nein, ja. Ich bin nicht sicher.« Er machte den Durchgang frei und ließ mich eintreten. »Schau einfach mal nach.«

Mr Clancy war Musikprofessor und dermaßen zerstreut,

dass Sky immer um ihn besorgt war. Ihre Mutter war gestorben, als sie fünf Jahre alt gewesen war, und uns beiden war heute schleierhaft, wie ihr Vater es geschafft hatte, sie großzuziehen. Wahrscheinlich war das nur gelungen, weil die kleine Sky sich ihrem Vater auf den Schoß gesetzt und begonnen hatte, Klavier zu spielen. Ansonsten hätte ihr Vater sie einfach vergessen. Das Klavier hatte also ihr Leben gerettet. Heute kümmerte Sky sich um alles, was überlebenswichtig war. Sie kaufte ein, putzte und kochte. Manchmal hatte ich direkt ein schlechtes Gewissen, wenn ich ihr vorjammerte, wie schrecklich meine Mutter zu mir war. Ich wusste, dass Sky sonst etwas dafür geben würde, wenn ihre Mutter noch lebte.

»Das mache ich. Danke.« Ich lief die schmale, weiße Treppe hinauf, nicht ohne auf die unzähligen Fotos zu schauen, die an der Wand angebracht waren. Fast alle waren sie schwarz-weiß und zeigten Skys Mum mit ihr, allein oder mit ihrem Dad. Sie waren sorgfältig gerahmt und bedeckten beinahe jeden Quadratzentimeter der geblümten Tapete.

Ohne anzuklopfen, stürmte ich in Skys Zimmer und prallte zurück. Mit dem Rücken zu mir saßen Sky und Frazer an ihrem Schreibtisch und steckten ihre Köpfe zusammen.

Wie in Zeitlupe drehte Sky sich zu mir herum. In ihren Augen sah ich förmlich das schlechte Gewissen. Frazer grinste, als er mich sah.

»Sky hat sich doch noch erbarmt, mir Trigonometrie zu beizubringen«, erklärte er.

Ich durchmaß das winzige Zimmer von Sky mit ein paar Schritten. Tatsächlich lagen auf dem Schreibtisch Zeichnungen von Dreiecken. Sky hatte auf ihr Blatt diverse Rechnungen gekritzelt, die alle furchtbar kompliziert aussahen.

»Das ist wirklich toll«, sagte ich und meinte es auch so, obwohl es ein bisschen merkwürdig war, die beiden zusammensitzen zu sehen. Dabei hatte ich mir doch gewünscht, dass sie sich besser verstanden. Ich atmete tief durch.

»Ich wusste nicht … ich meine, dein Vater wusste nicht, ob du zu Hause bist.«

»Er hat uns doch beide begrüßt.« Sie schüttelte den Kopf. »Es wird immer schlimmer mit ihm. Seit er an diesem Buch über Arthur Sullivan schreibt, ist er noch vergesslicher als zuvor.«

Sullivan war einer der bedeutendsten englischen Komponisten des 19. Jahrhunderts gewesen, das wusste mittlerweile sogar ich, und Skys Vater verfasste eine Art Biografie über sein Idol. Ich fragte mich zwar, wen so etwas interessierte, aber Sky unterstützte ihren Dad, wo sie nur konnte.

Jetzt stand sie auf und sah auf die Uhr. »Es ist gleich sechs. Ich schätze, ich muss sein Abendessen vorbereiten.«

Frazer schob seine Unterlagen zusammen. »Ich geh dann mal. Eliza ist sicher nicht ohne Grund hergekommen.«

Ich schenkte ihm ein dankbares Lächeln, und gemeinsam brachten Sky und ich ihn zur Tür. Dann folgte ich Sky in die Küche. Während sie einen Salat zubereitete und Kalbs-Pie in den Ofen schob, nippte ich an meinem Saft.

»Weshalb hast du mir nicht erzählt, dass du Frazer hilfst?«

Sie zuckte mit den Schultern. »Ich dachte, du hättest vielleicht etwas dagegen. Außerdem hat er vorhin einfach angeru-

fen, und mir fiel so schnell keine Ausrede ein. Es tut mir leid.«
Sie wandte sich mir zu. »Wenn du nicht möchtest, dass ich das
mache, dann musst du es nur sagen.«

»Nein.« Ich schüttelte den Kopf. »Ich habe gar nichts dagegen. Im Gegenteil. Ich wäre froh, wenn ihr beide euch vertragen würdet.«

»Warum? Du warst so lange in Frazer verliebt, und jetzt,
wo ihr endlich Zeit miteinander verbringen könnt, stört es
dich nicht, wenn er mit mir flirtet oder einfach vor meiner
Tür steht?«

»Ich hätte sowieso keine Chance bei ihm. Er ist in dich verknallt, und du weißt es, oder?«

Sky nickte schuldbewusst. »Ich habe ihm keinen Anlass gegeben«, verteidigte sie sich.

»Das weiß ich«, beruhigte ich sie. »Ich hätte es längst merken müssen.«

»Deshalb war ich immer so schroff zu ihm. Ich wollte nicht,
dass du denkst, ich würde ihn ermutigen.«

Ich drückte ihre Hand. »Bist du denn auch in ihn ... du
weißt schon.«

Sky zuckte mit den Schultern. »Du weißt doch, was ich von
ihm halte, aber er kann auch sehr charmant sein, und dann
steigt die Gefahr, dass ich schwach werde.« Sie lachte. »Doch
so leicht lasse ich mich nicht um den Finger wickeln.«

Ich wusste genau, was sie meinte. Er sah immer noch so gut
aus wie vorher. Er war lustig, und er brachte mich zum Lachen, aber dieses Kribbeln war verschwunden. Ich hielt nicht
mehr den ganzen Tag in der Schule nach ihm Ausschau in der

Hoffnung, ihn zu sehen. Es bildete sich nicht mehr dieser fast schmerzhafte Brocken in meinem Magen, wenn er mit anderen Mädchen rumalberte oder rumknutschte. Jetzt war er einfach nur noch Frazer, den ich mochte, der aber nicht mehr der Mittelpunkt meiner Welt war.

»Und ich brauche wirklich kein schlechtes Gewissen zu haben, dass er hier war?«, fragte sie noch mal nach und musterte mich prüfend.

»Brauchst du nicht. Pass bloß auf, dass er nicht dein Herz bricht.«

»Pah. Wir lernen nur Mathe zusammen, mehr nicht.« Sie sah mich nicht an, während sie sprach, und ich musste schmunzeln, verkniff mir aber einen weiteren Kommentar. Sie griff nach zwei Topflappen und zog geschickt die Schale mit dem Pie heraus. »Isst du mit uns mit?«

»Nein, lass mal. Ich muss langsam nach Hause. Kann ich dein Rad haben?«

»Wie bist du überhaupt hergekommen?«

»Larimar hat mich durch ein Elfentor geschickt.«

»Wie bitte?«

»Ich sollte Rubin treffen. Das wollte ich dir eigentlich erzählen. Deshalb bin ich hier.«

Sky setzte sich an den Tisch. »Und was hat er gesagt? Irgendwelche neuen Erkenntnisse? Hat er die Schneekugel?«

»Er war nicht da, aber ich habe mit dieser Raven gesprochen.«

»Und?«

»Ihr konnte ich schlecht sagen, wer ich bin. Wir haben nur kurz über Rubin gesprochen. Sie dachte, wir würden uns kennen. Ich gehe morgen wieder hin. Wenn sie wirklich daran schuld ist, dass diese Elisien verschwunden ist, dann steckt sie vielleicht mit Rubin unter einer Decke, meinst du nicht? Vielleicht ist sie gefährlich.«

»Sah sie gefährlich aus?«

»Eigentlich eher das Gegenteil.«

»Hoffentlich hat Rubin sich bis morgen nicht aus dem Staub gemacht.«

Erschrocken sah ich sie an. Darüber hatte ich gar nicht nachgedacht. »Mist.«

»Es wäre möglich. Er hat dich in der Schule gesehen und so komisch angeschaut. Weshalb konnte Raven eigentlich deine Gedanken nicht lesen? Dann hätte sie doch sofort gewusst, was du vorhast?«

»Larimar hat mir so einen komischen Nebel in den Kopf gepustet.«

»So einfach geht das?«

»Angeblich wirkt es nur bei Raven. Cassian kommt weiter in den Genuss meiner Gehirnakrobatik.«

»Der Ärmste.« Sky grinste, und ich streckte ihr die Zunge raus.

Mein Handy klingelte. Ich brauchte nur einen Blick auf das Display zu werfen, um zu wissen, dass mich Ärger erwartete.

»Mutter?«

»Wo treibst du dich schon den ganzen Nachmittag rum?«

»Ich bin bei Sky. Sie hat mir und Frazer mit Mathe geholfen.«

»Du kommst jetzt auf der Stelle nach Hause.«

»Zu Befehl.«

»Werd' nicht frech.«

»Entschuldige.«

Mutter schwieg verblüfft. »Hast du dich gerade entschuldigt?«

»Hhm.«

»Fahr vorsichtig.« Dann legte sie auf.

Sky sah mich merkwürdig an.

»Was ist?«

»Das war nett von dir.«

»Ich muss dann wohl«, sagte ich, ohne auf diese Bemerkung einzugehen, und warf noch einen letzten Blick auf Skys selbst gebackenen Kalbs-Pie. So was Leckeres gab es bei uns höchstens, wenn Dad von seinen Expeditionen bei uns hereinschneite.

Sky brachte mich zur Tür. »Vielleicht überlegst du dir ja doch noch, ob du nicht die Isolde spielst. Du könntest das viel besser als Grace.«

Sie schüttelte den Kopf. »Lieber nicht.«

»War ein Versuch.« Dann zog ich mir die Kapuze über den Kopf, denn es hatte zu regnen angefangen. Bis ich zu Hause war, würde ich nass bis auf die Haut sein.

»Hast du Lust, mit Granny und mir einen Film zu schauen?«, fragte Mutter, als ich in die Küche trat.

Misstrauisch sah ich sie an. »Ist irgendwas passiert? Was Schlimmes?«

Sie lächelte und wischte ein letztes Mal über den blitzeblanken Tisch. »Ich dachte, es wäre eine gute Idee. Du darfst auch den Film aussuchen.«

»Okay. Kriege ich auch noch was zu essen?«

Mutter nickte. »Im Ofen stehen Nudeln. Sie sind bestimmt noch warm.«

Es *war* etwas passiert, und es musste wirklich schlimm sein. Bestimmt wollte ich es gar nicht wissen.

»Was hältst du von *Bridget Jones?*«, fragte ich.

»Wenn du magst. Ist lange her, dass ich den Film gesehen habe.«

»Ist lange her, dass du überhaupt einen Film gesehen hast.« Mutter hockte abends meist hinter ihrem Rechner, skypte mit Dad, brachte ihre Website auf den neuesten Stand oder suchte nach neuen Rezepten. Ich konnte mich nicht daran erinnern, wann wir das letzte Mal alle zusammen einen Film angeschaut hatten.

Ich schaufelte meine Nudeln schnell in mich rein, um zu verhindern, dass sie es sich noch anders überlegte. Dann holte ich die DVD.

Granny saß schon im Wohnzimmer und strahlte mich an. Auf dem Tisch standen Schokolade und Zitronenlimonade.

»Ist sie krank?«, fragte ich Granny flüsternd. »Oder was ist los?«

Granny zuckte mit den Schultern. »Sie will sich einen gemütlichen Abend mit uns machen. Das ist längst überfällig.«

Mutter kam mit Fynn im Schlepptau in den Raum. »Mum, ehrlich, nicht so einen Frauenfilm. Gibt es nichts anderes, was wir gucken können? Irgendwas mit echten Männern und nicht mit diesem Mister Darcy. So Typen gibt es doch gar nicht.«

»Weil ihr Jungs zu selten Filme guckt, in denen Männer mitspielen, die wir uns wünschen«, belehrte ich meinen Bruder.

Granny grinste. »Da hat sie recht.«

»Das nächste Mal darfst du einen Film aussuchen. Ich habe mir überlegt, dass wir zukünftig einmal in der Woche zusammen einen Filmabend machen. Es ist viel zu lange her, dass wir gemeinsam Zeit miteinander verbracht haben.«

Irgendwer musste meiner Mutter etwas in ihren Tee getan haben, jetzt hatte ihr Gesicht eine rosa Färbung angenommen.

Fynn linste zum Tisch. »Gibt es dann immer Schokolade?«

»Wenn das der Preis ist, den ich zahlen muss …«

Sie lächelte ihn liebevoll an.

Fynn ließ sich in einen Sessel fallen. »Ich bin dabei.«

»Weißt du, wer Mutter den Floh ins Ohr gesetzt hat?«, fragte ich Fynn später im Bad.

Er zuckte mit den Schultern. »Vielleicht hat sie beim Büchersortieren einen Erziehungsratgeber gefunden. *Wie verbringe ich wieder Zeit mit meinen pubertierenden Kindern.*«

»Bestimmt hat Dad ihr den Tipp gegeben«, grübelte ich.

Fynn verdrehte die Augen. »Ganz bestimmt nicht. Ich schätze, sie wollte sich mit uns einfach nur einen schönen Abend machen, und das ist ihr gelungen.«

»Das stimmt. Wir sollten sie überreden, beim nächsten Mal Chips zu kaufen.«

»Übertreib es nicht.«

»Wir könnten beim nächsten Mal zusammen *Stolz und Vorurteil* mit Colin Firth anschauen.«

»Das nächste Mal suche ich den Film aus.« Fynn schob mich aus dem Bad.

»Das werden wir ja sehen!«, rief ich durch die Tür.

Ich hatte mich kaum in mein Zimmer verzogen, als es an der Tür klopfte.

»Ja«, rief ich verwundert.

Meine Mutter trat ein und setzte sich auf mein Bett. »Dein Dad hat heute angerufen«, begann sie.

Jetzt kam sie, die Hiobsbotschaft, mit der ich die ganze Zeit gerechnet hatte.

»Wir dürfen ihn in den Herbstferien nicht besuchen, stimmt's?«

Sie nickte. »Er hat viel zu tun.«

»Das sagt er immer«, fuhr ich sie wütend an. »Du hättest darauf bestehen müssen. Er hat es versprochen.«

»So einfach ist das nicht.« Mutter fuhr sich übers Gesicht.

»So einfach sollte es aber sein.« Tränen stiegen mir in die Augen.

Mutter griff nach meiner Hand. »Wir könnten irgendwo hinfahren.«

Erstaunt sah ich sie an. Ich wusste genau, wie schwer ihr dieses Angebot fiel. Selbst in den Herbstmonaten lief das Café noch viel zu gut, als dass sie es allein lassen konnte.

»Das sagst du doch bloß, um mich zu trösten, und zum Schluss klappt es dann nicht.«

»Wenn ihr mit mir vereisen wolltet, dann würde ich es tun. Versprochen, Eliza. Ich weiß, wie sehr du dich auf deinen Vater gefreut hast. Er kommt Weihnachten, das soll ich dir ausrichten.«

»Vermisst du ihn denn gar nicht?«, fragte ich und sah in ihr blasses Gesicht.

»Natürlich vermisse ich ihn, ich kann dir gar nicht sagen, wie sehr. Aber ich musste mich damit abfinden, dass er seine Arbeit mehr braucht als mich.«

»Als uns«, berichtigte ich sie.

»Es tut mir so leid, Eliza. Ich weiß, wie sehr du ihn vermisst, und er sollte hier bei uns sein. Aber ich konnte ihn doch schlecht anbinden. Ich glaube, dann hätte er uns irgendwann ganz verlassen. So sind wir immer Teil seines Lebens, und er liebt euch, dich und Fynn.«

»Dich auch«, setzte ich hinzu.

»Leider nicht genug.«

Es musste schrecklich sein, sich das bewusst zu machen. Ich rückte näher an sie heran und legte meine Arme um ihre Schultern. Etwas, das ich schon ewig nicht mehr gemacht hatte. Mutter zog mich an sich und hielt mich fest. Ich legte meinen Kopf auf ihre Schulter und fühlte mich zurückversetzt in eine Zeit, als sie der Mittelpunkt meiner Welt gewesen war. Sie war immer für mich da gewesen, wurde mir klar. Wenn ich gestürzt war, hatte sie mir die Tränen abgewischt, und wenn ich mich mit Sky gestritten hatte, hatte sie mich getröstet. Mein Vater war eher wie ein Komet, der hin und wieder leuchtend an meinem Himmel auftauchte und viel zu schnell wieder verschwand. Ich liebte ihn trotzdem, und auch diesmal würde ich ihm wieder verzeihen, dass er uns versetzte.

»Wir haben ja uns«, sagte Mutter nach einer Weile. Sie strich mir eine Haarsträhne hinters Ohr und stand auf.

»Mum«, sagte ich, bevor sie mein Zimmer verließ. Sie drehte sich zu mir um und lächelte.

»Das war sehr schön heute Abend. Wir sollten das wirklich öfter machen.«

»Das werden wir, Schatz. Schlaf gut.«

16. Kapitel

»Hallo«, erklang eine Stimme neben mir. Ich öffnete die Augen und erschrak. Forschende, graue Augen musterten mich hinter einem Vorhang aus blondem Haar.

Von Nahem sah Rubin noch besser aus, als ich ihn von unserer kurzen Begegnung in Erinnerung hatte. Allerdings nicht so gut wie Cassian. Rubin war viel zarter, wenn man das bei einem Jungen sagen konnte. Sein Gesicht hätte auch einem Mädchen gehören können.

»Hallo«, erwiderte ich.

»Bist du eine Freundin von Raven?«

Ich schüttelte den Kopf. »Eigentlich wollte ich zu dir.« Ich hatte gerade die Klingel an dem kleinen Haus drücken wollen, nachdem ich schon fast eine Stunde die Straße hoch- und runtergeschlichen war. Fast hatte ich befürchtet, dass ein aufmerksamer Beobachter die Polizei rufen würde, weil ich so interessiert in die Fenster sah.

»Zu mir?«

In was hatte ich mich da hineinmanövriert? »Ich habe dich

am Ufer gesehen. Du sahst einsam aus.« Was erzählte ich für einen Unsinn? Ich war nicht mal am Strand gewesen. Weshalb hatte ich mir keinen Plan zurechtgelegt?

Rubin kniff die Augen zusammen. »Einsam?«

Ich nickte.

»Wie heißt du?«

»Eliza.« Ich reichte ihm meine Hand.

»Sieben«, erwiderte er. »Hat meine Mutter dich geschickt?«

Jetzt konnte ich nur noch nicken. Schöner Mist – ich hatte es versaut. Gleich beim ersten Mal, das war bestimmt ein Rekord.

»Dann brauche ich mich dir ja nicht mehr vorstellen, du weißt sicher, wer ich bin.«

Wieder nickte ich beklommen.

»Gehen wir ein bisschen spazieren«, schlug Rubin vor, dessen Augen jetzt wie kalte Kristalle glitzerten.

Ich fühlte mich unwohl damit, andererseits hatte ich es so nur mit ihm zu tun und nicht auch noch mit dieser Raven. Vielleicht schaffte ich es ja, ihn zu überreden, mit der Kugel zurückzugehen. So schwer konnte das wohl nicht sein. Larimar war seine Mutter, was hatte er schon zu befürchten?

Schweigend schlenderten wir nebeneinander her.

»Ist sie auch hier?«, fragte er nach einer ganzen Weile.

»Wie man es nimmt.« Ich sah mich um, ob ich die Taube irgendwo entdecken konnte. Aber Larimar hielt sich versteckt.

»Was will sie?«

»Kannst du dir das nicht denken? Sie möchte, dass du die Kugel zurückbringst. Wenn du das nicht tust, wird sie Sophie und Dr. Erickson aus Leylin fortschicken.«

Rubin war stehen geblieben. »Das wagt sie nicht. Das wäre Sophies Todesurteil.«

»Dann weißt du ja, was du zu tun hast.«

Er fuhr sich durch sein schulterlanges Haar. »Ich habe die Kugel nicht.«

Verwundert sah ich ihn an. »Aber sie ist fest davon überzeugt.«

»Sie ist auch fest davon überzeugt, dass Raven etwas mit Elisiens Verschwinden zu tun hat.«

»Und du nicht?«

»Wenn ich Raven nicht trauen würde, dann wäre ich wohl kaum hier, meinst du nicht?«

Ich zuckte mit den Schultern. »Keine Ahnung. Vielleicht steckt ihr beide unter einer Decke. Ich möchte jedenfalls nicht, dass Sophie etwas zustößt, und Cassian hat mir erzählt, dass Raven und du sehr an ihr hängt.«

»Er hat dich also eingewiesen. Das hätte ich mir denken können. Mutters ergebenster Diener.« Der letzte Satz klang verbittert.

»Das behaupten alle, aber stimmt das wirklich?« Ich hoffte, dass er meine Frage verneinen würde.

»Leider ja.«

»Und stimmt es, dass er mal dein bester Freund war?«

Rubin nickte. »Aber nach dem Krieg hat er sich verändert. Er war einfach nicht mehr der Cassian, den ich kannte. Früher war er lustig.«

Das konnte ich mir nun wiederum gar nicht vorstellen. »Es war bestimmt nicht leicht für ihn, damit zurechtzukommen, dass er für immer blind sein würde. Ich stelle es mir schrecklich vor.«

»Er war Elisiens bester Kämpfer, und dann konnte niemand ihm helfen.«

»Zuerst dachte ich, er wäre schon immer blind gewesen.«

»Man merkt es kaum. Er hat wie ein Verrückter trainiert, damit man es nicht merkt. Er ist nicht kleinzukriegen.«

Ich war mir da nicht so sicher, widersprach aber nicht. Ich hatte das Gefühl, dass seine Blindheit Cassian nach und nach zermürbte.

»Und es gibt keine Chance, dass er sein Augenlicht zurückbekommt?«

»Doch, die gibt es.«

Ich stellte mir einen Cassian vor, der sehen und vor dem ich nichts mehr verbergen konnte. Nicht, dass ich das jetzt bewerkstelligte, aber immerhin versuchte ich es. »Und was wäre das? Weshalb hat er es nicht längst versucht?«

Rubin winkte ab. »Die Königin müsste mithilfe der sieben Aureolen seine Heilung erbitten.«

Ich verlangsamte meine Schritte. Wir standen an der Ufermauer und sahen auf das Meer, das sich am Fuße des Abhanges brach. »Weshalb hat Elisien das nicht getan?«

»Die magischen Gegenstände dürfen nur zu ganz bestimmten Anlässen an einem Ort versammelt werden. Jede Familie hütet ihre Aureole wie einen Schatz. Nur für die Krönung einer neuen Königin werden sie in den Palast gebracht oder wenn unserem Volk große Gefahr droht.«

»Weshalb?«

»Sie vereinen zu viel Macht. Sollte jemand alle sieben Aureolen in seinen Besitz bringen, könnte er die gesamte magische Welt beherrschen und vermutlich auch die der Menschen. Niemand kann diese Bürde tragen, ohne die Macht zu missbrauchen.«

»Und Cassians Augenlicht war dieses Risiko nicht wert«, stellte ich fest.

»Er war bereit, sein Schicksal dem seines Volkes unterzuordnen«, sagte Rubin. »Das glaubte ich jedenfalls.«

»Was ist dann passiert?«

»Elisien verschwand. Der Thron durfte nicht unbesetzt bleiben, und nachdem Larimar Raven verbannt hatte, lag der Thronanspruch bei ihr.«

»Und für ihre Krönung müssten alle Aureolen herbeigeschafft werden.«

Rubin nickte bestätigend. »Sie hat Cassian versprochen, sich nicht nur krönen zu lassen, sondern ihn auch zu heilen.«

»Haben die anderen Familien nicht zugestimmt?«

Wir hörten eine Taube gurren, und Rubin sah sich um. Da saß sie, keine zwei Meter von uns entfernt. Wütend sah sie mich an. Ich konnte es genau erkennen.

Rubin erstarrte. »Es ist besser, wenn du dich aus der Geschichte raushältst, Eliza. Geh einfach nicht mehr durch das Tor. Du darfst Cassian nicht trauen. Er tut, was sie ihm befiehlt.« Dann wandte er sich ab und ging davon.

Ich hatte erwartet, dass das Tor zu den Elfen sich vor mir materialisieren würde, doch Larimar flog auf und schwebte davon.

Sky wartete ein Stück entfernt auf mich. Sie hatte darauf bestanden, mitzukommen, wenn ich mich ein zweites Mal in die Höhle des Löwen wagte. Ihrer Meinung nach ging ich viel zu naiv an die Sache heran.

Kaum war Rubin verschwunden, kam sie angesprintet. »Was hat er gesagt?«

»Dass er die Kugel gar nicht hat.«

»Was? Aber die Elfen sind sich doch so sicher.«

Ich zuckte mit den Achseln. »Was weiß ich denn? Was soll ich jetzt Larimar erzählen?«

»Hat er dir noch ein paar Hintergrundinformationen gegeben?«

»Ich weiß jetzt, dass Cassian früher lustig war.«

»Das ist keine besonders wichtige Information«, rügte Sky mich. »Wir müssen wissen, was mit dieser Elisien passiert ist. Niemand verschwindet einfach so. Wenn sie wieder auftauchen würde, dann müsste sich die Situation doch beruhigen, oder nicht?«

»Wahrscheinlich hat diese Raven sie abgemurkst, um selbst Königin zu werden«, vermutete ich laut.

Sky sah mich skeptisch an. »Du hast gesagt, sie war nett.«

»War sie auch, aber sind Massenmörder das nicht immer?«

»Eliza, jetzt bleib mal ernst.«

»Also, Cassian denkt, dass Raven nichts mit dem Verschwinden von Elisien zu tun hat. Wenn das so ist, dann ist derjenige, der tatsächlich schuld ist, noch bei den Elfen, und er ist vielleicht auch für das Verschwinden der Kugel verantwortlich.«

»Das klingt nach einem Komplott«, bestätigte Sky meine

Vermutung. »Wer profitiert am meisten vom Verschwinden von Elisien und der Kugel?«, setzte sie hinzu.

»Larimar profitiert in jedem Fall davon, dass Elisien verschwunden ist und Raven verbannt wurde. Aber solange die Kugel fehlt, kann sie weder gekrönt werden, noch bekommt Cassian sein Augenlicht zurück.«

Fragend sah Sky mich an. »Rubin hat gesagt, die sieben Aureolen könnten es ihm zurückgeben.«

»Dann hat Cassian einen ziemlich guten Grund, die Kugel zurückbekommen zu wollen.«

»Den hat er. Elisien war nicht damit einverstanden, die magischen Gegenstände dafür zu benutzen. Er brauchte also eine Königin, die das erlaubt.«

»Hast du nicht erzählt, dass er Elisien sehr mochte?«

»Er ist ein ziemlich guter Schauspieler«, sagte ich langsam.

Ich saß neben meiner Großmutter auf der Gartenbank vor unserem Haus. Mein Kopf lehnte an ihrer Schulter, und gemeinsam beobachteten wir Socke, der mit einem kleinen Ball spielte. Ich hatte Rubins Rat befolgt, mich seit zwei Tagen von der Lichtung ferngehalten und die Schmetterlinge, die jeden Nachmittag auf meinem Fensterbrett saßen, ignoriert. Doch nun wurde ich von Minute zu Minute unruhiger. Ich wollte zu den Elfen. Ich wollte zu Cassian. Ich fühlte mich schrecklich.

»Ich weiß nicht, was ich machen soll, Granny. Ich vermisse Cassian, wenn ich hier bin, und wenn ich bei den Elfen bin, geht er mir schrecklich auf die Nerven.« Kaum waren die Worte über meine Lippen gekommen, bereute ich es, sie ausgesprochen zu haben. Bisher war es nur ein Gefühl gewesen, das jetzt überdeutlich in mir anwuchs. Er war unehrlich, arrogant und Larimar für meinen Geschmack zu treu ergeben. Ich sollte ihm nicht trauen, und doch war da etwas zwischen uns passiert, das mir Schmetterlinge im Magen bescherte, kaum dass ich an ihn dachte.

»Verlieb dich bloß nicht in einen Elf«, ermahnte mich meine Großmutter. »Da kann nichts Gutes draus erwachsen.«

»Weshalb nicht?«, entschlüpfte es mir.

»Ich habe dir nie erzählt, weshalb ich so viel über Elfen weiß, oder?«

Ich richtete mich auf, zog meine Beine auf die Bank und sah sie erwartungsvoll an.

»Ich hatte eine Freundin, und sie traf eines Tages einen Elfen. Damals muss es wohl so gewesen sein, dass die Elfen häufig zwischen den Welten wechselten. Sie verliebte sich in ihn, und als er für immer verschwand, wurde sie wahnsinnig. Ihre Eltern brachten sie in eine dieser Heilanstalten. Ich durfte sie nicht mal besuchen.«

Entsetzt sah ich meine Großmutter an. »Sie ist verrückt geworden, weil der Elf sie verlassen hat?«

Granny wiegte ihren Kopf. »Vielleicht wäre sie darüber hinweggekommen, aber nachdem er verschwunden war, hat sie überall herumerzählt, dass es Elfen gibt. Du kannst dir vorstellen, dass damals alle dachten, sie wäre durchgedreht. Sie war schwanger, aber sie und das Kind starben bei der Geburt. Die

Hebamme hat den Leuten erzählt, dass es spitze Ohren hatte, woraufhin der Pfarrer sich weigerte, das Kind notzutaufen. Es wurde irgendwo verscharrt. Es war schrecklich. Damals war es hier noch wie im Mittelalter. Die Leute waren so abergläubisch. Sie dachten tatsächlich, dass die Elfen aus Rache ein anderes Kind stehlen würden. Gwyn war so ein liebes Mädchen. Sie sah beinahe selbst aus wie eine Elfe. Sie war die Schwester von Frazers Großvater«, setzte Granny flüsternd hinzu. »Ihre Mutter hat diesen Skandal nicht verkraftet. Diese Geschichte hat die Familie zerstört. Frazers Urgroßvater wurde der größte Frauenheld im Umkreis von hundert Meilen. Seine Urgroßmutter siechte vor sich hin.«

»Das Mädchen hieß Gwyn?«

»Sie war meine beste Freundin. Wir stellten uns immer vor, wie ich ihren Bruder heiratete und wir dann Schwestern werden würden.« Ein trauriges Lächeln glitt über Grannys Gesicht. »Mit deinem Großvater habe ich es aber deutlich besser getroffen. Auf ihn konnte ich mich immer verlassen.«

»Was hat sie dir von den Elfen erzählt?«

»Sie war im Wald unterwegs, um Pilze zu sammeln, und fand einen Elfenring. Weißt du, was das ist?«

Ich schüttelte den Kopf.

»Das ist ein Kreis aus Pilzen. Früher wusste man noch, dass man so einen Ring nicht betreten durfte, dass er magische Kräfte hat. Aber Gwyn betrat den Kreis, und dann erschien wie aus dem Nichts dieses Tor aus Licht und Staub, Schmetterlinge umschwirrten es, und er trat heraus. Um Gwyn war es vom ersten Augenblick an geschehen. Sie kam an diesem Tag aus dem Wald zurück und war nie wieder dieselbe. Er hat sie bezaubert oder verzaubert, wie man es nimmt.«

Mir schien es fast, als ob sich der Himmel verdunkelte. Ich sah zur Sonne. Keine Wolke stand dort oben, trotzdem war mir kalt. »Lass uns reingehen. Was meinst du?«

Granny stand auf und zog ihre Strickjacke fester um sich. Wir gingen durch den Garten zur Hintertür unseres Hauses.

»Wie oft haben die beiden sich getroffen? War sie in Leylin? Was hat sie dir erzählt?«

»Nur das Nötigste. Ich war ja die Einzige, die ihr glaubte. Sie wusste, dass sie nur drei Menschen einweihen durfte. Erst erzählte sie es mir, später ihrer Mutter und ihrem Bruder. Damals waren die Zeiten anders. Zwar glaubten die Menschen eher als heute, dass magische Wesen existierten, aber sie waren auch ängstlicher.«

»Trotzdem würde ich es auch heute nicht an die große Glocke hängen, dass es Elfen tatsächlich gibt.«

»Das ist auch gut so. Er hat sie einmal mit nach Leylin genommen. Ich war so neidisch. Und dann beging ich den größten Fehler meines Lebens.« Meine Großmutter blieb stehen und sah gedankenverloren in ihren Garten. »Es war nicht absichtlich. Wir waren damals erst fünfzehn. Das war natürlich keine Entschuldigung. Ich habe das Geheimnis verraten.« Ihre Stimme zitterte. »Ich war schuld, dass sie wahnsinnig geworden ist. Wenn ich meinen Mund gehalten hätte, wäre alles anders gekommen.«

»Wem hast du davon erzählt?«

»Es ist mir einfach so rausgerutscht. Es war ein Mädchen

aus dem Dorf. Sie hat Gwyn verhöhnt, als allen längst klar war, dass sie ein Kind erwartete. Ich wollte sie verteidigen, wollte der blöden Kuh zeigen, dass Gwyn viel interessanter war als sie. Und dann ist es passiert. Ich habe ihr ins Gesicht geschrien, dass der Vater ihres Kindes ein Elf ist und dass dieser Gwyn lieben würde. Das war es dann.«

»Sie hat nie wieder etwas von ihm gehört? Das ist schrecklich.«

»Ja, das war es, und ich konnte niemals mit jemandem darüber reden. Sonst hätten sie mich auch weggesperrt.« Eine Träne lief über Grannys Wangen.

Ich griff nach ihrer Hand. »Du hast es nicht mit Absicht gemacht. Du konntest nicht ahnen, dass das passieren würde.«

»Ich habe die ganzen Jahre versucht, mir das einzureden, aber im Grunde weiß ich, dass ich an Gwyns Schicksal Schuld trage.«

»Blödsinn. Schuld tragen die, die sie eingesperrt haben.«

»Alles, was ich eigentlich sagen wollte, war: Häng dein Herz nicht an einen Elfen. Das nimmt kein gutes Ende. Es ist gut, dass wir in unterschiedlichen Welten leben.«

Ich nickte und wusste, dass Granny recht hatte, aber ich spürte, dass es für diesen Ratschlag zu spät war.

17. Kapitel

»Eliza? Ist alles in Ordnung?« Frazer beugte sich besorgt zu mir herüber.

»Ja, klar.«

Er glaubte mir nicht. Ich sah es in seinen Augen.

»Sie hat ein wenig Kopfschmerzen«, mischte Sky sich ein.

»Soll ich dich nach Hause bringen? Du warst schon die letzten Tage so still. Das bist du doch sonst nicht.«

Ich versuchte mich an einem Lächeln. Was hätte ich noch vor ein paar Wochen gegeben, wenn Frazer das aufgefallen wäre. Wenn ich ihm überhaupt aufgefallen wäre.

»Das mache ich schon.« Sky schob sich zwischen uns.

Frazer hob abwehrend die Hände. »Sorry. Ich wollte mich nicht einmischen.«

»Hast du aber.«

»Sei nicht so, Sky. Frazer wollte nur helfen«, versuchte ich zu schlichten, was bei den Blicken, die die beiden sich zuwarfen, vergebliche Liebesmüh war.

Als wir am Morgen zur Schule gekommen waren, hatten

wir Frazer mitten auf dem Schulhof stehen sehen. An seinem
Hals hatte eins dieser langbeinigen, blonden Mädchen gehangen, und seine Hände hatten auf ihrer Taille gelegen. Zwar hatten sie nicht geknutscht, aber viel hatte nicht gefehlt. Sofort
hatte Sky wieder alle Schotten heruntergelassen, und Frazer
hatte sämtliche Pluspunkte, die er mühsam gesammelt hatte,
verspielt.

»Ich kann allein fahren. Ich brauche keinen Babysitter. Vielleicht solltet ihr beide zusammen einen Kaffee trinken gehen.«

»Nicht in diesem Leben«, entfuhr es Sky.

»Jederzeit«, sagte Frazer gleichzeitig.

Gegen meinen Willen musste ich lachen, da er Sky wie ein
begossener Pudel ansah bei dieser Abfuhr.

»Was soll ich nur mit euch beiden machen?« Ich schüttelte den Kopf und fühlte mich wie meine eigene Großmutter.
»Wahrscheinlich hilft nur, euch mal eine Weile in einen Raum
zu sperren. Entweder habt ihr euch danach vertragen oder umgebracht. Aber dann wissen wir wenigstens, woran wir sind.«

»Wie gesagt – jederzeit.« Frazer grinste schon wieder frech.
Dann schnappte er seine Tasche und verschwand, noch bevor Sky ihm eine neue Unverschämtheit an den Kopf knal-
len konnte.

»Gib ihm doch wenigstens mal eine Chance, dir zu zeigen,
dass er ein netter Kerl ist.«

»Mir ist er ein bisschen zu nett.«

»Du magst ihn. Das weiß ich.«

»Aber er nutzt uns nur aus. Dich für das Theater und mich
für Mathe.«

»Tut er nicht. Er mag dich sehr.«

»Hat er das gesagt?«, fragte sie, und ganz kurz trat ein Leuchten in ihre Augen.

»Ja.«

Das Leuchten verschwand.

»Er möchte mich nur seiner Sammlung einverleiben. Meinst du, dass ich das nicht merke? Ich bin nur interessant für ihn, weil ich nicht leicht zu haben bin, sobald ich nachgebe, verliert er das Interesse an mir.«

»Vielleicht auch nicht«, schlug ich vor.

»Wir sind viel zu verschieden.«

Wo sie recht hatte, hatte sie recht.

»Eliza, du glaubst doch nicht wirklich, dass er sich noch mit uns abgibt, wenn das Jahr vorbei ist und er seine Note in der Tasche hat. So naiv kannst nicht mal du sein.«

»Ich bin nicht naiv.«

»Bist du doch.« Damit raffte auch sie ihre Sachen zusammen, schob sich an mir vorbei und ließ mich einfach stehen.

Als ich aus dem Schulgebäude trat, löste sich Raven von der gegenüberliegenden Mauer, die unser ganzes Schulgelände umgab.

Auffordernd sah sie mich an. Mir war nicht ganz wohl bei dem Gedanken, mit ihr allein zu sein. Mit Sicherheit wusste sie, dass ich sie bei unserer ersten Begegnung belogen hatte. Rubin musste ihr von mir erzählt haben. Andererseits konnte ich sie vielleicht bitten, Rubin zu überreden, die Kugel zurückzugeben. Ich ging auf sie zu, besser gesagt, ich schlich. Sie lächelte, was allerdings nicht besonders freundlich aussah. »Die muschelsammelnde Spionin! Ich dachte, es ist ganz gut, wenn wir zwei uns noch einmal treffen. Es war nicht besonders klug, mich anzulügen. Allerdings hätte mir auffallen müssen, dass mit dir etwas nicht stimmt. Larimar hat deine Gedanken verborgen, stimmt's?«

Ich nickte beklommen. »Es tut mir leid, aber ich bin in die Sache auch bloß reingerutscht. Ausgesucht hätte ich mir meine Rolle in dem Stück nicht.«

»Larimar hat bestimmt vermutet, dass du nach ihrer Pfeife tanzt.«

»Wahrscheinlich, und irgendwie tue ich das auch«, bestätigte ich Ravens Vermutung verärgert. »Aber was soll ich tun? Sie wird Sophie fortschicken, wenn ich die Kugel nicht zurückbringe, und wenn ich alles richtig verstanden habe, dann ist das für sie ein Todesurteil.«

Raven war blass geworden. »Das wagt sie nicht.«

»Wenn du mich fragst, sieht sie nicht aus wie jemand, der besonders rücksichtsvoll ist.«

Raven ging nicht auf meine Worte ein, sondern sah sich um. »Da ist sie ja.« Ihre Augen verengten sich zu Schlitzen.

Erschrocken wandte ich meinen Kopf, und richtig, auf dem Giebel des gegenüberliegenden Daches saß Larimar und hatte ihren Kopf schief gelegt.

»Lass uns gehen«, forderte Raven mich auf und ging los, ohne sich zu vergewissern, ob ich ihr folgte. Das herrische Gehabe einer Königin hatte sie schon mal, nur dass es ihr wahrscheinlich nie etwas nützen würde, solange sie nicht zu den Elfen zurückdurfte. Ob sie Leylin vermisste? Ich sollte mich vor ihr vorsehen. Trotzdem siegte meine Neugier über meine Vernunft. Sky würde mich in der Luft zerreißen, wenn sie davon erfuhr.

Raven führte mich schweigend zurück zu ihrem Haus. Ich zögerte, ihr hinein zu folgen. »Du musst keine Angst vor mir haben«, erklärte sie. »Ich tue dir nichts. Ich will mich nur mit dir unterhalten.«

Mutig trat ich ein. Vielleicht bekam ich jetzt ein paar bessere Antworten.

In der Küche setzte sie sich mir gegenüber. »Als Elisien verschwand, änderte sich alles«, begann sie. »Ich vermutete von Anfang an, dass Larimar dahintersteckte. Aber ich hatte keine Beweise, und sie hat den Rat so schnell hinter sich gebracht, dass ich vermutete, dass sie diese Verschwörung lange geplant hat. Wäre Elisien nicht verschwunden und ich nicht verbannt, dann wäre sie nie Königin geworden. Erst Rubin wäre wieder ein König der ersten Familie geworden. Aber sie wollte nicht warten.«

Das sollte ich glauben? Okay, Larimar war nicht besonders sympathisch, aber sie war bestimmt nicht die Einzige, die von Ravens Schuld überzeugt gewesen war. Zweifelnd sah ich sie an.

»Du glaubst mir nicht«, stellte sie fest. »Daran habe ich mich mittlerweile gewöhnt.«

»Ich will nur, dass Sophie in Sicherheit ist. Alles andere geht mich im Grunde nichts an«, antwortete ich steif.

»Wenn du meinst. Ich weiß nur, was Rubin mir erzählt hat.«
Sie schwieg, und ein trauriger Zug huschte über ihre feinen
Züge. »Er tauchte eines Nachts auf. Die Kugel hatte er nicht
bei sich, das hätte ich gespürt. Sollte er sie aus der Elfenwelt
gestohlen haben, darf er mir streng genommen nicht einmal sagen, wo er sie versteckt hat. Aber ich kann nicht glauben, dass Larimar so weit geht und Sophie opfert.« Sie schüttelte den Kopf. »Andererseits verstehe ich sie. Sie muss sich so
schnell wie möglich krönen lassen, um ihren Machtanspruch
zu festigen. Selbst wenn Elisien wieder auftaucht, wäre Larimar die rechtmäßige Königin.«

»Glaubst du denn, Elisien lebt noch?«

»Ich hoffe es so sehr.«

»Welcher Gegenstand gehört eigentlich deiner Familie?«
Das tat zwar nichts zur Sache, aber da sie im Gegensatz zu
Cassian so auskunftsfreudig war …

»Der Schlüssel.«

»Was kann er?«

Sie sah mich abschätzend an. »Er trägt einen Schutzzauber
in sich. Wenn großes Unglück droht, beschützt er die Familie.«

»Klingt nicht so spektakulär wie das, was die Schneekugel
kann.«

Raven zuckte die Achseln. »Wie man es nimmt. Im letzten
Krieg hat die siebte Familie kein einziges Mitglied verloren. Es
wurde nicht mal jemand ernsthaft verletzt.«

»Schade, dass Cassian nicht zu deiner Familie gehört.«

»Ja, vielleicht wäre dann alles anders gekommen. Was wirst
du jetzt tun?«, fragte sie mich.

»Rubin bitten, mit der Kugel zurückzugehen, oder hast du eine andere Idee? Ich glaube, er hat mir nicht die Wahrheit gesagt. Cassian und Larimar sind so überzeugt von seiner Schuld. Allerdings, wenn er die Kugel wirklich nicht hat, kann ich ihnen auch nicht weiterhelfen.«

Die Scharniere der Eingangstür quietschten, und kurz darauf steckte Rubin seinen Kopf in die Küche. »Larimar hockt draußen.« Dann sah er mich. »Du schon wieder?«

»Hast du gedacht, dass ich so leicht aufgebe?«

»Eigentlich nicht.« Lächelnd kam er zum Tisch. »Obwohl dir klar sein muss, dass du dich vergeblich bemühst.«

»Einen Versuch ist es immerhin wert.«

»Sie wird Sophie nicht fortschicken. Das hat sie nur gesagt, um dich unter Druck zu setzen.«

»Das glaube ich nicht. Alle anderen Menschen sind doch schon fort.«

»Aber wenn sie Sophie und Dr. Erickson fortschickt, dann wäre das, als wenn sie sie persönlich umbringt. So skrupellos kann nicht einmal meine Mutter sein.«

»Das musst du besser einschätzen können als ich.«

»Warst du seit unserem letzten Treffen in Leylin?«, fragte er. Ich schüttelte den Kopf.

Rubin seufzte. »Ich vermisse es.«

»Dann geh zurück.«

»Das kann ich nicht. Nicht, bevor ich nicht weiß, was gespielt wird.«

»Vielleicht erzählst du mir, was in der Nacht passiert ist, als du verschwunden bist. Weshalb bist du zu Raven geflohen?«

Schweren, leichten Herzens machte ich mich auf den Weg in den Wald. Schwer war mein Herz, weil Larimar hundertprozentig stinksauer auf mich war. Leichten Herzens, weil ich Cassian wiedersehen würde, der vermutlich auch kein Wort mit mir sprechen würde. Einer von Larimars Kriegerelfen erwartete mich bereits. Ohne ein Wort bedeutete er mir, ihm zu folgen, und brachte mich zum Tempel.

Als ich den Saal betrat, in dem Larimar mich immer empfing, sah ich Cassian in einer der Fensternischen lehnen.

»Hi«, begrüßte ich ihn und wusste nicht, ob ich zu ihm gehen oder besser warten sollte, ob er zu mir kam.

»Es freut mich, dass du dich entschieden hast, wiederzukommen«, sagte er förmlich.

Das war dann wohl die Aufforderung, stehen zu bleiben.

»Larimar kommt sofort.«

Ich verknotete meine Hände ineinander und schwieg. Cassian starrte aus dem Fenster, als ob es dort etwas unglaublich Spannendes zu sehen gab.

In dem Augenblick, in dem das Schweigen peinlich zu werden drohte, betrat Larimar die Bühne. Anders konnte man ihren Auftritt nicht interpretieren. Sie schwebte herein und strahlte über ihr ganzes Gesicht. Wenn sie wütend darüber war, dass ich die letzten Tage nicht hergekommen war, ließ sie es sich jedenfalls nicht anmerken.

»Eliza, wie schön, dich zu sehen. Wie geht es dir? Ich habe

dich vermisst. Aber sicher musstest du dich ein bisschen erholen.«

Du falsche Schlan… Etwas passierte in meinem Kopf. Jemand zupfte darin herum. Einmal und dann gleich noch mal. Ein Stoffschnipsel kam zum Vorschein, der sich genau wie beim letzten Mal von innen über meine Gedanken legte. Es gab nur einen, der dafür verantwortlich sein konnte.

»Ich habe mich tatsächlich nicht gut gefühlt«, gab ich etwas verspätet zurück, was mir ein trauriges Kopfschütteln von Larimar einbrachte.

»Du darfst dich nicht überanstrengen, Liebes.«

»Cassian, du bist auch hier. Wie schön.« Sie tat doch wirklich so, als ob sie ihn erst jetzt gesehen hätte. Dabei hatte sie ihn hundertprozentig herbestellt. Die Frau machte mich krank. Der Schleier in meinem Kopf wurde dichter. Wie stellte er das bloß an, und vor allem, wieso tat er das?

»Ich wollte hören, ob du mich brauchst, ob ich dir behilflich sein kann.«

Larimar lachte hell auf. »Das ist mein Junge. Er war schon immer so eifrig bemüht, mir zu gefallen. Eliza, denke an meine Worte. Wenn du einmal in deiner Welt einen jungen Mann auswählst, den du heiraten möchtest, dann sorge dafür, dass er dir zu Füßen liegt. Cassian wird Opal jeden Wunsch erfüllen. Dazu habe ich ihn erzogen.«

Der Vorhang in meinem Kopf verrutschte und zitterte heftig. Ohne darüber nachzudenken, was ich tat, griff ich in meinem Kopf danach und hielt ihn fest. Erstaunt stellte ich fest, dass es funktionierte. Wahnsinn.

Cassian hatte sich von der Fensterbank gelöst und war zu uns herübergekommen. Jetzt stand er dicht hinter mir. Obwohl er mich nicht berührte, spürte ich ihn stärker, als wenn er mich an sich gezogen hätte. Sein kurzes Aufatmen verriet mir, dass er für einen Moment die Kontrolle verloren hatte. Noch einmal würde sie es hoffentlich nicht schaffen, ihn aus dem Konzept zu bringen. Ich hatte bei der Erwähnung von Opal keine Miene verzogen. Dank meiner Mutter hatte ich lebenslange Erfahrung mit Zimtzicken. Dass ich ihr dafür einmal dankbar sein würde, hätte ich in meinen kühnsten Träumen nicht gedacht.

»Jetzt musst du aber erzählen, was passiert ist. Ich möchte alles wissen. Wie geht es Rubin? Hat er dir verraten, wo die Kugel ist? Ich schätze, er hat schreckliches Heimweh. Bereut er es, dass er uns so hintergangen hat? Dass er seinen besten Freund verraten hat? Ob du ihm das jemals verzeihst, mein Junge?« Sie sah Cassian auffordernd an.

»Das kommt darauf an, wie er sein Handeln begründet«, antwortete der steif. »Im Grunde ist es unverzeihlich«, setzte er hinzu, als Larimars Miene für einen winzigen Moment vereiste.

»Da hast du recht, aber das ist nicht unsere Entscheidung. Bestraft wird Rubin vom Rat. Auch wenn er mein Sohn ist, wird er sich dem Urteil unterwerfen müssen. Ich werde natürlich für ihn da sein. Wir wollen vor allem die Kugel zurück.«

»Er hat behauptet, dass er sie nicht hat«, platzte es aus mir heraus. »Dass er zu Unrecht beschuldigt wird, sie gestohlen zu haben.«

»Ach ja?« Larimar wirkte nur mäßig überrascht und schlenderte zu einem Tisch, auf dem eine Karaffe und mehrere Gläser standen. Sie schenkte sich ein Glas ein, ohne uns etwas anzubieten. Cassian hinter mir regte sich nicht. Lange würde ich das nicht aushalten. Ich musste mich auf Larimar konzentrieren, aber ich spürte nur ihn. Fast war es, als ob unsichtbare Fäden eine Verbindung zwischen uns spannen.

»Was hat er sonst noch behauptet?«

»Er sagt, dass jemand ihn in jener Nacht gewarnt hat. Angeblich war sein Leben in Gefahr. Er hat nicht lange nachgedacht und ist geflohen.«

»Das hast du ihm geglaubt?«

»Es klang zumindest ehrlich.«

Larimar kam zu mir zurück. Sie baute sich so nah vor mir auf, dass ich unwillkürlich einen Schritt zurückwich und mich an Cassians Brust gelehnt wiederfand. Ein Stromstoß schoss durch mich hindurch, und meine Beine drohten unter mir nachzugeben. Cassian legte eine Hand auf meine Taille, um mich festzuhalten. Ich konnte in Larimars Augen sehen, dass sie ihre Wut nur mühsam beherrschte. Der Hass darin machte mir Angst. Cassian rührte sich nicht von der Stelle. Ich spürte ihn und war froh, dass er bei mir war. Die Wärme seiner Hand brannte sich durch mein T-Shirt. Er würde nicht zulassen, dass sie ihre Wut an mir ausließ. Dessen war ich ganz sicher. Wie zur Bestätigung zog Cassian den Schleier fester um meine Gedanken. Ich wunderte mich, dass Larimar das nicht bemerkte und ihn fortschickte. Allein wäre ich ein so leichtes Opfer für sie.

»Er lügt. Das kann ich dir versichern. Er ist gesehen worden.

Du bist zu leichtgläubig, Eliza. Dir braucht doch nur ein Junge schöne Augen machen, und du glaubst alles, was er sagt.«

»Das stimmt nicht. Ich kann mir ganz gut eine eigene Meinung bilden«, widersprach ich und ärgerte mich, dass meine Stimme zitterte.

»Ach ja? Das glaube ich kaum. Wer selbst auf Rubin hereinfällt, mit dessen Verstand kann es nicht besonders weit her sein. Wer sollte Rubin nach dem Leben trachten?« Sie lachte kurz auf. »So wichtig ist er nicht.« Jetzt lächelte sie mich kalt an.

Sie wollte mich provozieren. Sie wollte mir irgendetwas entlocken, eine Information oder so – etwas, das für sie wichtig war. Aber das würde ihr nicht gelingen. Ich hatte ihr alles gesagt, was ich wusste.

»Du vertraust ja selbst Cassian, obwohl er dir nicht die ganze Wahrheit gesagt hat.«

Bei ihren Worten breitete sich Kälte in mir aus. Sie kannte mich zu gut, meine Schwachstellen. Ich vertraute zu schnell. Ich war der Meinung, dass niemand mir tatsächlich Böses wollte, und bisher war ich damit ganz gut gefahren.

Cassian schob mich hinter seinen schützenden Rücken. Ich hätte gern nach seiner Hand gegriffen, aber er verschränkte die Arme vor der Brust. »Das reicht, Larimar. Du darfst Eliza nicht zu sehr unter Druck setzen. So erreichen wir unser Ziel nie.«

Unser? Wir? Die Worte dröhnten in meinem Kopf. Was meinte er damit? Spielten die zwei mit mir good cop, bad cop, oder was?

»Ich bringe sie jetzt zum Theater. Jade ist völlig überfordert. Sie macht alle total nervös. Danach begleite ich Eliza zum Tor, damit sie noch einmal zu Rubin kann. Sie muss ihn einfach überzeugen. Er gehört nach Leylin, und wenn er die Kugel nicht hat, dann hat er sich nichts zuschulden kommen lassen und kann zurückkehren. Wir werden weitersuchen müssen. Vielleicht haben wir ihn zu schnell verurteilt.«

»Gut, gut.« Larimar wedelte mit ihrer sorgfältig manikürten Hand. »Tu, was du für richtig hältst. Du kennst Eliza schließlich viel besser als ich.« Ihr spöttischer Unterton sprach Bände.

Cassian drehte sich ohne eine Erwiderung um und durchmaß mit großen Schritten den Saal. Man konnte den Eindruck gewinnen, dass er mindestens so schnell herauswollte wie ich. Dafür musste ich rennen, um mit ihm Schritt zu halten.

Er sprach kein Wort mit mir. Die Vertrautheit war verflogen wie eine Feder im Sommerwind. Erst als wir am Theater waren, fuhr er mich mit eisiger Stimme an. »Musstest du sie so provozieren? Kannst du nicht ein bisschen vorsichtiger sein?«

Ich glaubte, mich verhört zu haben. »Ist das dein Ernst? Sie war es doch, die mich provoziert hat. Ich habe ihr nur das gesagt, was ich von Rubin erfahren habe. Aber sie wird immer gleich ekelhaft persönlich. Was hat sie denn gedacht? Dass ich da reinspaziere und Rubin sagt: Oh, Eliza, schön, dich kennenzulernen. Die Schneekugel möchtest du? Hier, bitte sehr.«

Ich stoppte, weil ich Luft holen musste. Meine Wut machte mich fast sprachlos. Aber nur fast. Gerade wollte ich wieder ansetzen, als Cassian mich fest an meinen Oberarmen packte. Wie immer, wenn er mir körperlich zu nahe kam, schwankte ich zwischen Abwehr und dem Bedürfnis, mich an ihn zu lehnen. Etwas, das er definitiv nicht im Sinn hatte, denn jetzt schüttelte er mich leicht. »Sie ist gefährlich, Eliza. Geht das nicht in deinen Kopf? Mit Larimar spielt man nicht. Das haben ganz andere versucht.«

»Elisien?«, schoss es aus mir heraus.

Cassian ließ mich los, als hätte er sich verbrannt, und ich ließ mich auf eine Bank fallen.

»Da ist der Kleinen doch der Apfel direkt auf den Kopf gefallen«, vernahm ich Quirins Stimme plötzlich hinter mir. »Ich wette, Larimar bereut schon, dich ausgewählt zu haben. Sie hat bestimmt gedacht, du bist noch dümmer, als du aussiehst.«

»Quirin«, entfuhr es Cassian und mir gleichzeitig.

Der winkte nur ab. »Das war doch nicht so gemeint.«

»Ich möchte nicht, dass du dich da einmischst, Quirin«, befahl Cassian. »Das ist eine Sache der Elfen.«

»Noch, mein Junge. Noch. Du weißt, was damals passiert ist. Das war auch erst nur eine Sache der Shellycoats, und dann endete es ganz böse. Wir Trolle sehen mehr als ihr, leider!«

»Was meint er?«, wandte ich mich an Cassian.

»Die Sache hat hiermit nichts zu tun, und Larimar will nur das Beste für unser Volk. Da bin ich mir sicher.«

Quirin kicherte vor sich hin, sagte aber nichts mehr.

Stattdessen erklang Jades Freudengeheul. »Cassian, Eliza, ich bin so froh, euch zu sehen. Hier geht alles drunter und drüber.« Sie griff meine Hand und zog mich zur Bühne.

Jade hatte gute Arbeit geleistet, das Stück machte auf mich einen fast perfekten Eindruck. Leider schweiften meine Gedanken immer wieder ab.

»Quirin, was hast du eigentlich gegen Larimar?«, wandte ich mich an den Troll.

»Sie hat die magische Welt entzweit. Früher lebten wir friedlich zusammen, aber jetzt dürfen nicht einmal mehr die Feen nach Leylin. Dabei war das hier ihr Rückzugsort, seit die Fairybridge zerstört ist.«

»Fairybridge?«

»Frag Cassian, ob er dich mal mit zum See nimmt. In klaren Nächten kannst du die Reste der Brücke sehen. Einst führte sie ins Reich der Feen, doch sie wurde zerstört, und seitdem sind sie heimatlos. Viele von ihnen blieben in Leylin, aber nachdem Larimar das verboten hat, sind sie nach Avallach gegangen.«

»Was ist das?«

»Eine Art Schule oder College auf einer Insel.«

»Aber du darfst hier sein?«

»Nur weil du meinen Schutz erbeten hast. Dieses Gesetz wagt selbst sie nicht zu brechen.«

Erstaunt sah ich ihn an. »Ich dachte, das war ein Scherz.«

Er schüttelte den Kopf. »War es nicht. Ich habe dir gleich bei unserer ersten Begegnung angesehen, dass du es nicht mit ihr aufnehmen kannst. Sie ist ziemlich gerissen, und die meisten Elfen kapieren gar nicht, was sie vorhat.«

»Und das wäre?«

Quirin zuckte mit den Schultern. »Das wüsste ich auch gern, aber es ist sicher nichts Gutes. Ihre Aura ist grau, wir Trolle spüren das.«

»Ihre Aura ist grau? Was ist das jetzt schon wieder für ein

Mist? Das ist doch kein Grund, ihr nur Schlechtes zu unterstellen. Vielleicht will sie wirklich nur ihr Volk schützen?«

»Das ist kein Mist. Deine Aura zum Beispiel ist irgendwas zwischen lila und blau. Du bist ein nettes Mädchen. Ein bisschen zu gutgläubig für meinen Geschmack, aber du hast dein Herz auf dem richtigen Fleck.«

Jetzt war ich fast ein bisschen gerührt. »Danke schön. Verrätst du mir auch, was Cassian für eine Aura hat?«

Er verdrehte seine Augen. »Früher war sie ganz grün, aber seit dieser Sache mit seinen Augen wird sie immer dunkler. Das ist kein gutes Zeichen.« Traurig wiegte er seinen Kopf. »Elfen können nicht gut damit umgehen, nicht perfekt zu sein. Dieses Volk wird daran zugrunde gehen.«

»Sag das nicht. Rubin hat mir erzählt, dass er wieder sehen kann, wenn diese sieben magischen Dinge es zulassen.«

»Das ist es ja gerade, Eliza. Die Aureolen dürfen nicht zum persönlichen Vorteil benutzt werden. Sie sind dafür da, das Volk der Elfen zu schützen, und nicht, um einen Einzelnen glücklich zu machen. Er lebt, dafür sollte er dankbar sein. In diesem Krieg sind viele gute Männer und Frauen gefallen. Alle Völker haben jemanden verloren. Er kommt zurecht. Er sollte lernen, sein Schicksal anzunehmen.«

»Das sagt sich leicht, wenn man nicht betroffen ist. Stell dir vor, deine Welt wäre immer dunkel.«

»Ich würde nicht erwarten, dass mein Volk sich in Gefahr bringt, damit ich mich besser fühle.«

»So kommen wir nicht weiter. Rubin sagt, er hat die Kugel nicht. Kann es sein, dass er benutzt wurde? Irgendjemand hat ihm aufgelauert und ihm geraten, dass er verschwinden soll. Larimar sollte ihn verdächtigen.«

Quirin nickte. »Wusstest du, dass auch andere Elfen spurlos verschwunden sind?«

»Raven hat es erzählt. Sie denkt, dass Larimar nach Elisiens Verschwinden die Chance genutzt hat, unliebsame Gegner loszuwerden. Das war der Grund, weshalb Rubin nach der Warnung so überstürzt zu ihr gekommen ist. Er hatte Angst vor seiner eigenen Mutter, das muss man sich mal vorstellen.«

»Ja«, sagte Quirin. »Es war ganz einfach, ihm am nächsten Tag auch die Schuld für das Verschwinden der Kugel in die Schuhe zu schieben. Er konnte sich ja nicht verteidigen. Und er konnte Cassian nicht mehr beeinflussen. Sie hält Cassian viel lieber an der ganz kurzen Leine. Fast könnte man meinen, dass er ihr Sohn ist und nicht Rubin.«

Ein Knoten bildete sich bei seinen Worten in meinem Magen.

»Wenn ich bloß wüsste, ob Rubin mir die Wahrheit erzählt hat. Das würde nämlich bedeuten, dass die Kugel noch hier ist«, überlegte ich laut.

»Das ist sie ganz sicher nicht, weil die Tore sich für die Elfen geschlossen haben.«

»Also, wenn Rubin noch fliehen konnte, dann war die Kugel zu dem Zeitpunkt noch hier?«, vergewisserte ich mich.

»Und erst nachdem er fort war, wurde sie weggeschafft«, ergänzte Quirin. »Wir müssten wissen, wer noch ein Interesse daran hat, zu behaupten, die Kugel wäre gestohlen. Mir fallen nur Elisiens Anhänger ein, die eine Krönung Larimars verhindern wollen.«

»Du meinst Noam und seine fiesen Freunde?«, fragte ich, und gleichzeitig kam mir der Gedanke, was es über Elisien aussagte, dass sie solche Anhänger hatte. Ich schüttelte mich.

»Elisien war eine sehr weise und gute Königin«, wies Quirin mich zurecht. »Ich könnte mir vorstellen, dass Noam Larimars Krönung unbedingt verhindern will.«

»Dann bräuchte seine Familie doch nur ihre Aureole zur Krönung nicht herausrücken. Weshalb der Aufwand?«

»Der Verlust der Aureole schwächt die erste Familie zusätzlich, und Noam findet es sowieso überflüssig, dass Elfen in die Menschenwelt wechseln.«

»Ich kann mir nicht vorstellen, dass die für so eine Aktion clever genug sind.«

»Brutal genug in jedem Fall.«

»Wie findest du es, Eliza?« Jade setzte sich neben mich. Da ich schlecht zugeben konnte, dass ich kaum hingeschaut hatte, versuchte ich es mit einer Notlüge. »Es ist phänomenal. Das hast du toll hingekriegt.«

»Wir haben nur ein Problem.«

Ich sah sie an. Das konnte ich mir kaum vorstellen.

»Es geht um die Tanzszene, bei der Marke Tristan auffordert, mit Isolde zu tanzen. Wir wissen nicht genau, welche Musik wir dafür nehmen sollen und wie die Tanzschritte gehen. Es soll doch wirklich echt aussehen.«

Ich zog mein Handy aus der Tasche. »Wenn es weiter nichts ist«, ich scrollte durch die Playlist. »Bestimmt können eure Musiker das Stück nachspielen, das wir ausgesucht haben.«

Ich drückte auf Play, und sofort ertönten die mittelalterlichen Klänge. Die Elfen, die sich um mich versammelt hatten, schraken zurück. Aber nur kurz, dann rückten sie wieder näher.

»Könnt ihr das nachspielen?«, fragte Jade eine Elfin, die neben ihr stand.

»Sicher. Es hört sich allerdings mit unseren Instrumenten ein bisschen anders an. Weicher.«

»Zeigst du uns, wie der Tanz geht?«, wandte Jade sich an mich.

Ich räusperte mich. Ich hatte mit Sky stundenlang im Netz recherchiert, um einen Tanz zu finden. Das Stück sollte klingen wie aus der Zeit von Tristan und Isolde, was schwierig war, weil es von dort keine überlieferte Musik gab. Zum Schluss hatten wir uns für einen bretonischen Volkstanz entschieden.

Ich stand auf. »Den Tanz habe ich mir mit meiner Freundin ausgedacht«, erklärte ich. »Es sind zwar typische mittelalterliche Elemente dabei, aber wir wollten vor allem, dass Tristan und Isolde sich häufig berühren müssen.«

Jade sah mich verständnislos an. Wahrscheinlich hatte sie keinen Schimmer, was ich mit Mittelalter meinte.

»Ich brauche einen Partner«, sagte ich.

»Das übernehme ich«, sagte Cassian und drängte den Elf, der Marke spielte, zur Seite. »Schließlich muss ich es später auch mit Opal tanzen.«

»Na, dann viel Spaß«, flüsterte Jade mir ins Ohr.

»Vielen Dank. Am besten wir stellen uns alle auf der Bühne auf. Dieser Tanz ist ein Gruppentanz, Tristan und Isolde sind nur kurz allein auf der Bühne.«

Die Elfen stellten sich auf, immer ein Elf und eine Elfin ein bisschen versetzt zueinander. Dann nahm ich Cassians linke Hand, hob sie in Augenhöhe und legte meine darauf. Die anderen taten es uns nach. Ich erklärte die genaue Schrittfolge, und wie nicht anders zu erwarten, begriffen die Elfen den Tanz nach nur zwei Übungsrunden.

Dann wurde es ernst. »Möchtest du es jetzt lieber mit Opal proben?«, fragte ich Cassian.

Unsere Handflächen verschmolzen fast miteinander, und ich hoffte, dass er Nein sagte.

»Wenn es dir nichts ausmacht, dass du mich begleitest.«

Ich atmete ein und gab Jade ein Zeichen. Sie tippte auf Play, und die Musik erklang. Es dauerte nicht lange, und die Musiker der Elfen fielen mit ihren Instrumenten ein. Es schien, als ob sie das Stück schon hundertmal gespielt hätten. Dann begannen wir. Cassian stand ganz dicht neben mir. Mit ihm zu tanzen war, wie auf Wolken zu schweben. Sanft legten seine Hände sich auf meine Taille, und er drehte und führte mich, als hätte er nie etwas anderes getan. Unsere Bewegungen passten sich mühelos dem Rhythmus der Musik an, die in langsamen, weichen Akkorden durch die warme Nachtluft schwebte. Irgendjemand hatte, während wir probten, Hunderte Kerzen angezündet, die jetzt ihr warmes Licht zwischen den tanzenden Paaren verbreiteten.

Ich sah in Cassians Gesicht, und seine Lippen verzogen sich zu einem Lächeln. »Ich finde, wir machen das sehr gut.« Seine Lippen streiften mein Ohr, und Gänsehaut rieselte durch meinen Körper.

Ich wettete, dass ein echter mittelalterlicher Tanz deutlich distanzierter getanzt wurde. Und an Opals Blick, der mich immer wieder streifte, konnte ich ablesen, dass es ihr nicht passte, wie Cassian mich berührte und immer wieder an sich zog. Ich legte meine Hände auf seine Schultern und drehte mich dann von ihm fort. Sofort griff er nach meiner Hand und zog mich zurück. Nur ganz kurz gestattete ich mir, mich an ihn zu schmiegen, bevor ich einen Schritt zurücktrat. Doch seine Hand, die über meinen Rücken wanderte, machte es unmöglich, ihm zu entkommen, und ich wollte es auch gar nicht. Mein ganzer Körper vibrierte, und die Musik und Cassians Nähe nahmen mich gefangen.

Sky und ich hatten die Tanzfolge aus verschiedenen Tänzen, die wir gefunden hatten, selbst zusammengebaut, da uns das Gehüpfe, das im Mittelalter offenbar populär gewesen war, gestört hatte. Unser Tanz war eine Abfolge fließender Bewegungen, die dem Zuschauer deutlich machen sollte, wie sehr Tristan Isolde begehrte, und Cassian spielte diese Rolle perfekt. Viel zu schnell war die Musik zu Ende.

Cassian nahm meine Hand und führte mich zurück zu den Bänken. Jade setzte sich neben mich und klatschte in die Hände.

»Wahnsinn, Eliza.« Sie umarmte mich. »Die Zuschauer werden ganz aus dem Häuschen sein. Und«, sie beugte sich zu mir, »du wärst eine perfekte Isolde.«

Ich schüttelte den Kopf. Sprechen konnte ich nicht, aber sie erwartete offenbar auch keine Antwort.

»Es war ein hartes Stück Arbeit, aber noch drei oder vier Proben und wir sind so weit, es aufzuführen. Ab morgen werden wir ankündigen, wann die Premiere ist. Larimar lässt Freikarten unter der sechsten und siebten Familie verteilen. Erst war ich ja dagegen.«

Erstaunt sah ich sie an. »Wieso?«

»Nicht, was du denkst. Ich weiß selbst, dass diese Familien sich nur selten den Luxus leisten können, ins Theater zu gehen. Ich möchte nur nicht, dass es zu Unruhen kommt. Sie sind nicht besonders gut auf alles Menschliche zu sprechen. Aber das weißt du ja selbst. Larimar meinte, es wäre eine gute Gelegenheit, ihnen zu zeigen, dass Menschen und Elfen gar nicht so verschieden sind.«

Ich bezweifelte, dass das Larimars tatsächlicher Beweggrund war, wollte Jade aber die Freude nicht verderben. Vielleicht war es gut, wenn ich an dem Tag gar nicht auftauchte. Ein harmloses Theaterstück würde ja vielleicht nicht für so viel Unmut sorgen.

»Untersteh dich!«, stahl Jade mir diesen Gedanken. »Du wirst uns an dem Tag nicht allein lassen. Wir brauchen dich hier. Und Noams Krawallmacher lassen die Wachen sowieso nicht rein. Also keine Angst.«

Ich nickte. »Wenn du meinst. Ich will einfach nur, dass es ein Erfolg wird.«

»Das wird es ganz sicher«, mischte Opal sich in unser Gespräch ein. »Cassian und ich sind ein tolles Paar.« Sie legte Cassian, der neben ihr stand, einen Arm um die Taille.

Erleichtert registrierte ich, dass er sich aus ihrer Umklammerung löste und mir seine Hand hinhielt. »Ich bringe dich zurück.«

Ich ergriff seine Hand und stand auf. Kurz spürte ich, dass er meine drückte, bevor er sie losließ. Ich hätte nichts dagegen gehabt, wenn er mich weiter festgehalten hätte.

»Es ist besser so«, flüsterte er.

Wenn du meinst, dachte ich, zum ersten Mal froh, dass er meine Gedanken lesen konnte.

18. Kapitel

»Irgendwer lügt da«, erklärte Sky kategorisch.

»Aber wer?« Ich ließ mich rückwärts auf ihr Bett fallen, auf dem eine bunte Wolldecke lag. »Das Grübeln macht mich ganz müde.«

»Was ist mit Cassian? Könnte er dahinterstecken?«

»Du meinst, dass er die Aureole gestohlen hat? Das kann ich mir nicht vorstellen. Andererseits braucht er sie, um wieder sehen zu können, aber ob er so weit geht?«

»In jedem Fall darfst du niemandem trauen. Ich glaube ja immer noch, dass es Rubin war, der die Kugel gestohlen hat.«

»Warum?«

»Weil Larimar sonst sicher nicht deine Dienste in Anspruch nehmen würde. Sie mag keine Menschen, wenn ich das richtig verstanden habe. Sie muss annehmen, dass die Kugel irgendwo bei den Menschen ist.«

»Da hast du recht.«

»Wie funktioniert das mit dem Wechseln noch mal?«

»Also, es gibt diese Tore, durch die die Elfen gehen können.

Sie sind aber verschlossen, wenn die Kugel nicht im Elfenreich ist. Die Mitglieder der ersten Familie können sich mithilfe der Kugel an jeden beliebigen Ort versetzen, sie brauchen nicht unbedingt die Tore dafür.«

»Klingt ziemlich cool.«

»Finde ich auch. Stell dir vor, ich könnte, wann immer ich wollte, zu meinem Vater reisen. Das wäre der Hammer.«

Sky lächelte traurig, und sofort bekam ich ein schlechtes Gewissen. Zu ihrer Mutter würde keine Elfenkugel der Welt sie bringen können.

»Wenn du ein Elf wärst und die Kugel stehlen wolltest, wie würdest du das anstellen?«

»Erst mal müsste ich wissen, wo sie aufbewahrt wird, das wissen selbst von der jeweiligen Familie nur sehr wenige Mitglieder. Wenn ich die Kugel hätte, müsste ich sie fortbringen, und zwar an einen Ort, wo Larimar sie nicht aufspüren kann.«

»Das wäre hier bei uns, stimmt's? Bei den Menschen.«

Ich nickte.

»Zurück können die Elfen doch durch das Tor, oder?«

Ich sah Sky überrascht an und richtete mich auf. »Das könnte es sein. Jemand hat die Kugel hergebracht, versteckt und ist dann zurückgegangen und hat Rubin beschuldigt. Du bist genial.«

»Na ja, danke für die Blumen, aber wir wissen immer noch nicht, wer die Kugel wohin gebracht hat.«

»Wenn sich das alles in dieser Nacht abgespielt hat, dann kann derjenige nicht weit gegangen sein.«

»Die Lichtung«, fiel es uns beiden gleichzeitig wie Schuppen von den Augen. Zwischen all den Glücksbringern würde eine Schneekugel nicht weiter auffallen.

»Wir müssen gleich morgen nachschauen, ob wir richtigliegen«, bestimmte Sky. »Aber jetzt muss ich noch ein bisschen üben.«

Ich nickte. »Nehmen wir Rubin oder Raven mit?«

»Traust du ihnen denn?«

»Mehr als Larimar. Irgendwie glaube ich nicht, dass Raven wirklich etwas mit Elisiens Verschwinden zu tun hat. Sie wirkt auf mich ganz ehrlich. Vielleicht sollte ich Sophie bei meinem nächsten Besuch fragen, was sie glaubt. Wenn ich nur mehr Zeit hätte.«

»Du wirst schon das Richtige tun. Was haben die Karten gesagt? Du sollst deinem Gefühl vertrauen?«

»So was in der Richtung.« Ich umarmte Sky zum Abschied. »Bist du eigentlich immer noch sauer auf Frazer?«

Sie schüttelte den Kopf. »Ich ärgere mich nur über mich selbst, darüber, dass ich mit meiner Meinung über ihn immer richtiglag und das kurzzeitig vergessen habe.«

Ich lachte. »Du bist unverbesserlich und nachtragend.«

»Bin ich nicht, und jetzt ab mit dir.«

»Ist alles in Ordnung?«, fragte ich Cassian, der schwieg, seit er mich abgeholt hatte.

»Wie man es nimmt.«

»Willst du es mir erzählen oder nicht?«

»Wir werden Sophie und Dr. Erickson besuchen.«

Erstaunt sah ich ihn an. »Hat Larimar das erlaubt?«

»Nicht direkt, aber ich denke, es ist wichtig, dass du sie siehst.«

Ich blickte sehnsüchtig zum Himmel. Hörte seine Heimlichtuerei denn nie auf?

»Es wird dir die Dringlichkeit deiner Aufgabe verdeutlichen.«

»Wie meinst du das?« Eine diffuse Angst bemächtigte sich meiner. »Es ist etwas mit Sophie, richtig? Was hat Larimar getan?«

Cassian blieb stehen. »Sie hat gar nichts getan. Im Gegenteil, die ganze Zeit hat sie versucht, die beiden zu schützen.«

»Pfff. Wer es glaubt, wird selig.«

»Denkst du, sonst wären sie noch hier?«

»Ich denke, dass du dich von ihr an der Nase herumführen lässt und dass du das auch weißt.«

»Sie ist sehr unglücklich über das, was gerade geschieht, und das Wohlergehen von Sophie und Dr. Erickson war ihr immer sehr wichtig.« Dann schwieg er. An seiner Körperspannung war unschwer zu erkennen, dass er auf der Hut war.

Wir waren fast an dem Haus von Sophie angelangt. Die Elfen, an denen wir vorbeiliefen, sahen uns abweisend an. Ich vergrub meine Hände in den Taschen meiner Jacke und sah zu Boden.

»Du musst keine Angst haben«, flüsterte Cassian. »Noam wird es nicht noch einmal wagen, dich zu belästigen.«

»Na, hoffentlich«, murmelte ich.

Vor dem Laden stand eine von Larimars finsteren Wachen. Erschrocken sah ich ihn an.

»Was ist hier los?«, fragte ich.

Statt einer Antwort klopfte Cassian an Sophies Tür. Dr. Erickson öffnete. Als er uns erkannte, verzog sich sein Mund zu einem traurigen Lächeln. »Eliza. Schön, dass du uns besuchst, sie ist gerade noch einmal wach geworden.«

»Was ist mit ihr? Was ist passiert? Hat jemand sie angegriffen?« Ich warf Cassian einen finsteren Blick zu und schickte einen noch finsteren Gedanken hinterher. Hätte er mich nicht warnen können?

Doch er tat, als ob ihn ausnahmsweise einmal nicht interessierte, was ich dachte.

Ich ließ ihn stehen und folgte Dr. Erickson die Treppe hinauf, wo er mich in ein kleines Schlafzimmer führte. Sophie lag im Bett und versuchte zu lächeln, als sie mich sah, was ihr allerdings nicht ganz gelang.

Ich setzte mich auf einen Stuhl, der neben dem Bett stand, und griff nach ihrer Hand, die eiskalt war. »Was ist? Sind Sie krank? Ist irgendwas passiert?«

»Nein, mein Kind, es ist nichts passiert.«

Dr. Erickson hinter mir räusperte sich. »Wie man es nimmt.«

»Sind Sie angegriffen worden? Waren Noam und seine Spießgesellen hier? Larimar hätte ihn einsperren müssen.«

»Es ist meine Medizin, Kind. Sie neigt sich dem Ende zu. Normalerweise muss ich sie dreimal am Tag nehmen, um das Gift in meinem Körper in Schach zu halten, aber nun ist nicht mehr genug da, und ich bekomme nur noch eine Dosis. Das ist genug, damit ich nicht ins Koma falle, aber auch dafür reicht der Vorrat der Heiler nur noch wenige Tage.«

Mir wurde kalt. »Und dann, was passiert dann?«

»Das wissen wir nicht, aber ich hoffe, dass die Heiler das Mittel bald wieder herstellen können.«

»Welches Gift überhaupt? Ich verstehe nicht.«

»Das ist der Grund, weshalb wir beide dauerhaft hier leben«, ergriff Dr. Erickson das Wort. Sophie schloss ihre Augen. Sie sah unglaublich erschöpft aus. »Sophie wurde vor einiger Zeit schwer verletzt. Die Waffe, mit der sie verwundet wurde, war vergiftet. Sie fiel ins Koma, und wir dachten, dass wir sie verlieren würden. Die Ärzte bei uns zu Hause konnten ihr nicht helfen. Daraufhin bat Elisien ihre Heiler um Hilfe. Tatsächlich gelang es ihnen, eine Medizin zu entwickeln, doch Sophie muss diese sehr regelmäßig einnehmen, und der Trank ist extrem schnell verderblich. Er muss stets frisch zubereitet werden.«

»Und weshalb ist er plötzlich ausgegangen?«, fragte ich misstrauisch. Kam das nur mir komisch vor?

»Die Heiler benötigen dafür eine ganz bestimmte Zutat aus der Menschenwelt.«

»Kein Problem«, verkündete ich. »Die kann ich mitbringen.«

»Das reicht leider nicht. Sonst wäre ich selbst gegangen. Dieses Kraut muss von einem Elfen gepflückt werden, damit es seine Wirkung entfalten kann.«

»Dann bitte ich Rubin oder Raven, es zu pflücken.«

Er schüttelte den Kopf. »Das habe ich schon vorgeschlagen, aber die Heiler meinen, keiner der beiden würde es erkennen. Sie sind eben keine Heiler, und die Gefahr, ein giftiges Kraut zu pflücken, ist zu groß.«

»Ich kann mir nicht helfen, Dr. Erickson aber kann es sein, dass Larimar mich mit Sophies Krankheit unter Druck setzen möchte? Sie hat da so eine Bemerkung gemacht.«

»Das kann ich mir nicht vorstellen, Eliza. Sie ist sehr in Sorge um Sophie. Gestern war sie persönlich hier und hat sich lange mit uns unterhalten. Ich gestehe, dass ich Elisien mehr mochte als Larimar, aber ich traue ihr nicht zu, dass sie Sophie opfern würde. Sobald die Aureole zurück ist, wird sie Königin, und sie wird die Heiler in die Menschenwelt schicken, um das Kraut zu holen, das hat sie versprochen.«

»Dann hängt es nur von mir ab.«

Dr. Erickson nickte. »Ich würde sie selbst suchen, aber ich kann Sophie in diesem Zustand nicht allein lassen.«

»Ich gebe mein Bestes«, versprach ich. Sophie war eingeschlafen. »Ich denke, wir lassen sie jetzt lieber allein.«

»Danke, dass du vorbeigekommen bist, das bedeutet uns sehr viel.«

»Ich komme bald zurück, versprochen. Aber Rubin bestreitet, dass er die Kugel mitgenommen hat. Allerdings habe ich einen Verdacht, wo sie sein könnte. Meine Freundin Sky hat mich darauf gebracht.«

Cassian trat näher heran. Er war bis jetzt an der Tür stehen geblieben. »Wo?«, fragte er.

»Wir glauben, dass die Kugel auf der Lichtung versteckt ist. Der Dieb hat die Kugel auf der anderen Seite versteckt und ist zurückgekommen. Rubin muss *vor* ihm geflohen sein.«

»… denn er konnte nur gehen, solange die Kugel hier war«, ergänzte Cassian.

»So kann es tatsächlich gewesen sein«, bestätigte Dr. Erickson. »Als du gerade durch das Tor gegangen bist, hast du nach der Kugel gesucht?«

Ich schüttelte den Kopf. »Es war schon zu dunkel.«

»Die Überlegung hat eine Schwachstelle«, sagte Cassian. »Wenn es nicht Rubin war, sondern ein anderer Elf der ersten Familie, dann kann er auch jedes andere Tor gewählt haben, und es gibt Hunderte auf der ganzen Welt.«

»Irgendwo müssen wir ja anfangen, und eine andere Idee habe ich leider nicht«, bekannte ich. »Wenn Rubin es nicht war, stehen wir wieder ganz am Anfang.«

»Es wäre schön, wenn du danach suchst. Mehr können wir nicht verlangen«, tröstete Dr. Erickson mich.

Ich strich ein letztes Mal über Sophies kalte Hand.

»Ich lass mich doch von euch nicht für dumm verkaufen«, schimpfte ich los, kaum dass wir das Haus verlassen hatten. Ich prallte zurück, als ich den Elfenauflauf sah, der sich vor dem Haus versammelt hatte.

Eine uralte Elfin trat auf mich zu. »Wir werden nicht zulassen, dass sie stirbt. Wir lassen nicht zu, dass Sophie uns verlässt. Es reicht, dass Elisien verschwunden ist.«

Ich wollte ihr antworten, doch Cassian hielt mich zurück. »Larimar versucht ihr Bestes, um Sophie zu helfen. Geht nach Hause.« Dann schob er mich durch die Elfen. Der Wächter folgte uns, und ich musste zugeben, dass ich mich dadurch bedeutend sicherer fühlte. Ich unterdrückte meine Wut, bis wir kurz vor dem Theater waren. Dann hielt ich Cassian zurück. Der Wächter hatte uns verlassen und war zu Sophies Haus zurückgekehrt.

»Ich glaube nicht, dass das ein Zufall ist.«

»Ich weiß nicht, was du meinst.«

»Gerade jetzt geht das Medikament für Sophie zur Neige? Gerade jetzt, wo Larimar mich damit unter Druck setzen kann? Das kann sie mir nicht erzählen. Du kannst das unmöglich glauben. Sie hat mir praktisch damit gedroht.«

»Sicher hast du etwas falsch verstanden.«

»Da war nichts falsch zu verstehen!«, tobte ich. »Sie hat gesagt, wenn ich die Kugel nicht zurückbringe, werde Sophie nicht mehr lange versorgt werden. Okay, sie sagte, dass sie dann nicht länger bleiben dürfe.«

»Siehst du. Sie hätte Sophie nie zurückgeschickt.«

»Nein, weil es für sie einfacher ist, ihr Gesicht zu wahren, wenn sie einfach behauptet, dass das Medikament nicht mehr hergestellt werden kann. Dann schiebt sie Rubin dafür die Schuld auch gleich noch in die Schuhe. Passt doch perfekt.«

»Du spinnst«, erklärte Cassian und setzte seinen Weg fort.

»Und du denkst nur an dich. Dir ist doch nur wichtig, dass du mithilfe der Aureolen dein Augenlicht zurückbekommst. Alles andere ist dir doch egal«, schrie ich ihm hinterher und ballte meine Fäuste.

Cassian stand schneller wieder vor mir, als ich reagieren konnte. »Pass auf, was du behauptest, Eliza.« Seine Stimme klang drohend. »Ich würde nie, hörst du, nie erwarten, dass die Aureolen dafür benutzt werden. Wer immer das behauptet, lügt.«

»Aber Rubin sagt, dass Larimar dir genau das versprochen hat.«

»Er lügt.« Damit wandte Cassian sich ab und ging davon. Langsam folgte ich ihm.

»Hast du Sophie besucht?«, fragte Jade, die in dem verwaisten Theater auf uns wartete.

Ich nickte. »Was ist hier los?«

Jade zuckte mit den Achseln. »Wir können heute nicht proben. Larimar hat alle in den Tempel bestellt. Mich auch, aber ich bin nicht mitgegangen.«

»Dafür wirst du Ärger bekommen«, ermahnte Cassian sie.

»Das ist mir so was von egal, Bruderherz. Ich lasse mich von ihr nicht rumkommandieren.«

»Sie ist deine künftige Königin, also pass auf, was du sagst.«

Jade sprang auf. »Du sagst es – künftige Königin. Noch ist sie es nicht, und ich finde es reicht, wenn einer von uns nach ihrer Pfeife tanzt.« Jade drückte mich kurz an sich und lief davon.

»Wir müssen etwas tun«, verlangte ich und stürmte in das kleine Haus, kaum dass Raven mir geöffnet hatte. »Sophie ist sehr krank, und wenn sie ins Koma fällt, werden eure Heiler nicht wissen, ob sie sie wieder zurückholen können, hat Cassian gesagt.«

»Was ist mit Sophie? Du musst mir alles genau erklären«, forderte Raven.

»Ihr Medikament geht zur Neige«, berichtete ich.

»Das ist Larimars Werk«, schlussfolgerte sie messerscharf, nachdem ich alles erzählt hatte.

»Genau meine Meinung, aber Cassian glaubt mir nicht, dabei hat sie es praktisch fast zugegeben. Wir müssen etwas tun. Wir müssen die Kugel finden. Sie darf Sophie die Medizin nicht mehr verweigern, wenn die Kugel zurück ist.«

Raven nickte. »Jedenfalls nicht, bis ihr eine nächste Intrige einfällt. Ich traue ihr ebenso wenig wie du. Aber wo sollen wir nach der Kugel suchen?«

Ich erzählte ihr von meinem und Skys Verdacht. »Kommst du mit, die Kugel suchen? Vielleicht kannst du sie spüren oder so. Eigentlich wollte ich Rubin bitten.«

»Er ist nicht da. Du glaubst, dass ein Elf die Kugel dort versteckt hat?« Zweifelnd sah sie mich an.

»Es ist immerhin einen Versuch wert, findest du nicht?«

»Ich komme mit«, beschloss sie.

Während der kurzen Busfahrt schwiegen wir. Ich hing meinen Gedanken nach. Was sollte ich tun, wenn wir die Kugel tatsächlich fanden? Konnte es so einfach sein? Plötzlich wurde mir klar, was es wahrscheinlich noch bedeutete, wenn die Kugel zu den Elfen zurückkehrte. Dann gab es keinen Grund mehr für mich, zu ihnen zu gehen. Oder anders – sie brauchten meine Hilfe nicht mehr. Würde sich das Tor danach überhaupt noch öffnen? Die Erkenntnis fuhr schmerzhaft durch meinen Körper. Ich würde Cassian nicht wiedersehen. Ich würde ihn verlieren. Tränen stiegen mir in die Augen, die ich wegzublinzeln versuchte. Raven war der Aufruhr meiner Gefühle nicht entgangen. Sie legte eine Hand auf meine. »Sie hätten dich da nicht mit reinziehen dürfen«, sagte sie. »Elfen und Menschen – das ging noch nie gut.«

»Was ist mit dir und Peter?«

Sie lächelte. »Wir sind eine Ausnahme.«

»Was wäre gewesen, wenn du Königin geworden wärst? Hättest du mit ihm zusammenbleiben dürfen?«

Raven zuckte mit den Schultern. »Das werden wir nun nie erfahren. Vielleicht ist es ja besser so.«

Für mich klang das, als hätte sie aufgegeben.

Der Bus hielt, und wir stiegen aus. Ich führte Raven zu der Lichtung.

Vorsichtig kletterten wir die nassen Stufen hinunter und sahen uns um. Im langsam verblassenden Sonnenlicht schaukelten und glitzerten unzählige Glücksbringer. Wo immer ein Elf diese Schneekugel versteckt hatte, sie zu finden würde ein hartes Stück Arbeit werden.

»Wie sieht diese Kugel eigentlich aus?«, fragte ich Raven. »Wie groß ist sie?« Die ganze Zeit hatte ich Weihnachtsschneekugeln mit kitschigen Weihnachtsdörfern oder Schneemännern drin vor Augen gehabt.

»Sie hängt an einer Kette«, klärte Raven mich auf.

Erstaunt sah ich sie an. Dann konnte diese Aureole nicht besonders groß sein. Wer hängte sich schon eine Monsterkugel um den Hals – bestimmt nicht mal Elfen.

»Die Kugel ist nicht besonders groß.« Sie formte mit ihren Fingern einen Kreis von maximal drei Zentimeter Durchmesser. »Sie besteht aus unzerbrechlichem Glas, und der Schnee bewegt sich in der Kugel ohne Unterlass. Es sieht fast aus, als tobe darin ein Schneesturm. Auf dem oberen Rand der Kugel sitzt eine winzige Elfe. An dieser Stelle ist auch die Kette befestigt, mit der die Aureole getragen wird.«

Eine Kette hätte ich als Allerletztes gesucht. Aber gut. Wahrscheinlich baumelte sie irgendwo zwischen dem anderen Schnickschnack. Ich hoffte nur, dass niemand sie geklaut hatte. Raven und ich suchten jeden Baum und jeden Strauch ab, von einer silbernen Kette war nichts zu sehen.

»Vielleicht lag ich auch falsch mit meiner Vermutung«, sagte ich, als wir uns erschöpft auf einem Baumstamm niederließen. Raven schüttelte den Kopf.»Das glaube ich nicht. Es liegt Elfenmagie in der Luft. Das spüre ich deutlich.«

»Kann das nicht das Tor sein?«

»Nein, es ist etwas Stärkeres. Vielleicht ist die Aureole mit einem Versteckzauber belegt.«

»Ihr könnt zaubern?« Ich rückte ein winziges Stück von ihr ab.

»Nicht so wie die Zauberer«, lachte sie.»Nur ein bisschen zu unserem Schutz. Im Grunde nur ein paar Bannsprüche, mehr schaffen die meisten Elfen nicht.«

»Zauberer?«

»Hat Cassian dir das nicht erzählt?«

»Doch, ich glaube schon. Muss ich über die Information, dass es Vampire gibt, verdrängt haben.« Ich verzog mein Gesicht.

»Entschuldige. Ich vergesse immer, was ihr Menschen alles nicht wisst.«

»Och, dafür brauchst du dich nicht zu entschuldigen, das hat Cassian mir schon alles aufs Brot geschmiert.«

»Du magst ihn, oder?«

Ich spürte, dass ich rot wurde. »Merkt man das so deutlich?«

»Du erwähnst auffällig häufig seinen Namen.« Sie grinste. »Man kann sich seinem Charme nur schwer entziehen, und für einen Menschen muss es noch schwerer sein als für eine Elfe.«

»Warst du etwa auch mal in ihn verliebt?«, fragte ich schockiert.

»Himmel, nein. Mir ist er viel zu eingebildet.«

»Daran habe ich mich anscheinend gewöhnt«, gab ich zu.

»Du weißt, dass du dir keine allzu großen Hoffnungen machen darfst?«

Ich biss mir auf die Lippen. »Eigentlich schon, aber in den letzten Tagen hatte ich so ein Gefühl …«

Bildete ich mir das ein, oder sah Raven mich mitleidig an?

»Ja, ich weiß.«

»Dann ist es ja gut. Was machen wir jetzt?«

Ich zuckte mit den Schultern. »Wenn du das nicht weißt, wer dann?«

»Wir sind nicht allwissend.«

»Da würde Cassian aber das Gegenteil behaupten.«

Raven schlug mir auf den Oberschenkel. »Das ist genau der Grund, weshalb du dich von ihm fernhalten solltest.«

»Ich kann es ja mal versuchen.« Ein kurzes Aufblitzen blendete mich. Die Sonne stand mittlerweile sehr tief. »Was war das?«, fragte ich Raven.

»Was? Ich habe nichts gesehen.«

Wieder traf ein greller Strahl mein Auge. Ich stand auf und ging darauf zu. Das war keine normale Reflexion, das Licht wurde von irgendetwas gespiegelt. Suchend sah ich nach oben. Raven stand dicht hinter mir. »Ich spüre es. Hier ist die Magie viel stärker. Nur sehe ich nichts.«

Die Blätter des Baumes, zu dem wir hinaufsahen, hingen nur noch vereinzelt an den Ästen. Die meisten bedeckten den Waldboden wie ein rotgelber Teppich. Angestrengt versuchte ich herauszufinden, was mich geblendet hatte. Die letzten Blätter schaukelten im Abendwind hin und her und hielten sich tapfer fest. Ich konnte nichts Besonderes erkennen. Aber wenn es dort etwas Ungewöhnliches gab, dann musste ich es entdecken, bevor die Sonne untergegangen war.

Langsam ging ich um den Baum herum.

»Ich kann es nicht sehen, es wurde verborgen. Elfen könnten es höchstens noch spüren. Du musst genau hinsehen, Eliza.«

»Das versuche ich ja. Aber alles in diesem Baum schillert so merkwürdig. Je mehr ich mich anstrenge, umso mehr verschwimmt jede Kontur.«

»Das ist der Bannzauber. Er versucht, dich zu verwirren.«

Ich blieb stehen und konzentrierte mich. Es konnte nur noch Sekunden dauern, bis die Sonne am oberen Rand der Schlucht unterging. Vielleicht war das meine Chance, dem Wechselspiel des Lichtes zu entkommen.

Tatsächlich – in dem Moment, in dem der letzte Strahl aufleuchtete, sah ich die Kette. Sie schwang an einem der Äste hin und her. Ein Großteil war noch unter Blättern verborgen. Doch wer immer sie versteckt hatte, hatte nicht bedacht, dass im Herbst die Blätter von den Bäumen fielen, weil sie es in der Elfenwelt nicht taten. »Da ist sie«, flüsterte ich und versuchte, die Kette zu erreichen.

»Kommst du ran? Ich sehe immer noch nichts.« Ich reckte und streckte mich. Leider vergeblich. »Sie hängt zu hoch«, ächzte ich vor Anstrengung.

»Ich könnte es versuchen, wenn du mir sagst, wo genau sie hängt«, schlug Raven vor. Sie war größer als ich und wirkte auch deutlich sportlicher. Ich platzierte sie direkt unter der Kette, die immer schwerer zu erkennen war, je schummriger es wurde. Wir hätten eine Taschenlampe mitnehmen sollen.

»Jetzt musst du nur deine Hand ausstrecken«, wies ich Raven an. »Dann müsstest du sie fassen können.« Ravens Fingerspitzen näherten sich der kleinen Kugel, die am Ende der silbernen Kette hing. Doch bevor sie zugreifen konnte, fuhr ein winziger Blitz heraus. Es sah aus, als würden ihre Fingerspitzen glühen, und während ich noch fasziniert das Schauspiel betrachtete, sank sie zu Boden. Der Blitzstrahl berührte jetzt ihren Körper.

Ich erwachte aus meiner Erstarrung und zerrte sie von dem Baum fort. Was war das gewesen? Wo war dieser Blitz plötzlich hergekommen?

»Raven? Sag doch was!« Sanft klopfte ich auf ihre Wangen. Sie rührte sich nicht. Panisch versuchte ich, ihren Puls zu fühlen. Hatten Elfen einen Puls? Bestimmt, oder? Ich rannte zum Bach und schöpfte mit meinen Händen Wasser. Das meiste floss zwar direkt zwischen meinen Fingern hindurch, aber ein paar Tropfen konnte ich retten.

Ich benetzte Ravens Lippen. »Bitte, bitte wach auf«, flehte ich. Das konnte nicht wahr sein. Ich musste Hilfe holen. Gleich würde es stockdunkel sein. Fahrig durchsuchte ich Ravens Jackentaschen und wurde zum Glück fündig. Ich wählte auf ihrem Handy Peters Telefonnummer und ließ es läuten. Nach einer Weile sprang die Mailbox an. Ich erzählte Peter, was passiert war und wo Raven und ich waren. Ich konnte nur hoffen, dass er aus meinem Gestammel schlau wurde.

Was sollte ich jetzt tun? Ich zog meine Jacke aus und bettete Ravens Kopf darauf. Sollte ich nach Hause laufen und meine Mutter um Hilfe bitten? Aber ich konnte Raven doch nicht allein hier liegen lassen. Sollte ich einen Krankenwagen rufen? Aber sie würden sofort merken, dass mit Raven etwas anders war. Wenn sie starb, war ich womöglich schuld, weil ich einfach nicht das Richtige getan hatte. Noch einmal holte ich Wasser. Dann griff ich wieder zu Ravens Handy. Ob Rubin auch ein Handy besaß? Leider Fehlanzeige. Vor Angst begann ich zu zittern.

»Wach doch auf, Raven. Bitte wach auf!« Dunkle Schatten krochen auf uns zu. War ich schon mal mitten in der Nacht allein hier unten gewesen? Noch nie. Mein Herz schlug mir bis zum Hals. Mein Handy spendete nur ganz wenig Licht, das laufend wieder erlosch. Auf jeden Fall reichte es, dass ich erkannte, dass Raven nicht mehr ganz so schneeweiß wie am Anfang war und dass ihr Brustkorb sich regelmäßig hob und senkte.

Ich hockte neben ihr und hielt ihre Hand, und dann, nach

einer gefühlten Ewigkeit, hörte ich Stimmen. Ich sah einen Lichtstrahl, der über den Rand der Schlucht strich und sich dann die Stufen hinuntertastete.

Ich stand auf. »Peter?«, rief ich. »Bist du das? Wir sind hier!« Im Grunde war es mir mittlerweile total egal, wer da kam, wenn es nur bedeutete, dass ich nicht mehr allein war.

Meine Erleichterung war grenzenlos, als ich Peter und Rubin erkannte.

»Was ist passiert?« Peter kniete atemlos neben Raven nieder. »Wir haben die Schneekugel gefunden«, erklärte ich. Rubins überraschter Ausruf ließ mich aufblicken. »Dort oben im Baum.« Ich wies zu den Ästen über mir. Jetzt war natürlich nichts mehr zu erkennen. »Als Raven danach greifen wollte, kam ein Blitz heraus, und sie brach zusammen. Seitdem rührt sie sich nicht, und ich wusste nicht, was ich machen sollte, aber ich wollte sie nicht allein lassen«, jammerte ich. »Ich hatte solche Angst, dass sie stirbt«, wandte ich mich wieder Rubin zu.

»Rubin, was können wir tun?«, fragte Peter. »Sie ist ganz kalt.«

Rubin kniete neben Raven nieder. »Ich wecke sie auf«, erklärte er, als wäre dies die einfachste Sache der Welt. Dann legte er eine Hand auf ihre Stirn und eine auf ihren Brustkorb. Es war zu dunkel, um genau zu erkennen, was er tat, doch es dauerte tatsächlich nur eine Minute, und Raven schlug die Augen auf und richtete sich auf.

Das Erste, was sie sagte, war: »Du hättest mir die Wahrheit sagen müssen.« Sie sah nur Rubin an.

»Ich weiß, aber ich konnte nicht. Ich hatte es versprochen.«

»Wem?«

Rubin schüttelte den Kopf, und ich verstand mal wieder nur Bahnhof.

Peter zog Raven an sich. »Alles in Ordnung?«

Sie nickte. »Es war nur der Bann. Er war nicht stark genug, um Schaden anzurichten. Aber aufheben konnte ihn nur der, der ihn beschworen hat. Du warst schon immer besonders gut in Magie«, wandte sie sich wieder Rubin zu.

Er zuckte mit den Schultern. »In irgendwas musste ich ja besser sein als Cassian und du.«

»Was wirst du jetzt tun?«

»Ich muss einen besseren Ort finden. Das hätte ich längst tun müssen.«

»Die Kugel muss zurück, Rubin. Das hier ist keine Lösung.«

Rubin schüttelte den Kopf. »Du verstehst das nicht, Raven.«

»Ich weiß nur, dass du die Kugel zu Unrecht besitzt. Sie gehört unserem Volk. Du kannst nicht darüber bestimmen.«

»Doch, genau das kann ich.« Er reckte sich und griff in die Dunkelheit. Als er seinen Arm zurückzog, schimmerte in seiner Handfläche die gläserne Kugel. Ich trat näher heran. So etwas Wunderschönes hatte ich noch nie gesehen. Die Ringe der silbernen Kette waren das Werk eines Meisters, die winzige Elfe, die auf der Kugel hockte, war zwar filigran, aber trotzdem konnte man jedes Detail erkennen. Winzige Rubinaugen blitzten mich an. Der Schnee in der Kugel wirbelte aufgeregt herum, er wurde immer schneller. Ich konnte meinen Blick nicht davon lösen.

Dann geschah alles auf einmal. Ich hörte Raven schreien,

dass ich nach der Kette greifen sollte. Licht blendete mich, als das Elfentor unmittelbar neben uns auftauchte. Eine wahre Flut schillernder Schmetterlinge umringte uns. Ich streckte meine Hand nach der Aureole aus, doch Larimar war schneller. In Taubengestalt schoss sie aus dem Tor heraus und griff mit ihrem Schnabel nach der Kette, sie flog eine kleine Schleife und verschwand wieder. Das Einzige, was wir hörten, war ihr Lachen. Dann war es wieder so finster wie zuvor.

Ich kniete nieder. »Ist das gerade wirklich passiert?«, fragte ich wispernd.

Peter leuchtete mit seinem Handy in die Dunkelheit.

»Das ist es«, antwortete mir Raven. »Ist er fort?«, wandte sie sich dann an Peter.

»Ich sehe ihn nicht.«

Jetzt blickte ich mich um. Rubin war verschwunden. Wohin auch immer. »War das das Werk der Kugel?«

»Ja.«

»Weshalb hat er uns nicht die Wahrheit gesagt? Weshalb hat er die Kugel gestohlen?«

»Ich habe keine Ahnung«, sagte Raven. »Ich frage mich, ob er wirklich zugelassen hätte, dass Sophie stirbt.«

»Wird Larimar ihn nicht finden und bestrafen?«

»Sie wird es sicherlich versuchen.«

»Hat er etwa auch etwas mit Elisiens Verschwinden zu tun? Hat er uns alle nur hinters Licht geführt?«, sprach Peter etwas aus, was ich ebenfalls dachte.

»Ich weiß es nicht, aber ich kann es mir nicht vorstellen«, sagte Raven müde. »Ich schlage vor, dass wir jetzt erst mal nach

Hause fahren und überlegen, was wir tun sollen.« Sie sah Peter auffordernd an.» Hoffentlich ist Sophie nun in Sicherheit.«

Mein Handy klingelte. Ich brauchte gar nicht nachzusehen, ich wusste auch so, dass es meine Mutter war.» Sie macht sich sicher Sorgen«, sagte Raven und stand auf.

»Ich weiß. Was passiert jetzt? Larimar hat die Kugel. Wird sie mich noch nach Leylin lassen?«, fragte ich ängstlich.

Raven legte mir ihre Hände auf die Schultern.» Ich würde dir gern raten, nicht mehr hinüberzugehen. Es ist noch nicht vorbei. Aber ich glaube nicht, dass du auf mich hören würdest, oder?«

»Ich schätze nicht«, erwiderte ich.» Wenigstens ein letztes Mal, nur um mich zu verabschieden von Jade, Sophie und …« Ich machte eine Pause.» Und von Cassian.«

»Du musst tun, was du für richtig hältst.«

»Ich glaube nicht, dass ich eine große Wahl habe.«

»Ich wünsche dir Glück, Eliza.«

Das klang nach Abschied.» Kann ich euch vielleicht mal besuchen?«

»Wir wissen nicht, wie lange wir noch bleiben. Wir wollten schon längst nach Edinburgh gehen.« Sie umarmte mich. Dann stiegen wir aus der Schlucht, und nach einem letzten Lebewohl machte ich mich auf den Weg nach Hause.

Ich konnte nicht schlafen in dieser Nacht, und das lag nicht an den Vorwürfen, die meine Mutter mir gemacht hatte, weil es so spät geworden war. Ich hatte sie enttäuscht, und heute tat mir das leid. Sie hatte einen Schritt auf mich zugemacht, und ich hatte ihr förmlich die Nase vor der Tür zugeschlagen. Doch diesmal hatte ich wirklich keine Wahl gehabt. Ich würde mich in den nächsten Tagen mehr anstrengen müssen. Aber jetzt konnte ich nur daran denken, dass ich Cassian vielleicht nie wiedersehen würde. Ich dachte an Gwyn, das Mädchen, das über diesen Verlust wahnsinnig geworden war, und plötzlich fühlte ich mich so leer wie noch nie. Dieses Gefühl schien mir ein Vorbote zu sein – dafür, dass ich niemals wieder würde glücklich sein können.

Irgendwann hielt ich es nicht mehr aus. Ich schlüpfte aus meinem Bett und schlich zu Fynn.

Ich setzte mich auf seine Bettkante und rüttelte an seinem Arm.

»Kannst du nicht schlafen?«, murmelte er.

»Nein. Kann ich bei dir bleiben?«

Fynn rückte etwas zur Seite, und ich kuschelte mich unter seine breite Decke.

Der Mond schien durch sein Fenster, und Fynn sah mich aufmerksam an. »Es ist nicht Frazer, oder?«

Ich schüttelte den Kopf. »Nein, er ist es nicht.«

»Möchtest du mir verraten, wer dir da gerade das Herz bricht?«

»Das kann ich leider nicht.«

Fynn griff nach meiner Hand. »Wenn er dich unglücklich macht, ist er es nicht wert, dass du ihn liebst.«

Tränen traten mir in die Augen. »Das weiß ich, aber ich komme nicht dagegen an.«

Fynn antwortete nicht mehr, er war wieder eingeschlafen.

19. Kapitel

»Eliza, wir haben ein Problem.« Jade kam wie immer in atemberaubendem Tempo auf mich zugestürmt. »Es ist etwas mit Opal. Sie schläft, und wir bekommen sie nicht wach. Schon als sie herkam, sah sie irgendwie krank aus. Sie war ganz grün im Gesicht, und dann ist sie einfach eingeschlafen.« Jade fuhr sich durch ihr sorgfältig frisiertes Haar. »Ich weiß nicht, was wir machen sollen.«

Mein Blick fiel zufällig auf Quirin, der gedankenverloren mit einer Frucht spielte, die einer Eichel ähnlich sah, und in sich hineingrinste. Als er meinen Blick spürte, sah er mich unschuldig an.

»Hast du etwas damit zu tun, Quirin?«, fragte ich und sah ihn streng an.

»Womit?«

»Damit, dass Opal jetzt schläft und nicht spielen kann?«, fuhr Jade ihn an. »Weißt du, was das heißt? Wir müssen das Stück absagen. Das ist eine Katastrophe. Cassian, sag du doch auch mal was. Dieser verdammte Troll.« Auffordernd sah sie

Cassian an, der offenbar hinter mich getreten war, ohne dass ich ihn bemerkt hatte.

»Eliza wird die Isolde spielen«, bestimmte dieser stattdessen. Ich drehte mich um. Das Haar hing ihm in die Augen, sodass ich sie kaum sehen konnte.

»Eliza wird die Isolde ganz bestimmt nicht spielen, weil Eliza nämlich nicht spielen kann«, widersprach ich und konnte nur mit Mühe meine Augen von seiner Brust lösen, die unter dem schmal geschnittenen Leinenhemd besonders gut zur Geltung kam.

Cassian zog seine Augenbrauen in die Höhe.

Springer auf ... ach egal, er hatte meine unzüchtigen Gedanken oft genug gehört.

»Dann werden wir das Stück absagen müssen.«

Ich blickte zur Bühne, auf der die Kulisse, die den Rittersaal von Markes Burg zeigte, bereits aufgebaut war. Die Zuschauerränge waren mit Blumen geschmückt, und in der Mitte war für Larimar eine Loge gefertigt worden, in der sie sich jetzt schon wie eine Königin fühlen würde. Auf den Rängen drängten sich die Elfen und versuchten die besten Plätze zu ergattern. Es würde einen Aufstand geben, wenn wir jetzt verkündeten, dass die Vorstellung nicht stattfindet.

»Larimar würde es nie erlauben. Das ist ihre Chance, sich mit der magischen Kugel zu zeigen und das Volk zu beruhigen. Du musst spielen, Eliza. Sie hat dir nur erlaubt, dass du noch einmal nach Leylin kommst, damit auch nichts schiefgeht. Aber selbst dafür brauchte ich meine ganze Überzeugungskraft.«

Das hatte ich mir fast schon gedacht. »Aber ich kann das

nicht.« Meine Stimme zitterte, und ich biss mir auf die Lippen. Er hatte gewollt, dass ich wiederkam, auch wenn es nur für dieses Theaterstück war.

Cassian trat näher an mich heran und griff nach meinen Händen. »Das ist unsere Chance, dass du auch weiter herkommen kannst, Eliza«, flüsterte er. »Du kennst das Stück besser als jeder andere. Du kannst den Text perfekt, und du hast mich. Ich werde dich führen.«

Ich lächelte. »Das ist kein Tanz, du kannst mich nicht die ganze Zeit festhalten.«

»Ich kann.« Die goldenen Sprenkel in seinen Augen funkelten übermütig.

Jade klatschte in die Hände. Dann umarmte sie mich, und bevor ich mich noch wehren konnte, verschwand sie, um den anderen die gute Nachricht zu überbringen.

»Larimar hat unter den Anhängern der sechsten und siebten Familie Freikarten verteilen lassen. Sie möchte sie beruhigen und ihnen zeigen, dass ihr die Interessen dieser Familien ebenso am Herzen liegen wie Elisien. Sie kann es sich nicht leisten, diese Elfen gegen sich aufzubringen«, erklärte Cassian.

»Aber die können mich nicht leiden. Wenn sie mich auf der Bühne sehen, werden sie wahrscheinlich erst recht wütend. Sie werden mit Eiern nach uns werfen.«

»Das werden sie nicht wagen. Nicht, wenn du mit mir spielst.«

Wie gut, dass er so überzeugt von sich war. »Dein Wort in Gottes Ohr«, stöhnte ich und machte mich auf den Weg, um mich in Isoldes Kleid zu zwängen. So grazil wie Opal war ich nun wirklich nicht. Ich konnte bloß hoffen, dass während der Vorstellung keine Naht platzte, dann würde das Stück unfreiwillig zu einer Komödie werden.

Jade und die anderen Mädchen nahmen mich in Beschlag, kaum dass ich hinter der Bühne angekommen war. Meine Haare wurden frisiert, ich wurde geschminkt und zum Schluss in eine Korsage gequetscht. Dann stieg ich in das Kleid und Jade schob mich vor einen Spiegel. Was ich sah, konnte unmöglich ich sein. Das Kleid passte wie angegossen. Es war sehr schlicht, ganz so, wie ich mir Isolde immer vorgestellt hatte. Es war ein Traum in Creme, und ohne viel Schnickschnack floss es an meinem Körper entlang. So eine schmale Taille hatte ich noch nie gehabt. Es würde seine Wirkung hoffentlich nicht verfehlen. Meine blonden Haare lockten sich über meine Schultern, und meine Haut schimmerte perlmuttartig. Keine Ahnung, wie die Elfen das hingekriegt hatten. Sie hatten mich geschminkt, aber so dezent, dass es kaum auffiel. Es war das erste Mal, dass ich mir wünschte, Cassian würde mich sehen können.

Er trat hinter mich, und erst jetzt bemerkte ich, dass die anderen verschwunden, und wir beide allein waren.

»Vielleicht erlaubst du es mir ja jetzt.« Er lächelte verschmitzt.

»Du meinst ...« Ich räusperte mich.

Er war nur noch einen Schritt von mir entfernt, dann streckte er seine Hände aus und berührte meine Wangen. Ganz vorsichtig fuhr er meine Wangenknochen entlang zu meinen Schläfen. Ich schloss die Augen, was seine Berührung nur noch intensivierte. Ich spürte seine Finger auf meinen Lidern, meiner Stirn, meinem Hals und meinen Lippen, und dann war es vorbei.

»Genau so habe ich dich mir vorgestellt«, erklärte Cassian leise. »Du bist schön.«

Ich trat einen Schritt zurück, um einen Sicherheitsabstand zwischen uns zu bringen. »Du musst nicht gleich übertreiben.«

»Tue ich nicht.«

Lärm unterbrach die Stille, die sich zwischen uns ausbreitete. Wir hörten Klatschen und Gejohle. Das war unser Zeichen, aber ich war nicht sicher, ob ich einen Fuß vor den anderen setzen konnte, und das lag nicht daran, dass ich vor meinem ersten Auftritt stand. Plötzlich erschien mir das mein kleinstes Problem zu sein.

Cassian nahm meine Hand in seine. »Bereit?«

Das war meine Gelegenheit, einmal ein »Bereit, wenn du es bist« anzubringen. Aber stattdessen drückte ich seine Hand nur fester, unterdrückte ein nervöses Kichern und ließ mich von Cassian zur Bühne ziehen. Vom Rand sah ich zu, wie er die erste Szene in Markes Schloss spielte und wie er gegen Morold kämpfte. Das Publikum war wie gebannt. Zehn Minuten später gab Jade mir ein Zeichen. Mein Einsatz. Ich zögerte, dann lief ich auf die Bühne. Ich kniete neben Tristan nieder, den das Meer an die Ufer Irlands gespült hatte.

Totenstille hatte sich zwischen den Zuschauerreihen ausgebreitet. Ich musste sie durchbrechen. Die Worte blieben mir in der Kehle stecken. Ich räusperte mich und versuchte mich krampfhaft an den Text zu erinnern. Stotternd sprach ich ein paar Worte. Oh Gott – ich würde es vermasseln. Ich spürte Cassians Hand auf meiner. Er drückte sie ganz leicht nur, und Zuversicht durchströmte mich. Er verließ sich auf mich. Ich durfte ihn nicht enttäuschen.

Noch einmal sprach ich die Worte – lauter diesmal, und von Wort zu Wort wurde meine Stimme fester. Und dann war ich nicht mehr Eliza, sondern Isolde. Ich nahm seine Hand und legte mein Ohr auf sein Herz. Ich rief Bragnae, und gemeinsam zogen wir ihn in eine Höhle.

Ich hätte nie gedacht, dass es mir so viel Spaß machen würde, tatsächlich zu spielen. Es fühlte sich ganz natürlich an, und es stimmte, Cassian führte mich. Ich hatte keine Ahnung, ob ich mich an den Text hielt, den ich ja auswendig konnte. Ich sagte einfach das, was mir in den Sinn kam und was Isolde hundertprozentig sagen würde. Nur eins vermied ich. Die Kussszenen, die ich auf Grace' Drängen nachträglich in das Stück eingebaut hatte. Jedes Mal, wenn Cassian mich an sich zog, schmiegte ich mich zwar an ihn oder legte meine Wange an sein Gesicht, nur seinen Lippen kam ich nicht zu nah. Ich wollte ihn nicht küssen. Also, eigentlich schon, aber einmal wenigstens wollte ich meinem Kopf das Sagen überlassen und nicht meinem Bauch. Ich spürte, dass er wütend wurde. Doch da Elfen sowieso nicht küssten, war ich sicher, dass niemand im Publikum etwas merkte. Nur Cassian ließ es mich spüren. Er wollte mich dazu bringen, dass ich meine Fassung verlor. Viel öfter, als im Skript vorgesehen, berührte er mich, zog mich an sich und ließ mich nur widerwillig wieder los. Seine fruchtlosen

Bemühungen intensivierten unser Spiel so sehr, dass es zwischendurch immer wieder lauten Applaus und Standing Ovations gab. Jade trieben wir beide damit fast zur Weißglut.

»Könnt ihr beiden euch nicht an das Skript halten?«, schimpfte sie, während sie mir half, mich für die Hochzeit mit Marke umzuziehen. Mein Gesicht war gerötet vor Aufregung.

»Ich versuche es ja, aber dein Bruder. Er ist so …«

»Anziehend?« Sie zwinkerte mir im Spiegel zu. »Das Publikum merkt genau, was da zwischen euch vorgeht. Man sieht die Funken förmlich. Ich verstehe nicht, wie du behaupten konntest, dass du nicht spielen kannst. Du bist ein Naturtalent.«

Verlegen senkte ich den Kopf. Ich war sicher, dass ich ohne Cassian völlig talentfrei wäre. Das hier war kein Stück, das war meine Wirklichkeit.

»Kannst du mich kurz allein lassen?«, bat ich Jade. Kaum hatte sie den kleinen Raum verlassen, vergrub ich mein glühendes Gesicht in meinen Händen. Ich durfte mich nicht in einen Elfen verlieben, und schon gar nicht in Cassian. Er gehörte Opal, und sie würde ihm helfen, den Platz einzunehmen, der ihm zustand. Ich fragte mich, was er damit bezweckte, mich so zu reizen. Ganz sicher war er nicht wirklich interessiert an mir. Er wollte mich auf die Probe stellen.

Es klopfte, und Jade steckte ihren Kopf herein. »Eliza, du bist wieder dran.«

Der Rest des Stücks verflog wie in einem Rausch. Die Hochzeit, die heimlichen Treffen mit Tristan, seine Hände auf meinem Körper, seine Lippen auf meinem Hals. Der Verrat von Melot.

Plötzlich stand Quirin an meiner Seite hinter der Bühne und beobachtete die Männer. Melot, Markes Sohn, warf seinem Vater gerade vor, ihn nie so geliebt zu haben wie Tristan, und er warf Tristan vor, sich Markes Liebe zuerst erschlichen und dann verraten zu haben.

»Es ist fast wie bei Larimar, Rubin und Cassian«, bemerkte Quirin wie nebenbei. »Sie hat ihren Bruder sehr geliebt, und diese Liebe nicht auf ihren eigenen Sohn, sondern auf Cassian übertragen. Rubin hat immer den Kürzeren gezogen. Fast könnte er einem leidtun.«

Ich sann über seine Worte nach und verpasste dabei fast meinen Einsatz. Jade zog mich zu dem sterbenden Tristan.

Er lehnte an einem Baum. Ich wusste, dass er im Sterben lag. Er würde mich verlassen, für immer. Tränen rannen über meine Wangen, ohne dass ich wusste, wo diese herkamen. Alles fühlte sich so echt an, ich wusste, dass ich ihn verlieren würde, und das war das Schlimmste, was ich mir vorstellen konnte. Die tragische Musik, die die Szene untermalte, gab mir den Rest. Unendliche Verzweiflung spülte über mich hinweg.

Ich beugte mich über ihn. Seine Lippen waren ganz nah. Cassian lächelte schwach »Jetzt musst du mich küssen«, bestimmte er.

»Muss ich?«, flüsterte ich unter Tränen.

Er legte eine Hand auf meine Wange. »So steht es im Stück. Die Zuschauer wären sehr enttäuscht, und außerdem sterbe ich. Ein einziger Kuss ist da doch nicht zu viel verlangt, oder?«

»Wahrscheinlich nicht.« Ich sah in seine funkelnden Augen, die so viel mehr sahen als andere, die wirklich sehen konnten.

Sie waren ganz dunkel. Sein warmer Atem streifte meine Haut. Ich schluckte, und mein Herz schlug mir bis zum Hals.

»Wovor hast du dann Angst?«

»Hab ich nicht. Es ist nur nicht besonders klug.« Cassian lachte so leise, dass nur ich es hören konnte. Er wusste genauso gut wie ich, dass meine Entscheidungen meist nicht von meinem Verstand getroffen wurden.

»Schließ einfach deine Augen. Alles wird gut.«

Ich dachte nicht länger darüber nach, was ich tat. Ich brauchte mich nur wenige Zentimeter vorzubeugen, dann trafen sich unsere Lippen. Fest und trotzdem weich bewegten sich seine unter meinen. Ein Hitzestrahl schoss durch meinen Körper. Ich schmeckte ihn. Er schmeckte mindestens genauso gut, wie er roch. Mir wurde schwindelig. Nur am Rande spürte ich, dass Cassian seine Hand in meinen Nacken schob und mich näher an sich heranzog, mich festhielt. Das stand definitiv nicht im Buch, schließlich war er schwer verwundet. Diese Kleinigkeit blendete ich aus, als Cassian mit seiner Zunge meine Lippen teilte. Für seinen ersten Kuss machte er das erstaunlich gut. Alle meine Befürchtungen und Ängste wurden von diesem Kuss fortgespült.

Erst ohrenbetäubender Jubel brachte mich wieder in die Wirklichkeit zurück. Widerstrebend löste ich mich von ihm.

Jade stand grinsend vor uns. »Das habt ihr beide doch heimlich geübt. Gebt es zu!«

Flammende Röte schoss in meine Wangen. »Haben wir nicht«, widersprach ich.

»Ich bin ein Naturtalent«, erwiderte Cassian unbescheiden

wie immer. Er stand auf und zog mich hoch. Meine Beine fühlten sich an wie Wackelpudding. Wie selbstverständlich legte Cassian einen Arm um mich und zog mich zum Rand der Bühne. Die Elfen tobten. Sie standen auf den Bänken, stampften, schrien und klatschten. So etwas hatte ich noch nie erlebt. Es war unbeschreiblich. Ich winkte und wurde mit Blumen überschüttet, die die Elfen auf die Bühne warfen.

»Ich schätze, wir haben sie beeindruckt«, raunte Cassian mir zwischen unseren Verbeugungen zu.

»Offenbar haben sie vergessen, dass ich ein Mensch bin.«

»Das ist nicht wichtig.«

»Ist es nicht?« Mein Blick glitt über die Zuschauer. An der Loge, in der Larimar saß, blieb er hängen. Sie lächelte und winkte uns huldvoll zu. Wahrscheinlich fühlte sie sich schon als Königin. Neben ihr saß Opal. Sie war immer noch blass. Aber offenbar hatte sie immerhin den letzten Akt verfolgt. Sie blickte nicht huldvoll, sondern voller Hass auf mich herab und machte keinerlei Anstalten, diesen Hass vor mir zu verbergen. Diesen Kuss würde sie mir nie verzeihen. Ich würde mich in Zukunft vor ihr in Acht nehmen müssen.

Als das Publikum sich endlich zerstreut und ich mich umgezogen hatte, kam Larimar zu uns auf die Bühne.

»Das war wirklich sehr entzückend«, untertrieb sie schamlos. »Ich hätte nicht gedacht, dass Menschen so eine Geschichte zustande bringen.« Sie sah mich tadelnd an. »Natürlich werden wir den Schluss ändern müssen. Elfen küssen nicht.«

Ich nickte nur. Schließlich erwartete sie weder wirklich eine Antwort, noch würde sich das für mich wiederholen. Zukünftig würde Opal Isolde sein, und wenn ich ehrlich war, legte ich keinen Wert darauf, dass Cassian sie so küsste wie mich. Ich schmeckte ihn immer noch. »Ich muss dann mal zurück.« Ich drehte mich zu Cassian. Ich wollte zu gern noch ein paar Minuten mit ihm allein sein. Leider hatte ich die Rechnung ohne Larimar gemacht. »Einer meiner Wächter wird dich zum Tor bringen«, bestimmte sie. »Die anderen wollen ihren Erfolg bestimmt noch feiern, aber du siehst müde aus.«

Cassian neigte zustimmend den Kopf, was mir einen Stich versetzte. Ich wusste, dass Widerspruch zwecklos war. Dann würde das warten müssen. Aber schon jetzt konnte ich es kaum abwarten, dass er mich noch einmal so küsste, mich festhielt, mich begehrte.

Dann folgte ich dem Wächter zum Tor. Als wir dort ankamen, löste sich Cassian aus dem Schatten der Bäume. Er musste einen anderen Weg genommen haben. Die Schmetterlinge in meinem Bauch schlugen Purzelbäume. Er wechselte ein paar Worte mit dem Wächter, und nachdem er verschwunden war, trat Cassian zu mir.

»Ich konnte dich so nicht gehen lassen«, flüsterte er, und seine Hände suchten mein Gesicht.

Ich schmiegte meine Wange in seine Handfläche. Cassian legte seine Stirn an meine. »Ich wusste, dass du eine einzigartige Isolde sein würdest. Ich habe Quirin gebeten, Opal einen Trank unterzuschieben, der sie außer Gefecht setzen würde.«

»Weshalb?« Ich versuchte, empört zu klingen, was mir nicht gelang.

»Du schuldetest mir einen Kuss.«

Ich lächelte. »Das wusste ich gar nicht. Und jetzt schulde ich dir immer noch etwas?«

»Einen zweiten würde ich sagen, nur damit ich meine Technik verbessern kann.«

»Ich fand sie schon ziemlich ausgereift.«

Cassian schüttelte seinen Kopf. »Ich bin sicher, wir können das noch besser.« Ein entschlossener Zug lag um seinen Mund, der mich lächeln ließ.

»Du wirst nicht lockerlassen, oder?«

»Nein.« Federleicht legten seine Lippen sich auf meine und flüsterten Schauer auf meine Haut. Er hatte recht, dieser zweite Kuss übertraf den vorherigen in seiner Intensität, was vermutlich daran lag, dass wir beide allein waren und nicht von Hunderten Augenpaaren beobachtet wurden.

»Ich muss zurück«, flüsterte Cassian nach einer Weile. »Larimar erwartet uns im Schloss, sie wird sich wundern, wo ich bleibe. Ich möchte sie nicht verärgern, sonst fällt ihr noch ein, dir zu verbieten, weiterhin herzukommen.«

»Glaubst du, das würde sie tun?«

»Wir sollten vorsichtig sein und sie nicht reizen, also zügele deine Gedanken.«

»Ich versuche es.«

Cassian nahm mich noch ein letztes Mal in den Arm und schob mich nach einem letzten Kuss durch das Tor.

Morgen würde ich wiederkommen, und dann würden wir

hoffentlich Zeit füreinander haben. Meine Aufgabe hatte ich schließlich erfüllt. Die Aureolen waren wieder vollständig. Larimar konnte gekrönt werden, und Cassian bekam sein Augenlicht zurück. Ich würde niemandem etwas von der Elfenwelt verraten, und Cassian und ich konnten zusammen sein. Leichten Herzens machte ich mich auf den Heimweg.

Ich kauerte mich auf die Gartenbank neben meine Großmutter. Sie zog ihre von der Gartenarbeit schmutzigen Handschuhe aus und wischte sich den Schweiß von der Stirn. In der Abendsonne funkelten ihre Spätherbststauden rot und golden. »Es war wunderbar«, flüsterte ich ihr zu. »Ich musste die Isolde spielen. Opal ging es nicht gut. Ich hätte nie gedacht, dass ich das kann.«

Irgendetwas drückte unter mir – in meiner Hosentasche. Ich griff hinein und zog einen Stein heraus. Fassungslos betrachtete ich ihn. Es war ein glänzender weißer Opal. Jemand musste ihn mir in die Tasche gesteckt haben, und ich hatte es vor Aufregung nicht einmal bemerkt. Im Grunde wusste ich genau, wer es gewesen war, und ich wusste auch, was es bedeutete.

»Ich habe ihn geküsst«, setzte ich hinzu, während das Farbenspiel um mich herum in einem Nebel verschwand. Ich musste mich festhalten und griff nach Grannys Hand. Ihr Gesicht sah ich kaum noch, doch ihre Worte verstand ich überdeutlich: »Man küsst doch keinen Elfen, mein Kind.«

Ich konnte es nicht glauben. Ich würde nicht zurückkehren können. Ich hatte gegen eine der beiden Regeln verstoßen, dafür hatte Opal gesorgt. Ich hatte einen Gegenstand von den Elfen in die Menschenwelt gebracht.

Großmutter betrachtete den Stein fast so fassungslos wie ich. Sie fing sich früher als ich. »Vielleicht ist es das Beste so, Eliza«, sagte sie vorsichtig.

Ich schüttelte den Kopf. Das durfte nicht sein. Ich musste ihn wiedersehen.

Großmutter musste meine Verzweiflung gespürt haben, denn sie griff nach den Karten und begann, sie zu mischen.

»Lass das, Granny.« Tränen stiegen mir in die Augen. Es war vorbei.

»Zieh eine«, forderte sie mich auf, ohne auf meinen Einwand zu achten.

Meine Hand schwebte über den bunten Omen. Ich war sicher, dass ich den Tod ziehen würde. Ich kniff die Augen zusammen und schnappte eine Karte. Granny wendete sie, und ein Lächeln breitete sich auf ihrem Gesicht aus.

»Das Rad des Schicksals«, verkündete sie. »Es ist nicht vorbei. Alles ist gut. Lass den Dingen einfach ihren Lauf.« Sie griff nach meiner Hand und drückte sie. »Versuche jetzt nicht, zu verstehen. Die Chancen stehen gut, dass sich die ganze Angelegenheit später als ein Glücksfall herausstellt.«

»Du willst mich doch nur trösten.«

Granny schüttelte ihren Kopf. »Du weißt doch – die Karten lügen nicht.«

Danksagung

Ihr erstes Abenteuer haben Eliza und Cassian nun bestanden, und ich hoffe sehr, es hat euch gefallen. Als ich die Idee für dieses Geschichte hatte, fand ich die Vorstellung eines nicht so perfekten Elfen reizvoll, der mit seinen ganz eigenen Problemen kämpfen muss und dann noch ein Menschenmädchen vor die Nase gesetzt bekommt, die alles besser weiß und ihren eigenen Kopf hat. Dass die Geschichte der beiden zu einer siebenteiligen Story wird, habe ich damals nicht im Traum gedacht. Aber nun liegen vor euch noch sechs Teile, in denen die beiden gemeinsam mit ihren Freunden jede Menge Abenteuer bestehen müssen, und ich verrate jetzt noch nicht, ob sie diese zu einem guten Ende bringen werden.

Dass ich die Geschichten um den blinden Elfen und das störrische Menschenmädchen schreiben konnte, habe ich zuerst natürlich meinen E-Book-Lesern zu verdanken, die der Geschichte die ganze Zeit treu geblieben sind, mir während des Schreibens mit Rat und Tat zur Seite standen und so dafür gesorgt haben, dass kein Faden verloren ging. Glücklicherweise hat der Oetinger Verlag sich entschieden, die Serie in der nun vorliegenden Form einem noch breiteren Publikum zugänglich zu machen, und ich bedanke mich hiermit schon mal bei jedem einzelnen von euch fürs Lesen und Weiterempfehlen. Natürlich war auch meine Familie nicht ganz unbeteiligt, und ich bin froh, dass meine Kinder nichts dagegen hatten, wenn ich, anstatt mit ihnen die Zeit zusammen zu verbringen, durch Leylin spaziert bin und Elfenabenteuer erlebt habe. Mütter können ja ansonsten auch etwas anstrengend sein.

Ich wünsche euch schon mal viel Spaß mit dem zweiten Teil von FederLeicht und freue mich über ein Feedback in Form von Rezensionen, Mails oder Postings. Gern könnt ihr mir bei Facebook oder meinem Blog folgen, um nichts zu verpassen, was ich in der Zukunft so schreibe. Wer übrigens neugierig auf die Vorgeschichte zur FederLeichtSaga ist, kann die Wartezeit gern mit der vierteiligen MondLichtSaga überbrücken. Dort trefft ihr ganz viele Figuren wieder, die auch die FederLeichtSaga bevölkern.

Marah Woolf

Die Figuren in Band 1

Alriel (Elf): Hauptmann der Elfenwache

Bree (Mensch): Peters Mutter; Tante von Emma; Ehefrau von Ethan

Cassian (Elf): Er soll Eliza helfen, ihre Aufgabe in Leylin zu erfüllen. Allerdings kann er Menschen nicht ausstehen. Er kämpfte in der Schlacht gegen die Undinen und verlor dabei sein Augenlicht. Elfenkrieger. Jade ist seine kleine verrückte Schwester.

Daniel (Mensch): Elizas Mitschüler; hofft auf die Rolle des Tristan

Donnchadh (Elf): Schauspieler in Leylin

Dr. Erickson (Mensch): Eingeweihter, das heißt, er weiß von der Magischen Welt. Betreibt mit seiner Ehefrau Sophie in Leylin einen Buchladen.

Elisien (Elf): eigentliche Königin von Leylin, der Hauptstadt der Elfen. Sie ist verschwunden. Seitdem geht in der Elfenstadt alles drunter und drüber.

Eliza McBrierty (Mensch): 17 Jahre alt; stolperte versehentlich in die Elfenwelt. Jedenfalls glaubt sie, dass es ein Versehen ist, aber bald stellt sich heraus, dass die Elfen ihre Hilfe brauchen.

Emma (Mensch / Shellycoat): Hauptprotagonistin der MondLichtSaga – Vorläufererzählung zu den FederLeichtGeschichten

Ethan (Mensch): Emmas Onkel; Brees Ehemann; Peters Vater

Frazer Wildgoose (Mensch): Elizas Schulschwarm; in ihn ist sie seit der Grundschule verliebt. Leider beachtet er sie meistens gar nicht.

Fynn McBrierty (Mensch): Zwillingsbruder von Eliza; mit Grace zusammen; sehr gut in der Schule

Grace (Mensch): Fynns feste Freundin; sie und Eliza können sich nicht leiden

Granny, Grandma (Mensch): Elizas Großmutter und engste Vertraute. Sie legt mit Vorliebe Tarotkarten, um ihren Liebsten Lebenstipps zu geben und die Zukunft vorauszusagen.

Gwyn (Mensch): vor Jahren verstorbene Jugendfreundin von Elizas Großmutter

Jade (Elf): erste Elfenbekanntschaft, Cassians leicht verrückte Schwester

Laladi (Elf): Schauspieler in Leylin, übernimmt die Rolle Morolds

Larimar (Elf): Hohepriesterin und derzeit Herrscherin über Leylin; Cassians Pflegemutter und Rubins leibliche Mutter. Sie holt Eliza in die Elfenwelt.

Melot (Elf): Schauspieler in Leylin

Miss Peters (Mensch): Leiterin des Dramakurses

Mister Clancy (Mensch): Skys Vater; Musikprofessor

Mrs McBrierty (Mensch): Mutter von Fynn und Eliza; Cafébesitzerin; Bücherwurm. Ernährungsfanatikerin, was im krassen Gegensatz zu ihren leckeren Kuchen steht.

Nivan (Elf): Schauspieler; übernimmt die Rolle des Marke

Noam (Elf): ein Halbstarker Elf aus Leylin

Opal (Elf): nicht sehr talentierte Schauspielerin am Elfentheater und Verlobte Cassians

Peter (Mensch): Ravens Freund; Nachfolger von Dr. Erickson als Eingeweihter in der Menschenwelt; Emmas Cousin

Peter Hewitt (Mensch): ein Schulfreund Elizas

Quirin (Troll): erste Bekanntschaft Elizas in der Magischen Welt; mag die Elfen nicht besonders; sieht sich als Elizas Beschützer

Raven (Elf): erste Wächterin; Freundin von Emma. Larimar hat sie aus der Elfenwelt verbannt und ihr die Schuld an Elisiens Verschwinden gegeben.

Rubin (Elf): Sohn Larimars. Er hat sich aus dem Staub gemacht, und Eliza soll ihn suchen.

Sky Clancy (Mensch): Elizas beste Freundin und Vertraute. Ohne Sky wäre Elizas Leben ein völliges Durcheinander.

Socke (Tier): Elizas Kater; sie hat ihn gefunden und gesundgepflegt. Leider hat er Angst vor Donner und Schnecken.

Sophie (Mensch): Ehefrau von Dr. Erickson; lebt in Leylin und betreibt dort einen Buchladen. Sie kann nicht zurück in die Menschenwelt, da sie täglich Elfenmedizin benötigt. Elisien und sie waren gut befreundet.

DIE ELFEN-SAGA GEHT WEITER

Weitere atemberaubende Abenteuer warten auf Eliza. Erneut kommt sie den Elfen zu Hilfe und Cassian ist verführerischer denn je. Aber die Elfenwelt birgt auch große Gefahren und Geheimnisse. Ein Machtkampf entbrennt. Kann Eliza sich behaupten?

FederLeicht.
Wie fallender Schnee (Band 1)
ISBN 978-3-8415-0528-6
Bereits erschienen

FederLeicht.
Wie das Wispern der Zeit (Band 2)
ISBN 978-3-8415-0529-3
Mai 2018

FederLeicht.
Wie der Klang der Stille (Band 3)
ISBN 978-3-8415-0531-6
Juni 2018

FederLeicht.
Wie Schatten im Licht (Band 4)
ISBN 978-3-8415-0532-3
Juli 2018

OETINGER TASCHENBUCH

**FederLeicht.
Wie Nebel im Wind (Band 5)**
ISBN 978-3-8415-0533-0
August 2018

**FederLeicht.
Wie der Kuss einer Fee (Band 6)**
ISBN 978-3-8415-0534-7
September 2018

**FederLeicht.
Wie ein Funke von Glück (Band 7)**
ISBN 978-3-8415-0535-4
Oktober 2018

Alle Infos unter:
www.marahwoolf.de/federleicht
www.oetinger-taschenbuch.de

OETINGER TASCHENBUCH

HÖRST DU DAS FLÜSTERN DER BÜCHER?

Marah Woolf
BookLess. Wörter durchfluten die Zeit
312 Seiten I ab 14 Jahren
ISBN 978-3-8415-0486-9

Sie trägt ein mysteriöses Mal in Form eines Buches am Handgelenk und kann hören, was die Bücher ihr zuflüstern. Als die 17-jährige Lucy ein Praktikum in der Londoner Nationalbibliothek beginnt, entdeckt sie Bücher, deren Texte verschwunden sind und an die sich niemand mehr zu erinnern scheint. Lucy versucht dem Geheimnis auf die Spur zu kommen. Und Nathan, von dem sich Lucy angezogen fühlt, scheint darin verwickelt zu sein.

www.oetinger-taschenbuch.de

DRESSLER

MANCHMAL WERDEN TRÄUME WAHR

Marah Woolf
**GötterFunke.
Liebe mich nicht**
464 Seiten I ab 14 Jahren
ISBN 978-3-7915-0029-4

Eigentlich wünscht Jess sich für diesen Sommer nur ein paar entspannte Wochen in den Rockys. Doch dann stiehlt Cayden, den Jungen mit den smaragdgrünen Augen, ihr Herz. Aber Cayden verfolgt seine eigenen Ziele. Der Göttersohn hat eine Vereinbarung mit Zeus. Nur wenn er ein Mädchen findet, das ihm widersteht, gewährt Zeus ihm seinen sehnlichsten Wunsch: endlich sterblich zu sein.

www.dressler-verlag.de

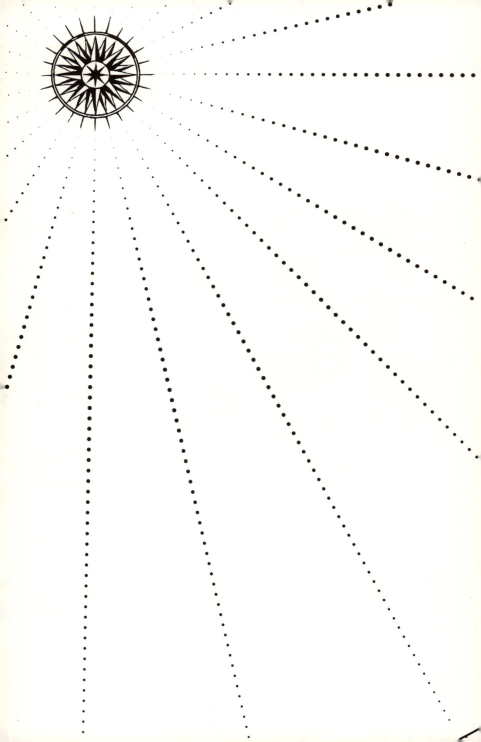